DRESSLER

Miriam Körner wanderte 2003 von Deutschland nach Kanada, in die Heimat ihres Herzens, aus. Sie lebt mit Mann und Schlittenhunden in der Provinz Saskatchewan und versucht, die fast vergessene Schlittenhundkultur der indigenen Bevölkerung im Norden Kanadas durch ihre Bücher zu bewahren.

MIRIAM KÖRNER

ICE SONG

Aus dem Englischen von
der Autorin

Dressler Verlag · Hamburg

Klimaneutral
Druckprodukt
ClimatePartner.com/53248-2011-1002

Dieses Buch wurde klimaneutral produziert. Dadurch fördern wir anerkannte Nachhaltigkeitsprojekte auf der ganzen Welt. Erfahre mehr über die Projekte, die wir unterstützen, und begleite uns auf unserem Weg unter www.oetinger.de

FSC www.fsc.org
MIX
Papier aus verantwortungsvollen Quellen
FSC® C014496

Deutsche Erstausgabe
1. Auflage

Satz: Satz für Satz, Wangen im Allgäu
Druck und Bindung: GGP Media GmbH,
Karl-Marx-Straße 24, 07381 Pößneck, Deutschland
Printed 2022
ISBN 978-3-7513-0029-2

www.dressler-verlag.de

Für Maria und Gregor

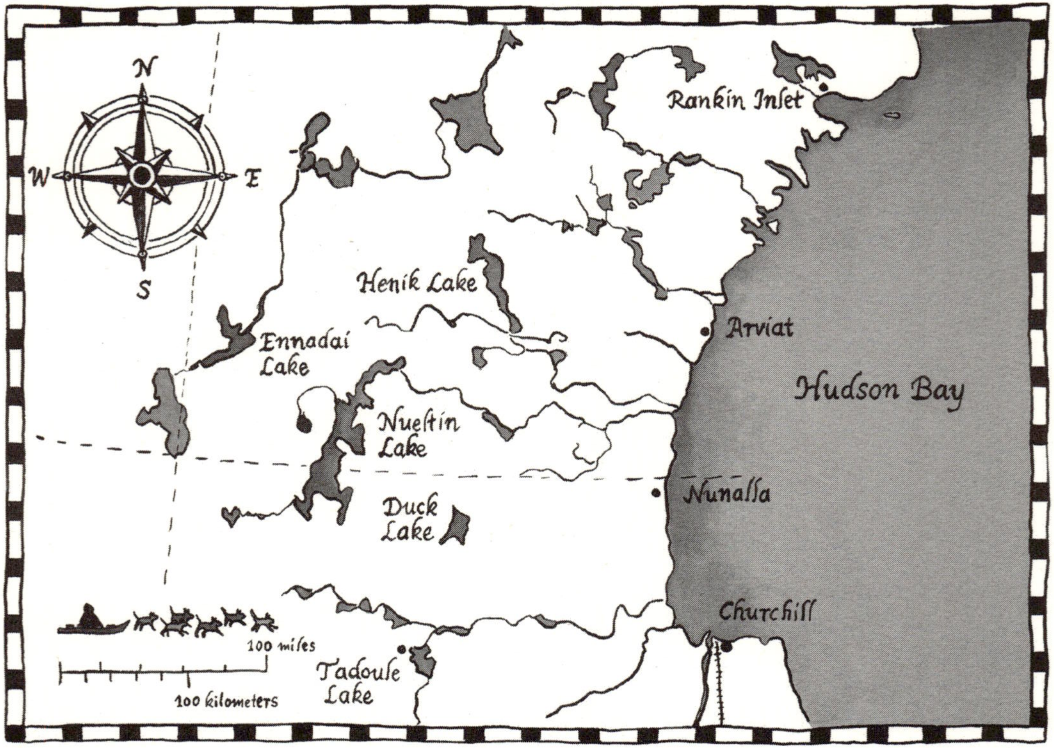
N
W
E
S
Rankin Inlet
Henik Lake
Arviat
Ennadai Lake
Hudson Bay
Nueltin Lake
Nunalla
Duck Lake
Churchill
100 miles
Tadoule Lake
100 kilometers

KAPITEL 1

Der Zug ruckelt durch eine endlose Einöde. Weit und breit sind weder Häuser noch Straßen, noch sonst irgendwelche Zeichen menschlichen Lebens zu sehen – abgesehen von Telefonmasten aus Holz, die dem Verfall bedenklich nahe sind. Kärgliche Fichten, matschiger Schnee, Zuggleise. Kilometer um Kilometer, Stunde um Stunde gleitet die ungastliche Landschaft an mir vorbei.

Ein tiefer Seufzer entfährt mir. Kitty schaut von ihrem Zugmagazin auf, als wäre mein Seufzen eine Einladung zum Reden. Ist es aber nicht. Kitty ist übrigens die Person, die allein durch die unwiderrufliche Tatsache, dass sie mich zur Welt gebracht hat, dazu berechtigt ist, meine Mutter zu sein. Und sag mir nicht, dass keine halbwegs normale Erwachsene mit dreiunddreißig Jahren noch immer den Namen Kitty benutzt. Mir ist das klar.

»Emmylou …« Kitty lehnt sich zu mir, versucht, Blickkontakt aufzunehmen. Ich drehe mich zum Fenster.

Was denn, will ich fragen, aber ich habe, seit wir in Calgary in den Zug gestiegen sind, nicht mehr mit ihr gesprochen, und das war vor sechsundvierzig Stunden und fünfzehn Minuten – ohne Zeitverschiebung. Je länger wir nicht miteinander reden, desto schwieriger wird es, das Schweigen durchzuhalten.

»Willst du was essen?«, fragt Kitty.

Eindeutig eine Fangfrage. Wenn ich Ja sage, können wir einfach in den Speisewagen gehen und uns vormachen, dass alles in Ordnung ist. Will ich aber nicht. Ich habe genug von der Heuchelei.

»Na, komm schon, Emmylou. Irgendwann musst du doch eh wieder mit mir reden.« Sie beugt sich zu mir, um mir durch die Haare zu wuscheln. Ich ducke mich weg.

»Wenn du so sein willst, bitte. Ich bin im Speisewagen, falls du es dir doch noch anders überlegst.« Kitty wirft ihre Zeitschrift auf den Sitz, schlüpft in ihre Schuhe und stolziert den Gang hinunter. Mir fällt auf, dass sie abgenommen hat. Sie wirkt irgendwie zerbrechlicher. Das hat sie allerdings nicht davon abgehalten, unsere Sachen zu packen, unsere Koffer die Treppe aus unserer Einzimmerwohnung hinunterzuschleifen und uns in ein neues Leben zu katapultieren.

Ich strecke meine Beine auf Kittys Sitz aus und blättere durch ihre Zeitschrift, und dann – weil es einfach nichts Besseres zu tun gibt – zähle ich die Telefonmasten. Es hat denselben Effekt, wie Schafe vor dem Einschlafen zu zählen.

Als ich aufwache, frage ich mich, ob der Lokführer den Zug heimlich zurückgefahren hat. Die gleiche Sumpflandschaft mit vereinzelten Bäumen, der gleiche Schneematsch, die gleichen Telefonmasten.

Sumpf-Express. So nennen die Leute hier ihren Zug. Wirklich. Express, ha! Ich könnte schneller mit dem Fahrrad fahren, wenn es eine Straße gäbe, auf der man fahren könnte. Gibt es aber eindeutig nicht. Keine Straße führt nach Churchill hinein oder aus Churchill heraus. Nur ein einsames, ewig langes Bahngleis.

Nicht mal ein Vogel sitzt in den kahlen Büschen neben den zugefrorenen Tümpeln. Verkümmerte Fichten stehen in Gruppen zusammen wie kleine Inseln in einem Meer aus Schnee. Dunkle Wolken hängen so niedrig, dass sie fast den Boden berühren.

Ich stelle mir vor, wie ich durch den Sumpf laufe. Was, wenn plötzlich ein Eisbär ganz lässig auf mich zukommt, während ich verzweifelt versuche, mich aus dem Matsch zu befreien?

Ich wende mich von der trostlosen Landschaft ab. Ein paar Reihen vor mir spiegelt sich das Gesicht eines Jungen im Fenster. Ich schätze ihn auf fünfzehn oder sechzehn. Vielleicht ein bisschen älter als ich. Ob er auch gerade an einen Ort geschleift wird, an dem er nicht sein will?

Sein Haar ist dunkel, fast schwarz, sein Gesicht rundlich, und seine Augen sind schmal, als würde er in die Sonne blinzeln. Er sieht aus, als ob er aus einem anderen Land käme. Vielleicht … oh! Ich bin ja blöd. Ich wette, er ist Eskimo. Nein, das sagt man ja nicht mehr. Inuit? Oder wie heißt es, wenn es nur einer ist?

Schlagartig wird mir klar, dass wir gerade unterwegs in die Arktis sind, was die immer weniger und kleiner werdenden Bäume erklärt. Und die Anwesenheit von Eisbären und Inuit in Churchill.

Ich rücke ein wenig nach vorne und versuche, die Reflexion des Jungen im Fenster besser zu erkennen. Was sieht er wohl, wenn er aus dem Fenster schaut? Sieht die Welt anders aus, wenn man hier oben im hohen Norden aufwächst? Sieht er Dinge, die ich gar nicht wahrnehme?

Der Junge dreht den Kopf. Für den Bruchteil einer Sekunde treffen sich unsere Blicke. Ich gucke schnell weg. Besser keine Freundschaften schließen. Wir werden eh nicht lange bleiben.

Es ist gerade mal drei Tage her, dass ich mich von Maya verabschiedet habe.

»Weißt du, was ihr seid, deine Mutter und du? Ihr seid Drifter«, sagte sie, während ich versuchte, meine ganzen Habseligkeiten in die zwei verschlissenen, übergroßen Koffer zu quetschen.

Drifter. Mir gefällt, wie sich das Wort anhört. Besser als Herumtreiber.

Ich ließ das Packen sein und warf mich auf die Matratze, stellte mir vor, dass ich inmitten eines blauen Meeres triebe. Mein Bett war ein Floß, das mich zu neuen Horizonten in der Ferne trug …

»Erde an Emmylou! Hörst du mir überhaupt zu?« Maya ließ sich neben mich plumpsen. Als ich die Augen öffnete, war da keine Sonne, nur das grelle Licht der nackten Glühbirne, die mein Zimmer für achtzehn Monate, zwei Wochen und fünf Tage erleuchtet hatte. Ein neuer Rekord.

»Wir bleiben doch in Kontakt?« Maya lehnte sich zu mir rüber.

»Na klar«, sagte ich und rückte von ihr weg. Ich wusste schon, dass ich es nicht tun würde. In Kontakt bleiben, meine ich. In Wahrheit lassen wir uns nicht einfach treiben. Wir rennen davon. Nee, nicht wir. Kitty. Kitty rennt davon. Ich weiß nur nicht, wovor.

»Hier. Du musst ja hungrig sein wie ein Bär.« Kitty reicht mir ein Sandwich mit Eiersalat und einen Apfelsaft im Tetra Pak, komplett mit Strohhalm wie für Kindergartenkinder.

Ich seufze laut und vernehmlich. Nur noch zwei Jahre. Zwei Jahre, einen Monat und acht Tage, um genau zu sein. Dann bin ich achtzehn. Das Dumme ist, dass ich wirklich hungrig bin. Und Apfelsaft war schon immer mein Lieblingsgetränk.

Der Zuglautsprecher knackt, und die Stimme des Zugführers füllt das Abteil.

»Meine Damen und Herren, in Kürze erreichen wir unseren Ziel- und Endbahnhof. Herzlich willkommen in Churchill, Manitoba. Die lokale Temperatur beträgt minus neun Grad. Ich wünsche Ihnen einen guten Aufenthalt und bedanke mich …« Der Lautsprecher knackt wieder, und die Stimme des Zugführers geht im Kreischen der Bremsen unter.

Meine Handflächen werden auf einmal ganz feucht. Plötzlich will ich nicht, dass die Zugfahrt schon zu Ende ist. Will nicht wieder an einem Bahnhof aussteigen und nicht wissen, wohin wir von hier aus gehen. Will nicht morgens verwirrt aufwachen: Wo bin ich? Warum bin ich hier? Die Frage nach dem Warum ist die einfachere: Wohin auch immer Kitty geht, folge ich. Fragen nicht erlaubt. Ziel- und Endbahnhof? Definitiv nicht in ihrem Vokabular.

»Emmylou! Sieh doch! Ein Eisbär!« Kitty drückt ihre Hand gegen das Zugfenster.

»Wo?«, frage ich und breche damit meinen Schweigeschwur.

Ein weißes Etwas läuft die Schotterpiste neben den Schienen entlang. Mein Herz fängt wie wild an zu klopfen, bis ich bemerke, dass es gar kein Bär ist.

»Das ist doch bloß ein Hund, Kitty.« Ein großer weißer Hund, der in einem Film über Polarexpeditionen mitspielen könnte. Dickes Fell und hochstehende Ohren.

»Na gut.« Kitty lacht. »Hätte aber durchaus einer sein können. Churchill, Manitoba, Eisbären-Hauptstadt der Welt. Mensch, Emmylou, das wird bestimmt ein echtes Abenteuer.«

»Was? Von einem Bären gefressen zu werden? Wenn du mich unbedingt loswerden willst, gibt es einen einfacheren Weg.« Ich warte auf ihre Reaktion, aber es dauert eine Weile, bevor sie versteht, was ich meine.

Ihr Grinsen verschwindet schlagartig. »Das meintest du doch gar nicht. Da steckte doch dieses Mädchen dahinter.«

»Maya.«

»Was?«

»Meine Freundin. Maya.«

»Ja, ja. Maya.« So wie sie ihren Namen sagt, hört es sich an, als hätte Maya ihr irgendwas Schlimmes angetan. Dabei hat sie doch nur *rechtliche Emanzipation* im Internet recherchiert und geguckt, was wir machen müssten, damit ich alleine leben kann.

»Das kann ich dir gleich sagen, Emmylou. Die Chance, von einem Eisbären gefressen zu werden, ist auf jeden Fall größer als die Chance, dass ich dieses Formular unterschreibe. Liegt an dir, was du daraus machst. Wenn du mir unbedingt die Ohren volljammern musst, gut, dann mach das halt.«

»Ich dir? Wer jammert denn hier? Lief doch alles gut, bis …« Ja, bis wann denn eigentlich? Ich versuche, an die Wochen und Tage vor dem Umzug zurückzudenken, aber da ist nichts. An einem Tag war alles in bester Ordnung und am nächsten eben nicht. Auf einmal waren wir auf einer Rutschpartie ins Abwärts, und da war nichts, was uns aufhalten konnte.

»Diesmal wird alles anders, Emmylou, das verspreche ich dir. Wir machen einen Neustart. Hier kennt uns kein Mensch – keine Vorurteile, keine falschen Annahmen über uns, einfach nur ein sauberer, neuer Start. Das ist doch super, oder? Wirst schon sehen.«

Der Zug hält neben einem alten Fachwerkhaus. Ein hölzernes Schild hängt am Balken des Vordachs. *Churchill* steht da drauf. Sonst nichts. Ich guck aus dem gegenüberliegenden Zugfenster. Durch den fallenden Schnee sehe ich, wie der Fluss graues, matschiges Eis an einem riesigen grauen Hafengebäude vorbei Richtung Meer schiebt.

Als wir aus dem Zug steigen, kommt eine Frau in einem übergroßen roten Daunenparka auf uns zugeeilt. Zumindest glaube ich, dass es eine Frau ist. Ein Pelzkragen verdeckt ihr Gesicht.

Lass mich bitte kein totes Tier um mein Gesicht tragen müssen, flehe ich lautlos in den Himmel.

»Bist du Kitty?« Die Frau schielt unter dem Pelz hervor und streckt Kitty ihre Hand entgegen.

»Du bist Walters Frau?«, fragt Kitty und schüttelt die Hand von Totes-Tier-im-Gesicht. In dem Moment bläst der Wind die Kapuze herunter, und ich sehe, dass sie nur ein paar Jahre älter ist als ich.

»Ich bin Marie. Walter ist mein Boss. Ich arbeite hier während der Eisbärensaison«, sagt sie und verschluckt das H beim Sprechen. Französin? »Walter ist mit dem Tundra Crawler unterwegs, deswegen hat er mich geschickt. Das ist euer ganzes Gepäck? Der Wagen ist um die Ecke.« Marie schnappt sich den schwereren meiner beiden Koffer. Ein kalt-nasser, nach Fisch riechender Wind wirbelt um uns herum, sobald wir aus dem Windschatten des Gebäudes heraustreten.

»Und wie heißt du?«, fragt Marie und zieht ihre Kapuze hoch.

»Emmylou.«

»Hübscher Name. Tu parles français?«

»Nee.«

»Schade. Außer mir spricht keine der Bedienungen Französisch. Also muss ich mich immer um die französischsprachigen Gäste kümmern. Ist das dein erster Job als Bedienung?«

»Wie bitte?«

»Du bist doch zum Arbeiten hier, non? Walter hat gesagt, ich soll die zwei Neuen abholen.«

»Ich bin nur mit meiner Mutter hier.« Ich werfe Kitty einen Seitenblick zu.

»Also, ich dachte«, sagt Kitty, »jetzt, wo du doch Schule zu Hause machst und keinen festen Zeitplan hast … Außerdem, also, das Hotel bietet nur Unterkunft für Mitarbeiter an. Da habe ich mir gedacht …«

»… dass ich als Kellnerin arbeite?!« Ich fühle einen Kloß im Hals. Gleichzeitig bin ich wütend auf mich selbst. Wieso trifft mich das so hart? Kenne ich sie denn immer noch nicht?

»Sag mal, ist es dir einfach scheißegal, was ich will?«, lege ich los.

»Natürlich nicht«, sagt Kitty, aber es sind nur Worte. Abgenutzt und leer.

»Wieso sind wir dann hier? Willst du mir das mal verraten? Calgary war doch okay. Selbst die Schule war nicht so schlimm, aber du …« Ich breche ab. Der Junge vom Zugfenster läuft am Gleis entlang, in der einen Hand ein Hockeybag, mit der anderen versucht er, drei Lebensmittelkisten hochzuhieven.

Ein alter Mann in einem abgetragenen blauen Parka und Bommelmütze kommt ihm zu Hilfe und trägt dann zwei der Kisten. Sie verlassen das Gleis, folgen den Zugschienen. Es passiert alles wortlos und so natürlich, als wären sie ganz in ihrer eigenen Welt.

»Ähm … also, hier ist der Wagen«, sagt Marie und schiebt die Tür eines weißen Transporters auf. *Sleepy Bear Lodge* steht mit schwarzen Buchstaben auf der Seite. Sie wendet sich an mich: »Mach dir mal keine Sorgen. Wird dir schon gefallen. Du triffst hier Leute aus der ganzen Welt. Und gerade sind auch ganz viele Eisbären rund um Churchill. Ein toller Ort für Abenteuer. Superbe.« Sie lächelt mich an.

Ich lächele nicht zurück. In einem Satz hat sie drei Dinge erwähnt, die ich wirklich nicht in meinem Leben brauche: Leute, Eisbären und Abenteuer.

Marie kutschiert den Transporter vom Parkplatz. Der Junge und der Alte überschreiten die Schienen Richtung Fluss. Wohin gehen die wohl? Ich kann da keine Häuser sehen, nur Bruchbuden jeglichen Formats und jeder Farbe. Wohnen die da etwa? Ich verdrehe mir den Nacken, bis sie außer Sicht sind.

Marie weist uns auf Galerien, Restaurants und Touristenläden hin, die sich alle an der Hauptstraße entlang drängeln. »Das hier ist das beste Bistro der Stadt.« Vor dem metallverkleideten Bistro liegt ein Fischerboot aus Holz, als wäre es auf dem Parkplatz auf Grund gelaufen. Im Boot sitzt ein Eisbär aus angemaltem Sperrholz. »Und hier könnt ihr Souvenirs kaufen. Und Inuit-Kunst. Skulpturen aus Karibugeweihen, Steindrucke und T-Shirts.«

Kitty starrt stur aus dem Fenster, sagt nichts. Das ist ihre Art, mir ein schlechtes Gewissen zu machen.

Marie parkt den Transporter vor einem zweistöckigen Blockhauskomplex. Handgemalte Schilder, die zwischen den Pfosten der Veranda hängen, werben für das Sleepy Bear Restaurant. *Suppen. Salate. Moschusochsen. Saibling.*

»Voilà. Da sind wir«, sagt Marie und schnappt sich zwei unserer Koffer. Sie hält die schwere, rustikale Holztür für uns auf und schiebt uns dann an der Rezeption vorbei auf eine Holztreppe zu.

Drinnen ist alles aus Massivholz. Die Treppenstufen, das Geländer, die Türen zu den Gästezimmern. Oben angelangt, führt Marie uns an einer Nische mit zwei Holzstühlen und einem Bücherregal vorbei. Am Ende eines langen, schmalen Korridors weist sie auf eine Tür.

»Euer Zimmer. Es gibt keine Zimmernummern. Ihr müsst euch also euren Zimmernamen merken.« Sie deutet auf das Holzschild an unserer Tür. *Aurora borealis*. Nordlicht. Marie schiebt den Türriegel auf.

Das Zimmer hat ein Giebelfenster, das zur Straße zeigt. Davor steht ein Beistelltisch mit einem einzigen Stuhl. Zwei gegen die Wände gequetschte Betten stehen sich gegenüber. Kitty lässt ihren Koffer auf das linke Bett fallen.

»Ich lass euch dann mal ein bisschen auspacken und führe euch später herum, d'accord?« Marie wartet nicht auf eine Antwort, kann nicht schnell genug wegkommen. Na, da haben wir ja was gemeinsam.

KAPITEL 2

»Mensch, Emmylou, es sind doch nur vier Tische besetzt. Wie konntest du denn deren Bestellungen verwechseln?« Kitty guckt mich an, als ob ich ein Glas Milch nicht von einer Cola unterscheiden könnte. Natürlich kann ich das. Ich kann mir halt nur nicht merken, ob die Milch für das Kind mit der Rotznase am Tisch neben dem Kamin ist oder für das Mädchen mit den blonden Zöpfen am Tisch in der hinteren Ecke.

»Woher soll ich denn noch wissen, wer den Saibling bestellt hat und wer Fish 'n' Chips und wer den Römersalat mit extra Speck wollte und wer das Gleiche ganz ohne Speck?«

»Schreib es auf.« Kitty zieht ihren Notizblock aus der Schürze, die sie über ihrem schwarzen Minirock Größe extrakurz trägt.

»Wenn du es doch so viel besser kannst, warum machst du es dann nicht?« Ich ziehe meinen Notizblock aus der Jeans und werfe ihn Kitty zu. Der Block ist leer, bis auf ein unleserliches Gekritzel auf der ersten Seite. Ich kann nicht so schnell schreiben, wie die Leute reden, außerdem verpasse ich dann, was der nächste Gast sagt. Also dachte ich, es wäre leichter, es einfach im Kopf zu behalten. Ist nicht der Fall.

»Du könntest ja wenigstens so tun, als ob du dir Mühe geben würdest.«

»Ich gebe mir Mühe, obwohl ich den Job noch nicht mal wollte.« Ich checke die Uhr neben dem Kamin. In zwanzig Minuten ist meine Schicht zu Ende, und dann fängt Kittys offiziell an. Ich löse den Knoten meiner Schürze.

»Darum geht es also. Du stellst dich dumm an, weil du sauer auf mich bist?«

»Ich stelle mich nicht dumm an!«

»Was dann? So ein paar Bestellungen aufnehmen kann ja wohl jeder.«

»Darum geht es doch gar nicht.«

»Worum geht es denn?«

»Es geht darum, dass …«, fange ich an, aber ich weiß schon lange nicht mehr, worum es wirklich geht. Das ist immer so. Kitty dreht die Dinge so in meinem Kopf herum, dass ich am Ende nicht mehr weiß, wieso wir uns eigentlich streiten.

Ich stürme aus dem Restaurant und stoße mit Walter zusammen.

»Hallo, junge Frau – wie war dein erster Tag?« Walters Stimme hört sich wohlwollend und freundlich an, aber es interessiert meinen Boss nicht wirklich, wie mein Tag war. Er will nur, dass alles reibungslos abläuft.

»Danke, gut«, murmele ich.

»Gut, gut. War da was mit dem schwarzen Minirock nicht in Ordnung, den ich dir gegeben habe?«

Super. Das hat mir gerade noch gefehlt. Noch ein Erwachsener, der besser weiß, wie ich mich benehmen und was ich anziehen soll. Ich stelle mir vor, wie er mich sieht: abgetragene Jeans, Kapuzenpullover zwei Nummern zu groß, Haare nur flüchtig gekämmt. Na, so viel besser sieht er doch auch nicht aus mit seinen Cargohosen und dem beigen Pullover. Ich zwinge mich zu einem Lächeln und schiebe mich an ihm vorbei.

Im Dachzimmer setze ich mich auf mein Bett und angle mein Handy aus dem Rucksack. Ob Maya mir wohl getextet hat? Kein Empfang. Ich scrolle durch alte Nachrichten.

Schick mir eine SMS, wenn du angekommen bist. Und lass dich nicht von ihr verrückt machen, ja? Mayas letzte Nachricht.

Zu spät, antworte ich.

Die Nachricht wird gesendet, sobald der Dienst verfügbar ist, kommt die automatische Antwort, und die Dachkammer fühlt sich noch ein wenig enger an. Ich ziehe mir einen weiteren Pullover über, quetsche mich in meine Winterjacke und leihe mir Kittys Schal aus.

Kalter Wind weht mir schweren, nassen Schnee ins Gesicht, als ich die Tür der Sleepy Bear Lodge aufstoße. Ich wickle den Schal enger um Ohren und Nase. Er riecht nach billigem Parfüm und Make-up. Vielleicht sollte ich doch den Parka anziehen, den Walter uns geliehen hat? Teil unserer neuen Uniform: rote Daunenjacke mit totem Tier um die Kapuze für draußen, schwarzer Minirock und Bluse für drinnen. Nein, danke.

Ich ziehe mir die Kapuze über den Kopf und stecke meine kalten Hände in die Hosentaschen. Ich bin fast die Einzige, die zu Fuß auf der Hauptstraße unterwegs ist. Kleinbusse transportieren Touristen wie eine Horde Schulkinder. Es gibt hier kaum mehr als ein Dutzend Straßen. Was gibt's denn auch zu sehen außer Eisbären? Aber die sind ja wohl nicht hier, oder? Geht deshalb keiner zu Fuß?

Hinter mir höre ich plötzlich das knirschende Geräusch von schweren Fußstapfen im Schnee. Ich springe zur Seite, ducke mich, um den Angriff abzuwehren.

Ein Mann lächelt mich an und wischt sich dann das Schnee-

Rotz-Gemisch aus dem Bart. »Dachtest du, ich wäre ein Bär? Hätte durchaus sein können. Die Eisbären kommen direkt in die Stadt. Also besser nicht allein hier rumlaufen.«

»Danke«, antworte ich, unsicher, ob er das ernst meint oder nur mit meiner Angst spielt. Schließlich läuft er doch auch allein die Straße runter. Oder können Bären die Angst an Touristen riechen?

Ich ziehe mir die Kapuze vom Kopf, damit ich besser sehen kann, drehe mich immer häufiger um. War da nicht was Weißes? Hör auf damit, Emmylou. Du machst dich doch selbst verrückt.

Ich wünschte, Maya wäre hier. Ich stelle mir vor, wie sie »Bär« hinter einem ahnungslosen Touristen schreien würde, und dann würden wir schnell wegrennen, während der arme Tourist sich von dem Schock erholt. Mit Maya eine Straße entlangzugehen, wo Eisbären auf einen lauern könnten, wäre was ganz anderes, als allein hier zu sein.

Die Namen der Geschäfte hören sich alle gleich an: Polar Bear Inn, Polar Bear Tours, Great White Bear Gallery. Eine wahre Touristenstadt. Das Trinkgeld sollte hier gut sein, und viel mehr interessiert Kitty sowieso nicht. Touristen steigen aus einem Bus, der Tundra Crawler Adventures anpreist. Ein Foto von einem Eisbären, der auf seinen Hinterbeinen steht und sich dem Fenster eines riesigen Off-Road-Geländewagens entgegenstreckt. Die schwarzen Räder sind fast so groß wie der Bär. Der Tundra Crawler selbst ist nirgendwo zu sehen. Gut so. Das heißt, dass die Bären vielleicht doch nicht so nah sind. Der Busfahrer winkt mir zu. Es ist Walter, mein Boss. Ich winke zurück und biege dann schnell in eine Seitenstraße ab, um ihn und die Menschenmenge zu vermeiden.

Ist das schon der Stadtrand? Auf der einen Straßenseite sind graue Häuser, auf der anderen kahles, baumloses Land. Richtung Fluss stehen Lagergebäude mit verrammelten Fenstern und abblätternder Farbe.

Der Hafen liegt still. Keine Schiffe oder sonst irgendwelche Aktivität. Eine Schotterpiste führt an Lager- und Hafengebäuden vorbei. *Cape Merry* steht auf dem Hinweisschild, das auf die Landzunge zwischen Fluss und Meer hinweist. Soll ich rechts zurück in die Stadt oder links zum Kap? Kitty oder Eisbären? Ich drehe mich nach links.

Die Schneeflocken auf meinem Schal schmelzen und verwandeln sich in nasskalte Pampe. Kälte kriecht durch meine Jacke und tief unter meine Haut. Die Luft riecht nach Fisch. Wie das Meer.

Die Schotterstraße schlängelt sich um Felsbrocken herum, die so aussehen, als ob jemand sie vor ewig langer Zeit über das Land gestreut hätte. Warte mal. War es nicht genau so? Sind das nicht Findlinge, die von den Gletschern während der letzten Eiszeit zurückgelassen wurden? Ich kann mich kaum noch an meinen letzten Geologieunterricht erinnern. Ist aber auch egal. Geologieunterricht gehört der Vergangenheit an. Wie Schule überhaupt. Wenigstens hat Kitty nachgegeben, als ich ihr gesagt habe, ich will nur noch Homeschooling machen. Ich bin es leid, immer wieder die Neue zu sein, die überall war und nirgends zu Hause ist.

Die Straße geht steil bergauf, und zu meiner Linken kann ich den Fluss sehen. Es muss wohl Ebbe sein. Das Ufer ist mit Steinen gesäumt, die normalerweise unter Wasser sind. Eis hängt an den Steinen und bildet fantastische Skulpturen, durch die sich der aufsteigende Nebel windet.

Am Cape Merry befinden sich verfallene Steinwälle und auf der gegenüberliegenden Flussseite die Ruinen eines alten Forts.

Kanonenschießscharten starren wie leere Augen über den Fluss hinweg. Hinter der Landzunge liegt das Meer mit einem Strand aus gebrochenem Eis, klar wie Glas.

Plötzlich habe ich das Gefühl, beobachtet zu werden. Ich drehe mich um. Zwischen den grauen Steinen ist was Helles. Ein Bär? Er bewegt sich nicht, aber ich habe nicht vor, hier zu stehen und zu warten, bis er es tut. So schnell ich kann, renne ich zurück Richtung Stadt. Als ich mich traue, mich kurz umzudrehen, kann ich das helle Etwas nicht mehr von den anderen Findlingen unterscheiden. Von einem Bären ist weit und breit keine Spur.

Ein schwarzer Kleinlastwagen hält neben mir an. Die Fahrertür fliegt auf, und ein Mann mit obligatorischem roten Daunenparka steigt aus dem Wagen. Auf dem Beifahrersitz liegt ein Gewehr.

»Was machst du denn hier so ganz alleine?«, fragt er mit hochgezogenen Augenbrauen.

»Ich … ich …«, stammle ich.

»Hast du das Schild nicht gesehen?«

»Welches Schild?«

Er geht ein paar Schritte runter von der Straße und richtet dann ein grünes Schild, das der Wind umgeblasen haben muss, wieder auf. *Eisbärengefahr! Stopp! Nicht weitergehen!*

»Ist da wirklich ein Bär? Hier?« Ich drehe mich in alle Richtungen.

»Wir haben gerade einen vom Kap verjagt. Kam von der anderen Flussseite, als meine Patrouille vorbeikam.«

»Patrouille?« Erst jetzt sehe ich das Manitoba-Naturschutz-Emblem an der Seite seines Wagens.

»Polar Bear Patrol.« Er geht zum Beifahrersitz, schließt das Gewehr in einen Waffenkoffer und hält dann die Tür für mich auf. »Normalerweise lasse ich keine Touristen mitfahren, aber wer weiß, wie lange der schon nichts gegessen hat.« Er grinst mich an.

»Normalerweise steige ich auch nicht bei Fremden ins Auto.« Ich grinse zurück und klettere in den Wagen.

»Wohin?«

»Sleepy Bear Lodge. Hat der Eisbär eigentlich jemanden angegriffen?«

»Wir hatten schon seit drei Jahren keine Attacke mehr.«

»Oh.« Super, Emmylou. Da sitzt ein Naturschutzbeauftragter neben dir, der gerade einen Eisbären verjagt hat und dir von einer Attacke erzählen könnte, und alles, was dir einfällt, ist »oh«?!

»Was passiert, wenn der Bär wiederkommt?« Schon besser.

»Dieser Bär ist jetzt zum zweiten Mal zu nah an der Stadt aufgetaucht. Wenn er nicht aufpasst, dann landet er im Gefängnis.«

»Im Gefängnis?«

»Polar Bear Jail. Am anderen Ende der Stadt.«

»Echt? Cool!«

»Nee, so toll ist das nicht. Die halten die Bären fest, bis sie im Helikopternetz auf das Meereis ausgeflogen werden können. Kein Futter. Nur Wasser. Wir wollen ihren Aufenthalt so ungemütlich wie möglich machen, damit sie nicht wiederkommen. Grüß Walter.« Er hält vor dem Hotel, und ich steige aus. Bevor ich die Tür zumache, beuge ich mich noch mal zu dem Naturschutzbeauftragten.

»Kann ich das Bärengefängnis mal sehen?«

»Das geht nicht. Keiner darf da rein. Wir versuchen, den Kontakt mit Menschen so gering wie möglich zu halten. Darum geht es ja schließlich.«

Ich habe noch tausend weitere Fragen, aber der Wagen rollt schon langsam davon.

Neben dem Hoteleingang kündigt eine schwarze Tafel mit weißer Kreideschrift die nächste Tundra Crawler Tour an. Um die Tafel herum hängen Fotos von Bären, die sich den kamerabeladenen Touristen hoch oben in den Off-Road-Fahrzeugen entgegenstrecken. Auf einem Foto ist eine Bärenmutter mit zwei Jungen, die durch die Tundra läuft. Im Hintergrund ein Hauch von Polarlichtern und ein ganzer Zug von Tundra Crawlern. Was hat der Naturschutzbeauftragte gerade gesagt? Den menschlichen Kontakt vermeiden?

Im Eingangsbereich zwischen Toilette und Restaurant stoße ich mit Kitty zusammen.

»Wie läuft dein Tag?«, fragt sie.

»SUPER«, antworte ich. Ich will gerade noch ergänzen, dass es hier NICHTS zu tun gibt, außer darauf zu warten, von einem fleischfressenden Eisbären gefressen zu werden, als Kitty ihr Kitty-Lächeln lächelt.

»Na, siehst du. Wusste ich doch, dass du dich hier ganz schnell eingewöhnst.«

Im Ernst?

KAPITEL 3

Einen Vorteil hat es, als Kellnerin zu arbeiten: Kitty und ich haben entgegengesetzten Schichtdienst. Wenn sie nicht bei der Arbeit ist, dann bummelt sie durch die Touristenläden oder trinkt Kaffee in einem der Hotelrestaurants. Sie findet immer schnell neue Freunde. Und verliert sie oft genauso schnell. Wenn wir doch mal beide gleichzeitig im Zimmer sind, dann tue ich so, als würde ich fürs Homeschooling lernen.

Was sich übrigens als gar nicht so einfach herausstellt, wie ich dachte. Das erste Problem: Ich habe keinen Internetanschluss. Kein Scherz. Ich muss zur Bücherei im Gemeindezentrum gehen, um ins Internet zu kommen. Genau das wollte ich doch vermeiden. Wieder einmal die Neue zu sein. Wenigstens kann ich so tun, als wäre ich nur eine Touristin. Für eine Weile wenigstens. Oktober und November ist Hauptsaison hier. Die Bären hängen in der Gegend herum, bis das Meereis dick genug ist, dass sie aufs Eis hinauskönnen, um zu machen, was auch immer Bären da draußen halt machen. Danach wird es ruhiger in Churchill. Vielleicht fühlt Kitty bis dahin den Drang, wieder umzuziehen. Fünf Jahre, sieben Monate und elf Tage war ihre persönliche Bestzeit. Das war, als wir noch eine komplette Familie waren. Dad, Kitty, ich, Oma Millie und Toby, unser Hund.

Drei Wochen, vier Tage und fünf Stunden ist die kürzeste Zeit, die wir an einem Ort verbracht haben. Wir sind neun Mal umgezogen, seitdem Dad uns verlassen hat. Im Durchschnitt macht das ein Jahr, einen Monat, zwei Wochen und dreieinhalb Tage. In Statistik war ich schon immer gut. Bis jetzt sind wir neun Tage und acht Stunden hier. Kitty könnte sich noch selbst unterbieten.

»Emmylou, richtig?« Die grauhaarige Bibliothekarin registriert meine Bücher. Na super. Jetzt bin ich erst neun Tage, acht Stunden und ein paar Minuten hier, und die Bibliothekarin kennt schon meinen Namen. »Bist du neu in Churchill?«

»Auf der Durchreise«, murmle ich und warte darauf, dass sie mir meine Bibliothekskarte zurückgibt.

Sie nickt freundlich. »Das sind die meisten hier. Entweder arbeiten sie in der Eisbärensaison im Herbst oder in der Belugasaison im Sommer. Manche nehmen auch die Nordlichtertouren im Winter noch mit. Kaum einer will länger bleiben.«

Warum auch, denke ich, sage es aber nicht laut. »Und Sie? Sie sind nicht auf der Durchreise?«

»Eher nicht.« Sie lacht. »Ich bin jetzt schon seit zweiundzwanzig Jahren hier. Ich kann mir gar nicht mehr vorstellen, woanders zu sein. Während der Bärensaison ist es ein bisschen überlaufen, aber ich habe ja meine Bibliothek, in der ich mich verstecken kann. Ich bin übrigens Lisa.« Sie schiebt mir meine Bücher zu und lächelt. »Interessante Auswahl. Sind die für die Schule?«, fragt sie.

»Homeschooling«, antworte ich, und dann höre ich mich sagen, dass ich meinen Lernplan beim Schulministerium einreichen muss, obwohl ich mir nicht so sicher bin, was ein Lernplan ist und wie ich das alles alleine hinkriegen soll. Aber zur öffentlichen Schule gehe ich auf gar keinen Fall, weil wir sowieso nicht lange bleiben. Ich beiß mir auf die Zunge. Wieso erzähle ich ihr das denn alles?

»Hast du die Formulare hier? Möchtest du, dass ich mir deinen Lernplan mal angucke?«

Ich ziehe die inzwischen eselsohrige Kopie hervor, die ich vom Homeschooling-Büro bekommen habe. Lisa liest sie aufmerksam durch.

»Du brauchst Lernziele für Englisch, Mathe, Natur- und Sozialwissenschaften. Wo liegen denn deine Interessen?«

»Meine Interessen? Was hat das denn damit zu tun, was ich lernen muss?«

»Vergiss einmal für einen Moment die ganzen Formulare, ja? Bist du zum ersten Mal in Churchill?«

Ich nicke, ohne zu verstehen, worauf sie hinauswill.

»Und wo warst du vorher?«

»Ist das wichtig?«, frage ich ein bisschen zu schnippisch. Ich will ihr nicht erzählen müssen, dass ich in fast jeder Region zwischen den Rocky Mountains und der Ostküste gewohnt habe.

»Ich wollte nicht neugierig sein«, sagt Lisa. »Aber wenn du mal die Flora und Fauna und die Menschen hier mit der Region vergleichst, wo du vorher warst, ist da irgendwas anders? Irgendwas, das dich neugierig macht?«

»Na, die Eisbären natürlich. Also ich habe noch nie an einem Ort gelebt, wo ein Bär bei dir vor der Tür sitzen könnte, wenn du gerade vom Einkauf wiederkommst.«

»Was weißt du über Eisbären?«

»Hm … dass da gestern einer in der Nähe der Stadt war?«

»Wahrscheinlich mehr als einer. Was noch?«

»Sie sind vom Aussterben bedroht?« Ich bin mir nicht ganz sicher, ob das stimmt. Ich kann mich nur dunkel daran erinnern, dass Coca-Cola mal diese Kampagne zum Schutz der Eisbären hatte, oder so was.

»Du bist dir nicht sicher? Vielleicht ist das ja was, was du gerne herausfinden würdest. Was sonst noch?«

»Was ich weiß oder was ich wissen will?«

»Beides.«

Wenn ich genauer nachdenke, ist da eigentlich nicht viel, was ich weiß. Eisbären sind die Touristenattraktion in Churchill, aber wie sieht es mit anderen Orten in der Arktis aus? Haben die auch so viele Bären? Wo sind die Bären, bevor sie nach Churchill kommen, und wo gehen sie später im Jahr hin?

»Ich würde gern wissen, wie viele Bären hier leben und was sie in den verschiedenen Jahreszeiten machen und warum das Meereis so wichtig ist und was mit dem Klimawandel passiert. Ich meine, wie der die Eisbären beeinflusst. Und dann die Interaktionen mit Menschen. Warum müssen die Bären ins Gefängnis, und was passiert, wenn sie sie wieder freilassen?«

»Gut, Emmylou. Mach weiter.« Lisa gibt was in den Computer ein und scrollt durch verschiedene Seiten. »Hier ist es. Das passt alles unter das Lernziel *Dynamik von Ökosystemen.* Beobachte und dokumentiere diverse Organismen, die die biologische Vielfalt eines lokalen oder regionalen Ökosystems illustrieren. Untersuche, wie menschliche Aktivitäten sich auf ein Ökosystem auswirken. Das ist alles im Naturkundelehrplan. Volltreffer.«

»Im Ernst?«

»Aber ja. Wenn du dir erst mal die Umwelt eines Eisbären anguckst, dann findest du eine Vielfalt von Tieren, Pflanzen, Bakterien … auf dem Land, im Meer und selbst in der Luft. Eine ganze Gemeinschaft von interagierenden Organismen. Und du hast nach dem Klimawandel gefragt – Wetterdynamik steht auch im Lehrplan.«

So wie Lisa es beschreibt, könnte ich mich fast für Wissenschaft interessieren. »Und was ist mit Chemie und dem Periodensystem?«

»Interessiert dich das?«

»Auf keinen Fall!«

»Na, dann machen wir das Churchill-Ökosystem, Eisbären und Klimawandel zum Hauptthema.«

»Haben Sie Bücher darüber?«

»Das schon, aber du bist doch mitten in Churchill. Vielleicht brauchst du gar keine Bücher, um deine Antworten zu finden.«

»Äh … okay.« So hatte ich mir das nicht vorgestellt. Lieber lese ich Bücher im Bett, als Informationen in Churchill hinterherzujagen. »Und was soll ich in Sozialwissenschaften machen?«

»Was interessiert dich denn an den Menschen und der Geschichte der Umgebung hier?«

Sofort fällt mir der Junge aus dem Zug ein. Wie ist es, wenn man hier aufwächst? Plötzlich sehe ich ihn wieder vor mir, den kurzen Moment, wo sich unsere Blicke im Fenster getroffen haben. Ich versuche, schnell an was anderes zu denken, bevor ich rot werde.

»Vor ein paar Tagen war ich am Cape Merry. Von da konnte man ein altes Fort oder so was sehen. Wer hat das gebaut und warum? Zählt das?«

Lisa lacht. »Ich bin nicht deine Lehrerin. Natürlich zählt es. Alles, was du lernen willst, zählt.«

»Also, als ich noch in der Schule war, da habe ich immer meine Lehrer hinterfragt, warum wir dieses und jenes lernen müssen. Jetzt, wo ich keine Lehrer habe, versuche ich zu erraten, was ich ihrer Meinung nach lernen sollte. Das ergibt keinen Sinn, oder?«

»Mach dir keine Sorgen. Du wirkst wie ein schlaues Mädchen. Du wirst schon sehen, was du alles lernen wirst.«

Meine Hände fühlen sich auf einmal ganz verschwitzt an. Wenn ich noch mehr sage, wird Lisa herausfinden, dass sie sich in mir geirrt hat. Schlau bin ich noch nie gewesen. »Ich … äh … ich muss los«, sage ich und eile zur Tür.

»Ich kann ein Matheprogramm für dich heraussuchen, wenn du magst. Ich bin hier Dienstag bis Donnerstag von …«

»Tschüss«, rufe ich, schon halb zur Tür hinaus. »Und vielen Dank.«

Riesige weiße Schneeflocken grüßen mich draußen auf der Straße. Sie schmelzen, sobald sie meine Haut berühren. Der Himmel sieht so grau aus, dass es sich wie spät am Nachmittag anfühlt, dabei ist es erst kurz nach zwei. Ich ziehe meine Schultern gegen die feuchte Kälte zusammen und laufe schnell die Straße hinunter, aber die Erinnerung holt mich trotzdem ein.

Es war ein genauso verschneiter Tag wie heute – nicht mehr Herbst, aber auch noch nicht ganz Winter. Wir waren gerade umgezogen. Ich wartete auf dem Spielplatz auf Mama, die gerade beim Elternsprechtag in meiner neuen Schule war. Auf der Schaukel sitzend, versuchte ich, genau den Moment zu erwischen, wo eine Schneeflocke sich in Wasser verwandelte, als Kitty endlich aus der Schule kam.

»Kannst du mir mal erklären, warum du dich nicht am Unterricht beteiligst? Und warum dein Lehrer nach unseren Umständen zu Hause fragt?«

Ich konnte es nicht, also sagte ich nichts.

»Emmylou, du musst mir jetzt gut zuhören, ja? Du darfst in der Schule nicht irgendwie negativ auffallen, sonst hetzen die uns das Sozialamt auf den Hals. Und das ist das Letzte, was wir gebrauchen können. Oder willst du, dass die dich wegholen?«

Ich schüttelte meinen Kopf und fühlte die Angst in mir hochkriechen.

»Du bist doch nicht dumm. Also gibt es keinen Grund, dass du nicht schön wie alle anderen Kinder Regenbögen malen kannst – oder was auch immer ihr gerade in der zweiten Klasse macht.«

Ich kann mich noch daran erinnern, wie ich dachte, dass ich das schon seit dem Kindergarten kann, aber ich hatte das Gefühl, es wäre besser, Kitty nicht auf diese Tatsache hinzuweisen. Also spielte ich mit einem Loch in meiner Strumpfhose, bis es so groß war, dass mein ganzer Finger durchpasste.

Ich weiß noch genau, was dann kam: »Emmylou, guck mich mal bitte an. Du bist ein schlaues Mädchen. Natürlich bist du das. Du bist ja schließlich meine Tochter. Nun sag du es.«

»Ich bin deine Tochter?«

Kitty schüttelte den Kopf und stand auf. »Meine Güte, Emmylou.«

Danach war sie irgendwie nervös, fragte ständig, ob mein Lehrer komische Fragen stellte, übte mit mir, was ich meinem Lehrer sagen sollte. Aber es waren alles Lügen, und ich war noch nie gut im Lügen. Ich hatte das Gefühl, ständig verstecken zu müssen, dass ich nicht das schlaue Kind war, das Kitty sehen wollte.

Nicht lange danach wachte ich mitten in der Nacht auf. Kitty hatte all meine Klamotten aus dem Schrank zusammengerafft.

»Sitz nicht einfach nur da und guck. Hilf mir beim Packen.«

Ich versuche, die Erinnerung abzuschütteln. Damals war ich zu jung, um zu verstehen, was passierte, aber selbst jetzt ergibt es wenig Sinn. Was hatte ich denn falsch gemacht?

Der Wind treibt den Schnee durch die Straßen und in meine Augen. Ich kann kaum sehen, wo ich hingehe. Macht nichts. Hier gibt's ja eh nicht viel zu sehen.

Ich finde mich am Bahnhof wieder. Eiszapfen hängen von den Dachrinnen und geben dem alten Fachwerkhaus ein gespenstisches Aussehen. Auf dem Vorplatz stehen ein paar windschiefe Schwarzfichten. Der Bahnhof scheint viel zu groß für ein so kleines Kaff. Ein Großstadtbahnhof am Rande zum Nichts.

Ich lehne mich mit meinem ganzen Gewicht gegen die schwere Bahnhofstür. Zu meiner Überraschung schwingt sie leicht auf. Warme Luft strömt an mir vorbei und wird von der Kälte draußen aufgesaugt. Der Wartesaal ist menschenleer. Holzbänke warten auf Passagiere, die noch nicht angekommen oder schon wieder abgereist sind. Aus einem Hinterzimmer drängen gedämpfte Stimmen.

Plötzlich schießt mir ein Gedanke in den Kopf: Wenn Kitty einfach abhauen kann, warum sollte ich es dann nicht auch? Was, wenn ich den nächsten Zug zurück nach Calgary nehme? In ein paar Tagen könnte ich bei Maya sein. Ihre Eltern würden mich doch bestimmt aufnehmen, bis wir achtzehn sind und allein wohnen können.

Ich studiere den Zugfahrplan. Es gibt nur eine Fahrtrichtung. Süden. Der nächste Zug fährt in zwei Tagen. Zwei Tage! Kein Wunder, dass niemand im Gebäude ist.

Ich will gerade wieder gehen, als ich im Regal mit allen möglichen Werbungen für Hotels und Touristentouren Infoblätter namens *Hinterland Who is Who?* entdecke. Polarfüchse, Belugas, Bartrobben, Walrosse, Karibus, Wölfe, Eisbären … Unglaublich eigentlich, dass die alle hier sind, kaum außerhalb der Stadtgrenze. Oder sogar innerhalb der Stadtgrenze im Falle des *Ursus maritimus.*

Ich mache es mir auf der langen Holzbank gegenüber des Fahrkartenschalters bequem und lese das Infoblatt über Eisbären. Meine Nackenhaare stellen sich auf, als ich lese, dass sie bis zu achthundert Kilo wiegen können. Achthundert! So viel wie fünfzehn Emmylous. Man denkt, so massige Tiere müssten langsam sein, aber ein Eisbär kann bis zu vierzig Stundenkilometer schnell rennen. Keine Chance, ihm zu entkommen. Ehe ich michs versehe, habe ich schon das ganze Infoblatt verschlungen und gehe gleich zum nächsten über, weil im Text über Eisbären steht, dass Bären Robbenatmungslöcher aus einem Kilometer Entfernung riechen können. Also will ich wissen, was Robbenatmungslöcher sind, und lese über Bartrobben und Seehunde.

Ich ziehe meine Beine hoch und mache es mir auf der harten Bank so gemütlich wie möglich. Die Luft ist warm, und selbst die Deckenlampen strahlen Wärme aus.

Ich versuche mir vorstellen, wie es wäre, den Tieren der Arktis zu begegnen. Ich meine, einige habe ich schon im Fernsehen oder im Zoo gesehen, aber nie in ihrem natürlichen Lebensraum. *Natürlicher Lebensraum!* Ich höre mich ja schon fast so an, als ob ich die Broschüren selbst geschrieben hätte. Ich lache leise.

»Kann ich dir helfen?« Ein junger Mann in einer Parks-Canada-Uniform lehnt sich über den Schalter. Ich springe von der Bank auf. Der Parks-Canada-Typ streicht sich über seinen Spitzbart. Der Bart weist etliche Lücken auf, und überhaupt sieht der Typ eher aus wie ein Pfadfinder, der in eine Erwachsenenuniform gesteckt wurde.

»Nein danke. Ich wollte sowieso gerade gehen.« Ich sortiere die Infoblätter hastig ins Regal zurück. Eine der Deckenleuchten flackert und macht ein surrendes Geräusch.

»Du kannst die Broschüren behalten«, sagt der Parks-Typ.

»Okay«, sage ich und stopfe ein paar Blätter in meine Jackentasche, obwohl ich sie eh nicht brauche. In zwei Tagen werde ich hier weg sein.

»Hast du schon das Naturkundezentrum gesehen? Hier, ich mach dir mal Licht an.«

Bevor ich mir noch eine Entschuldigung ausdenken kann, wartet er schon im hinteren Teil des Bahnhofs auf mich, wo eine Glastür ins Naturkundezentrum führt.

Our Land, Our Stories steht in Goldbuchstaben über dem Eingangsbereich geschrieben. Und darunter sind Schriftzeichen, die ich nicht entziffern kann: ᓂᑕᐢᑭᓇᐣ/ᓂᑎᐸᒋᒧᐏᓂᓇᓇ.

»Ich zeig dir dann mal unsere Ausstellung, ja? Ich bin Lars, der Naturkundeführer hier.«

Ich folge ihm widerwillig.

»Der Wapusk-Nationalpark und die küstennahen Tiefebenen entlang der Hudson Bay sind eines der größten bekannten Gebiete der Welt, in denen Eisbärenmütter ihre Jungen gebären«, erklärt Lars mit einer Stimme, die auch das unruhigste Kind zum Einschlafen bringen würde. »Wapusk ist Cree für weißer Bär«, fährt er fort und lehnt sich an die Glaswand eines Schaubilds. »Hier haben wir eine Eisbärenhöhle in Lebensgröße.«

Ich sehe nur künstlichen Schnee und dürre Fichten, auch künstlich. Ich trete näher heran und schaue in die Höhle. Eine Eisbärenmutter liegt zusammengerollt im Inneren, ein winziges Junges drückt sich an sie heran. Bewegungslos, als ob für sie die Zeit stehen geblieben wäre. Plötzlich muss ich an Oma denken.

Ich wollte nicht in den Sarg gucken. Aber Kitty hat mich gedrängt: »Das ist die einzige Chance, dich zu verabschieden, Emmylou. Glaub mir, du wirst es später bereuen, mein Mäuschen.« Kitty schob mich zum Sarg ihrer Mutter. Ich kniff die

Augen zusammen. Aber dann habe ich doch geguckt. Ganz kurz nur. Und ich sah Oma Millie. Sie war da und doch ganz weit weg. Ihr Haar war ganz ordentlich zurechtgemacht, so wie es immer war. Ich konnte sogar das Haarspray riechen, das ihre weißen Locken zusammenhielt. Aber ihre Haut sah ganz anders aus, wächsern, wie die einer verblichenen Plastikpuppe.

Oma Millie hat mich immer angesehen, als ob ich etwas ganz Besonderes wäre. Klug und hübsch. Bei ihr habe ich mich immer sicher gefühlt. Bis ich sie zum letzten Mal sah. Ich hatte solch furchtbare Angst, und sie konnte sie mir nicht nehmen. Ich war gerade fünf geworden. Das weiß ich, weil ich noch immer den schwarz-weißen Stoffhund habe, den sie mir zum fünften Geburtstag geschenkt hat. Silly.

Kurz danach sind wir umgezogen. Ohne Papa.

»Der Park umfasst 11 475 Quadratkilometer …«

Ich höre die Stimme des Naturführers wie aus weiter Ferne.

Mach es gut, flüstere ich mit meiner Im-Kopf-Stimme dem Bärenjungen zu, das nie mehr die Wärme seiner Mutter spüren wird.

Ich drücke mich zwischen Lars und dem Tipi, das in der Mitte des Raumes steht, vorbei und gehe auf den Ausgang zu. Wachsfiguren mit Fellkleidung stehen neben einem ausgestopften Karibu. *Sayisi Dene und Inuit-Jäger*, informiert ein Hinweisschild, und ich frage mich, ob die Menschen weiter oben im Norden noch immer Fellkleidung tragen, habe aber keine Lust, länger hierzubleiben, um es herauszufinden. Für heute habe ich genug von toten Tieren.

»Wo warst du?«, will Kitty wissen und starrt mich an, als würde sie die Antwort irgendwo auf meiner Stirn vermuten. Was habe ich nun schon wieder falsch gemacht? Ich bleibe an der Türschwelle stehen und verdränge den Wunsch, umzudrehen und gleich wieder zu verschwinden. Wohin denn auch?

»Ich war in der Bibliothek. Lernen«, sage ich, und das Gefühl, egal, was ich sage, es ist doch das Falsche, begrüßt mich wie eine alte Bekannte.

»Lüge nicht.«

»Was?«

»Ich habe da angerufen. Die haben gesagt, du wärst schon seit zwei Stunden nicht mehr da.«

»Danach war ich im Naturkundezentrum.«

»Und wieso konntest du mir das nicht sagen?«

»Habe ich doch. Gerade eben.«

»Bevor du los bist. Und seufz mich nicht so an.«

»Ich habe nicht geseufzt.« Ich habe doch nur tief eingeatmet und versucht, das Unvermeidliche zu vermeiden. Zu spät. Meine Worte fließen schneller, als ich denken kann. »Kann ich nicht einfach raus, ohne dir sagen zu müssen, wohin? Es ist noch nicht mal fünf Uhr, Kitty!«

»Und meinst du, ein Eisbär guckt auf die Uhr, bevor er dich frisst?«

»Da hättest du ja vielleicht mal drüber nachdenken können, bevor wir hierhergezogen sind«, feuere ich zurück.

»Wusste ich es doch.« Kitty hört sich fast triumphierend an.

»Was wusstest du?«

»Dass du sauer bist.«

»Ich? Du bist sauer. Ich komme einfach nur ins Zimmer, nachdem ich einen beschissenen Tag in dieser bärenverrückten Stadt verbracht habe, in der wir nur deinetwegen sind, und bevor ich noch Hallo sagen kann, fährst du mich schon an.«

»Wer fährt denn hier wohl wen an? Kapier ich ja, dass du sauer bist. Aber lass es nicht an mir aus.« Kitty geht zwischen ihrem und meinem Bett hin und her wie ein Tiger in einem viel zu kleinen Gehege.

»Ich bin nicht sauer!« Aber es stimmt nicht mehr. Der Zorn hat mich längst überkommen. »In Calgary hatte ich wenigstens Maya, aber du … du hast einfach alles zusammengepackt, und weg sind wir. Ohne mich auch nur zu fragen.«

»Ich wollte auch nicht umziehen. Und ich bin es echt leid, dass du mich ständig dafür anmachst. Ich tue doch nur, was das Beste für uns ist.«

»Für uns?! Oder für dich?«

Kitty lässt sich auf ihr Bett plumpsen. »Stoß das Messer ruhig noch tiefer in die Wunde. Du weißt ganz genau, wie viel du mir bedeutest.«

»Warum sind wir dann hier?«

»Du kannst es einfach nicht lassen, was?«

»Warum ist es denn so schwierig, mir das zu erklären?«

»Habe ich doch, Emmylou. Und ich kann es noch mal sagen: Das war einfach nicht der richtige Ort für uns. Konntest du das denn nicht spüren? All die Negativität und dann die Lügen, die Dennis über mich verbreitet hat, und wie die Leute uns alle angestarrt haben, und als mein Boss dann auch noch behauptet hat …«

»Okay, also dein Freund war ein Arschloch, und dein Job war beschissen. Aber warum mussten wir dann Calgary verlassen? Oder Vancouver oder Saskatoon, und warum …«

»Was soll ich dir denn noch sagen? Kannst du es denn nicht einfach mal ruhen lassen?«

»Also, wenn du es mir nicht sagst, dann …«

»Dann was? Willst du mir jetzt drohen? Was willst du denn machen? Deinen Vater anrufen? Der kümmert sich doch einen Scheiß um dich, und das weißt du ganz genau.«

Meinen Vater anrufen? Wie kommt Kitty denn jetzt auf den? Ich habe meinen Vater nicht mehr gesehen, seitdem ich fünf war.

Kitty kommt zu mir und legt mir den Arm um die Schultern. »Ich habe mir Sorgen um dich gemacht, okay?«

»Und deshalb hast du mich angeschrien?«

»Nein, natürlich nicht. Also … Ist doch jetzt auch egal. Es tut mir leid, ja?«

»Okay«, sage ich, aber es ist nicht okay. Niemand packt einfach ein und haut ab, weil sich herausstellt, dass der Freund Fußball und Bier lieber mag als ständige Streitereien, die keiner gewinnen kann.

KAPITEL 4

Der Zug fährt heute Abend um acht. Kitty hat mich den ganzen Tag über so behandelt, als wäre gestern nichts passiert. Als würde alles super zwischen uns laufen. Aber ich weiß genau, dass es nur eine Frage der Zeit ist, bevor sich die Dinge wieder hochschaukeln. Diesmal werde ich allerdings nicht da sein, wenn es dazu kommt.

Ich zähle das Trinkgeld, das ich gespart habe. Es ist nicht viel. Leute zahlen nicht gerne extra für verschütteten Kaffee und Essen, das schon bei jemand anderem auf dem Tisch stand. Also nehme ich ein paar Scheine aus Kittys Portemonnaie.

Ich stopfe mein Handy, meine Zahnbürste und mein Tagebuch in den Rucksack und so viele Klamotten, wie reinpassen. Dann gucke ich mich im Zimmer um. Da ist nicht viel, was zurückbleibt. Mehr Klamotten, ein paar Bücher, eine von Mayas Zeichnungen. Zwei lachende Manga-Cartoon-Gesichter mit großen glänzenden Augen. Wir. Hinter dem Plastikrahmen mit dem Bild steht Paddington Bär. Die Augen der kleinen Porzellanfigur gucken mitleiderregend unter dem zu großen roten Schlapphut hervor. In der Hand hält er einen Koffer, und um seinen Hals hängt ein Schild: *Bitte kümmern Sie sich um diesen Bären.*

Keine Ahnung, warum ich ihn überhaupt noch habe. Ich habe ihn am Tag nach meinem sechsten Geburtstag gefunden. Im Mülleimer. Ich habe auf den Schulbus gewartet, meine Taschen voller Süßigkeiten, die Kitty mir geschenkt hatte. Als ich mein Kaugummipapier in den Müll geworfen habe, war er einfach da. In feinem Seidenpapier verpackt, lag er zwischen Spaghettiresten und kuchenverschmierten Papptellern.

Ich habe mir vorgestellt, mein Vater hätte ihn dort für mich versteckt. Selbst als ich älter war, habe ich noch an dem kleinen Bären gehangen – und an dem Glauben, dass er tatsächlich von meinem Vater kam. In Wahrheit habe ich nichts mehr von ihm bekommen, seit er uns verlassen hat.

Mit einem dumpfen Plumps landet Paddington Bär im Müll. Ich ziehe den Reißverschluss von meinem Rucksack zu. Silly, der schwarz-weiße Stoffhund von Oma Millie, sitzt auf meinem Kopfkissen. Ich vergrabe mein Gesicht in seinem abgewetzten Fell. Manchmal glaube ich, es riecht noch nach ihr. Nach Oma, meine ich. »Wenn ich dich mitnehme, weiß Kitty sofort, dass ich weg bin«, erkläre ich dem Stoffhund.

Von der Tür aus sehe ich noch einmal zurück. Kittys Bettlaken sind ganz verheddert, und eines ihrer Kissen liegt auf dem Boden, als hätte sie im Schlaf unsichtbare Dämonen bekämpft.

Der Schnee ist weiß und glatt wie ein unbeschriebenes Blatt Papier. Zum ersten Mal seit Tagen ist nicht eine einzige Wolke zu sehen. Der Himmel ist so unglaublich blau, dass ich plötzlich den Drang verspüre, meine Hand nach ihm auszustrecken. Zwei Touristen greifen nach ihren Kameras und sehen mich dann komisch an, als sie nichts im Himmel finden. Ich grinse. Lass die doch denken, ich wäre verrückt.

Der Fahrkartenschalter im Bahnhof ist noch nicht geöffnet, und im Wartesaal ist auch noch keiner. Der Parks-Typ führt gerade eine Gruppe durch das Naturkundezentrum. Eifrig nickende Köpfe folgen seiner monotonen Stimme. Ich verstaue schnell meinen Rucksack unter einer Bank, bevor er mich bemerkt, und verlasse den Bahnhof.

Vom Fluss her höre ich das aufgeregte Bellen von Hunden. Ich überquere die Zuggleise und folge dann einer Schotterstraße, an Holzbaracken und Schuppen entlang.

Das erste Haus auf der rechten Seite ist silbergrau und wettergegerbt; nur Tür- und Fensterrahmen sind bunt bemalt. An dem Haus auf der linken Seite ist alles Mögliche an die Außenwand genagelt: ein Elchgeweih, eine rostige Handsäge, ein Nummernschild in Form eines Eisbären von den Nordwest-Territorien, eine alte Holzkrücke. Bei einigen Häusern steigt Rauch aus den Schornsteinen, und manche haben sogar Satellitenschüsseln.

Ein kleiner Hund mit struppigem Fell schläft zusammengerollt auf einer Couch ohne Polster, die Nase tief unter den Schwanz gesteckt. Ein alter Schulbus steht schief auf drei Rädern, die Fenster verhängt mit bunten Gardinen. Es sieht so aus, als hätten abgenutzte Sachen, auf die keiner mehr Wert liegt, hier ein neues Leben gefunden.

Nahe am Fluss bilden blaue Regentonnen und alte Versandcontainer ein ganzes Dorf von Hundehütten. Ich zähle zehn Hütten, sehe aber nur zwei Hunde. Sie stehen auf ihren Häusern und bellen ganz aufgeregt zum Fluss, auf dem Eisschollen Richtung Meer treiben. Die Straße fällt steil ab, und plötzlich kann ich sehen, was die Aufmerksamkeit der Hunde so fesselt: Unten am Fluss ist ein Hundeschlittenteam!

Ein alter Mann sitzt auf dem Schlitten, und ein Junge legt zotteligen Hunden mit dichtem Fell Geschirre an. Er bindet sie an lange Zugleinen, die wie ein Fächer im Schnee ausgelegt sind. Acht Hunde, einige weiß, andere sandfarben oder grauweiß, stehen erwartungsvoll in Position wie Langstreckenläufer vor dem Startschuss. Alle außer einem: Ein kleinerer Hund rennt aufgeregt zwischen den anderen Hunden hin und her und verheddert die Leinen.

Ich eile näher zum Team, um alles besser sehen zu können. Da dreht sich der Junge in meine Richtung. Es ist der Junge aus dem Zug! Der, dessen Spiegelung ich im Fenster gesehen habe. Jetzt erkenne ich auch den alten Mann, der ihn abgeholt hat.

Der Junge nickt mir zu, und der alte Mann winkt mich heran. Ich gehe ein paar Schritte auf sie zu. Näher, signalisiert er mir. Er sagt etwas zu dem Jungen in einer Sprache, die ich nicht verstehe, und der Junge zeigt auf den unbändigen Hund, der gerade die Schnauze eines großen weißen Hundes leckt.

»Mein Großvater, er will, dass du dich auf Qaqaviis Leine stellst, damit er ruhig stehen bleibt.«

»Ich?«, frage ich, obwohl er eindeutig niemand anderen meinen kann. »Ich kenne mich mit Schlittenhunden doch überhaupt nicht aus. Beißt er mich denn nicht?«

»Nur, wenn du zuerst beißt«, sagt er und grinst. Er spricht langsam, als würde er jedes Wort sorgfältig wählen. Seine Stimme ist ruhig und gelassen. Schön irgendwie. Ich fühle, wie ich rot werde, und drehe mich schnell in Richtung Hunde. Der, den der Junge Qaqavii nennt, kommt auf mich zugesprungen, rollt sich auf den Rücken und streckt mir seinen Bauch entgegen, als wollte er dort gekrault werden. Ich lasse ihn an meiner Hand riechen, und er leckt sie mit seiner rauen, warmen Zunge. Seine Ohren wackeln, als er den Kopf neugierig zur Seite legt. Sein Fell ist grau-braun gescheckt, bis auf den weißen Bauch und die Pfoten. Die Schnauze ist auch weiß. Weiß und weich. Das Fell ist so dicht und flauschig, dass er viel größer aussieht, als er ist. Trotzdem ist er ein ganzes Stück kleiner als die beiden weißen Hunde ganz vorne im Team oder der rot-braune neben mir, der ein bisschen wie ein Wolf aussieht.

Qaqavii rennt schwanzwedelnd um mich herum und verwickelt mich in die Leine. Er ist voller Energie, aber etwas unkoordiniert – wie ein Welpe.

»Qaqavii! Line out!« Der Junge zieht Qaqavii am Halsband vorwärts, bis das Seil gespannt ist. »Stell dich hierhin.« Er tritt mit seinem Fuß auf das Seil, genau da, wo das Hundegeschirr befestigt ist, und Qaqavii hat keine Wahl, als sich mit dem Hintern in den Schnee zu setzen.

Als ich meinen Fuß neben seinen stelle, komme ich dem Jungen für einen Moment so nahe, dass sein Geruch zu mir herüberweht. Es ist ein eigenartiger Mix aus Fruchtshampoo und moschusartigem Tiergeruch. Ein bisschen wie der Geruch von nassem Hund, nur süßer.

Ich sehe ihm hinterher, als er zu den Hundehütten sprintet, um die letzten beiden Hunde zu holen. Er trägt eine handgehäkelte Mütze mit einem Bommel, der um sein Gesicht herumtanzt. Das Coolste ist sein Anorak. Er ist aus Karibufellen genäht, wie der, den ich im Naturkundezentrum gesehen habe. Jemand hat viel Zeit investiert, um ein Muster mit hellen und dunklen Fellen zu gestalten, und der Anorak sitzt so perfekt, als wäre er für ihn gemacht worden.

Qaqavii winselt und stupst mich mit der Pfote an, als würde er mich bitten, ihn loszulassen. Ich streichle ihn, und er leckt an meinem Hosenbein.

»*Wooh*«, sagt der alte Mann, und ich bin mir nicht sicher, ob er den Hund oder mich meint – oder uns beide.

Der Junge bringt einen weiteren Hund, legt das Geschirr an und bindet ihn dann mit einem halbmondförmigen Knebelknopf an die Zugleine. Ich lasse meine Finger über Qaqaviis Knebelknopf gleiten. Woraus er wohl gemacht ist?

»Der Knebelknopf ist alt. Älter als mein Großvater. Er ist

aus Elfenbein«, sagt der Junge, als hätte ich die Frage laut gestellt.

»Elfenbein?«

»Von Walrössern. Ganz oben im Norden.« Er nickt über den Fluss hinweg.

»Oh!« Jetzt erst bemerke ich, dass auch die Hundegeschirre alle aus heller Tierhaut sind.

»Und die sind vom Seehund«, sagt der Junge, als er sieht, dass ich mir die Geschirre angucke. »Mein Großvater, er hat mich gelehrt.«

»Du hast die gemacht?«, frage ich beeindruckt.

»Den Seehund habe ich auch gejagt«, sagt er und wendet sich ab, um den letzten Hund zu holen.

Ich starre ihm hinterher. Ich kann mir nicht vorstellen, ein Tier zu töten, und richtig finde ich das schon gar nicht. Aber irgendwie fühlt es sich auch nicht richtig an, dass ich so denke. Er hat es ja nicht zum Spaß getötet. Er hat Hundegeschirr gemacht und vielleicht sogar das Seehundfleisch gegessen. Auf einmal sehe ich den Jungen ganz anders. Er ist nicht einfach ein Junge. Er ist ein Jäger. Einer, der ein anderes Verständnis von Leben und Tod hat.

Ich beobachte, wie er den letzten Hund zum Schlitten bringt. Der Hund sieht stark aus, aber der Junge hebt ihn einfach am Halsband hoch, als hätte er das schon tausendmal gemacht, und der Hund hoppelt auf den Hinterbeinen neben ihm her.

Ein kalter Wind weht von Norden, und ich reibe mein eisiges Gesicht mit meinen Handschuhen, bis ein bisschen Wärme zurückkommt. Weder den Hunden noch den beiden Inuit scheint die Kälte etwas auszumachen.

Der Junge und der Alte wechseln ein paar Worte in ihrer Sprache, und dann deutet der Junge auf den vorderen Teil des langen, schmalen Schlittens. »Mein Großvater sagt, du kannst hier sitzen.«

»Ich?«, frage ich, und mein Herz fängt wie wild an zu schlagen. Bevor ich mir Gedanken machen kann, ob ich mit zwei Fremden auf einem Schlitten mitfahren soll, ohne überhaupt zu wissen, wohin, setze ich mich auf die Felle, die die Querbalken des Schlittens bedecken.

Hier gibt es keinen Haltebügel wie bei den Schlitten, die ich bei Hundeschlittenrennen im Fernsehen gesehen habe. Er sieht eher aus wie eine übergroße Leiter, deren Sprossen mit einem gelben Seil zusammengehalten werden. Nicht ein einziger Nagel steckt im Schlitten.

Der Junge setzt sich zwischen seinen Großvater und mich. Der Alte deutet auf meine dünnen Wollhandschuhe und redet dann mit dem Jungen.

»Mein Großvater, er will, dass du die trägst.« Der Junge gibt mir seine silbergrauen Fellhandschuhe.

»Und was ist mit deinen Händen?«

»Inuit frieren nicht«, sagt er. Dann fügt er mit einem Lächeln hinzu: »Ich nehme deine.«

Wir tauschen die Handschuhe, und ich fühle die Wärme von seinen Händen in meine übergehen, als ich in die Fäustlinge schlüpfe. Das silbrige Fell ist ganz kurz, und an der Handinnenseite ist nur dünnes schwarzes Leder. Aber die Handschuhe fühlen sich so mollig an, als würden sie ihre eigene Wärme produzieren.

»Sie sind so warm. Danke«, sage ich.

»Robbenfell. Meine Großmutter hat sie gemacht. Bleibst du lange? Vielleicht macht sie dir auch welche.«

Ich antworte nicht. Mein Zug fährt in wenigen Stunden.

Der Alte deutet mir an, dass ich mir die Kapuze über die

Ohren ziehen soll, dann macht er ein kehliges Geräusch, und die Hunde stürzen sich in ihre Geschirre. Der Schlitten schießt ruckartig nach vorne. Qaqavii guckt sich verdutzt um, bevor auch er lossaust wie ein Langenstreckenläufer, der den Startschuss verpasst hat.

Die Hunde ziehen uns mit solcher Leichtigkeit, als wären wir gar nicht da. Das Geräusch der Kufen im Schnee vermischt sich mit dem Rhythmus der hechelnden Hunde zu einer seltsamen Melodie. Die Hundeschwänze wippen im Takt auf und ab.

Wir sausen auf den Fluss zu. Am Ufer hat sich bereits Eis gebildet, aber weiter draußen zur Mitte hin wirkt das offene Wasser dunkel und bedrohlich.

»*La laa*«, ruft der Alte, und die Hunde drehen sich abrupt nach links. Wie Tänzer in einem Ballett sind sie alle aufeinander abgestimmt. Alle außer Qaqavii. Der junge Hund rennt unbeirrt weiter geradeaus, bis der Schlitten um die Kurve gleitet und die Leine ihm die Beine unter den Füßen wegzieht. Qaqavii macht einen unbeabsichtigten und eher uneleganten Salto durch die Luft und landet im Schnee.

»*Yaai*«, befiehlt der alte Mann, und die Hunde verlangsamen ihren Lauf, bis Qaqavii sich wieder aufrappelt und zu den anderen Hunden aufschließt.

Wir folgen den Zuggleisen aus der Stadt heraus, wo die dürren Fichten von Schneewehen umgeben sind.

»Ist das die Tundra?«, frage ich und bereue die Frage sofort. Ich wette, jedes Kleinkind hier weiß die Antwort.

»*Ii.*« Der Junge nickt. »Ihr sagt Tundra. Wir nennen es einfach Land. *Nuna.*«

Ich lasse meine Augen über die weite, fast baumlose Ebene gleiten. Der Wind hat den Schnee von den Tümpeln und Seen geweht, das Eis schimmert graublau.

Der Himmel erscheint endlos weit. Vor mir laufen die Hunde. Es sind zehn, aber mein Blick bleibt immer an demselben hängen. Qaqavii. Manchmal läuft er weite Strecken im Einklang mit den anderen, bis ihn plötzlich der Drang überkommt, die Schnauze seines Nachbarn zu lecken. Der beleckte Hund knurrt ihn dann ärgerlich an, und Qaqavii zieht seinen Schwanz ein.

Der alte Mann zieht den Junghund zu sich heran und wischt ihm mit dem Handschuh über die Schnauze. Qaqavii fährt erschrocken zusammen und läuft mit doppeltem Eifer weiter – zumindest für ein paar Hundert Meter. Dann neigt sein Kopf sich fast unmerklich zur Seite. Ich ahne, was als Nächstes kommt. Er kann nicht anders, als die Schnauze seines Nachbarn, diesmal auf der linken Seite, zu lecken.

»Qaqavii! Nein!«, rufe ich. Ich will mich zwar nicht einmischen, aber noch weniger will ich, dass der kleine Wildfang noch mal einen über die Nase gezogen bekommt. Zu meiner Überraschung widmet er seine Aufmerksamkeit wieder dem Ziehen.

»*Qimmiujatuluatuq, tainna*«, sagt der alte Mann und sieht mich fast stolz an.

»Was bedeutet das?«, frage ich.

»Eine, die Hund spricht«, übersetzt der Junge, und ich fühle, wie mir ganz warm im Bauch wird. Von da an rufe ich Qaqaviis Namen mit strenger Stimme, wenn sein Blick sich zum Nachbarn neigt. Die Hunde laufen bald ruhiger, mehr wie Langstreckenläufer als Sprinter.

»Wie weit fahren wir? Ich muss vor halb acht wieder zurück sein«, sage ich.

»Nicht weit. Es ist das erste Mal in diesem Jahr, dass die Hunde rennen. Und Qaqavii, er ist noch jung«, sagt der Junge.

»*Haala*«, ruft der Alte kurz darauf, und die Hunde biegen von dem Trail neben den Gleisen ab und laufen in eine baumlose Ebene. Das Gelände ist hier uneben, der Schlitten holpert auf und ab. Ich halte mich an den Querbalken fest, bis meine Hände sich verkrampfen.

»Im Sommer kriegst du nasse Füße, wenn du hier läufst. Es sei denn, du springst von Hummock zu Hummock«, erklärt der Junge und deutet auf die unter Schnee und Eis begrabenen Erhöhungen. Englisch muss seine Zweitsprache sein, und trotzdem benutzt er Wörter, die ich nicht kenne. Hummock – ein Wort, das wie ein Geheimnis klingt, aus einer Welt, von der ich nichts weiß.

»Sieh mal da. Wolfsspuren.« Er deutet mit meinem blauen Wollhandschuh in den Schnee, aber ich sehe nur weiß.

»*La laa*«, ruft der Alte, und die Hunde drehen sich nach links. Dreimal noch ruft er »*La laa*«, und jedes Mal wenden die Hunde sich ein bisschen mehr nach links, bis wir wieder auf unserem alten Trail angekommen sind.

»*Wooh!*«, sagt er mit kehliger Stimme, die man fast mit Hundegeräuschen verwechseln könnte.

Die Hunde halten an und verschlingen Schnee. Der rotbraune Hund wälzt sich genüsslich, alle vier Pfoten in der Luft. Fast meint man, er hätte ein Grinsen im Gesicht. Die anderen Hunde sehen uns abwartend an. Qaqavii kommt schwanzwedelnd auf mich zu.

Der Junge springt vom Schlitten und zerrt den unbändigen Hund zurück auf seinen Platz. »*Wooh.*« Qaqavii leckt eifrig an den Schneehosen des Jungen, und der gibt ihm einen Klaps mit der Hand. »*Wooh!*« Qaqavii duckt sich und bleibt auf seinem Platz. Der Junge kommt zum Schlitten zurück.

»Wieso verstehen die anderen Hunde die Kommandos, aber Qaqavii nicht?«

»Qaqavii, er läuft heute das erste Mal im Team. Er wird von

den anderen Hunden lernen. Der Hund ganz vorne, der große weiße, das ist Qakuq, er ist *issuraqtujuq* – der Leithund. Er ist der Klügste und versteht genau, was wir sagen.« Qakuqs Ohren stellen sich auf, als er seinen Namen hört, und er wedelt mit dem Schwanz. »Taqluk, der mit den schwarzen Flecken, läuft neben dem Leithund – wir sagen *tuklia*. Und Qaqavii nennen wir *kinguliqpaaq*. Er ist der Letzte im Team. Er hat die kürzeste Leine.«

Mir ist vorher gar nicht aufgefallen, dass alle Leinen unterschiedlich lang sind und dass genau geplant ist, welcher Hund wo rennt.

»Wie wählst du denn den Leithund?«

»Habe ich doch gesagt. Er ist der Klügste«, sagt der Junge, als wäre das die logischste Sache der Welt. Trotzdem verstehe ich nur Bahnhof. Wie weiß man denn, wer der Klügste ist? Ist ja nicht so, dass man sie mal eben bitten kann, einen Intelligenztest auszufüllen.

Der Alte gibt einen Befehl, und die Hunde springen auf die Füße. Sie rennen so plötzlich vorwärts, dass der Schlitten wie eine Rakete losschießt. Ich versuche, mich am Schlitten festzuhalten, fasse aber nur in Schnee. Mein Handschuh fliegt weg, und im gleichen Moment falle ich nach hinten, meine Beine zappeln in der Luft, und ich pralle mit dem Jungen zusammen. Sein Grinsen ist so groß, dass ich seine Zahnlücke sehen kann.

»Mein Handschuh!«, rufe ich und rapple mich auf. Der Junge hält ihn vor mein Gesicht, und dann fängt der Alte an zu lachen und wackelt mit den Beinen in der Luft, in Nachahmung meines Missgeschicks. Ich finde das gar nicht witzig. Fast überlege ich, ob ich einfach vom Schlitten springen und von hier aus zum Bahnhof laufen soll, aber dafür fahren wir zu schnell. Qaqavii dreht sich um, um zu sehen, was der ganze Tumult hier hinten soll.

»Das ist nicht …« Lustig, wollte ich sagen, aber in dem Moment stolpert Qaqavii über die Leine, die zwischen den Kufen des Schlittens gespannt ist, und wird in die Luft geschleudert. Er jault überrascht auf, dann landet er auch schon zwischen uns auf dem Schlitten. Er starrt mich an, als wollte er fragen: Wo kommt ihr denn auf einmal her? Und dann muss auch ich lachen.

Plötzlich ist ein Bild in meinem Kopf: Oma Millie, Kitty und Dad bei uns zu Hause. Wir lachen alle über etwas, das ich gesagt habe. Ich kann mich nicht erinnern, was. Ich erinnere mich nur an das Gefühl – wir alle zusammen, als könnte uns nichts und niemand voneinander trennen.

Ich verschlucke mich an meinem Lachen, und Qaqavii leckt mir über die Wange. Ich vergrabe mein Gesicht in seinem dicken, öligen Fell.

»Alles okay, ja?« Der Junge legt mir die Hand auf die Schulter.

Und da fühle ich mich, als wäre ich Paddington Bär und jemand hätte endlich das Schild um meinen Hals gelesen.

Die Sonne steht schon tief, als wir wieder am Fluss ankommen.

»*Wooh!*«, ruft der Alte, und die Hunde halten an. In der beginnenden Dämmerung nimmt der Junge den Hunden das Geschirr ab. Der Alte rollt die Karibufelle ein und bindet sie mit einem dünnen blauen Seil zusammen.

»Willst du helfen? Guck, hier.« Der Junge hebt erst eine Pfote durch das Geschirr, dann die andere. Zuletzt windet er den Kopf des Hundes aus dem Geschirr und führt ihn am Halsband zu seiner Hütte.

Der Hund direkt neben mir hat eine gemein aussehende Narbe im Gesicht. Ich traue ihm nicht recht und gehe stattdessen zu Qaqavii. Er rollt sich auf den Rücken und streckt mir seine Pfoten entgegen. Es ist unmöglich, ihn aus dem Geschirr zu bekommen, ohne dass ich seine Beine in Positionen bringe, die selbst ein Zirkusakrobat kaum hinbekommen würde. Qaqavii springt auf und rennt um mich herum, und wir verwickeln uns in der Zugleine. Inzwischen hat der Junge einen weiteren Hund ausgespannt und zu seiner Hütte geführt, und alles, was ich geschafft habe, ist, mich in einem Knoten zu verstricken.

»*Qallunaq!*«, sagt der Junge und grinst mich an.

Ich grinse zurück, obwohl ich das Gefühl habe, dass es kein Kompliment war.

»Lass Qaqavii für mich. Versuch du es mal mit Qakuq.« Der Junge deutet auf den Hund mit dem vernarbten Gesicht. »Er zeigt dir, wie es geht.«

Wie kann er mir das denn zeigen? Ich halte Qakuq meine Hand hin, aber er ignoriert sie. Als ich sein Geschirr berühre, hält er geduldig erst eine Pfote hoch und dann die andere. Er dreht und windet seinen Kopf, bis er aus dem Geschirr schlüpft. Na, das war leicht!

»*Sapkutailili qimmiq!*« Der Alte deutet auf den Hund.

»Lass ihn nicht los!«, ruft der Junge.

Zu spät. Qakuq rennt mit Vollgas in Richtung der grau aufragenden Hafengebäude.

»Qakuq!«, ruft der Alte, und für den Bruchteil einer Sekunde verlangsamt der Hund seinen Lauf. Dann rennt er, ohne noch einmal zu zögern, am Fluss entlang, bis nur noch ein kleiner weißer Fleck zu sehen ist.

»Kommt er … er wird doch wiederkommen, oder?« Das ist ja mal wieder typisch. Egal, wie gut alles läuft, am Ende versaue ich es doch.

»Er kommt wieder, wenn wir füttern«, sagt der Junge und zuckt mit den Schultern. Ist er nicht sauer? Und der Großvater, was denkt er jetzt von mir? Kitty würde total ausrasten, wenn das ihr Hund wäre.

»Wie sagt man Entschuldigung in deiner Sprache?«

»In Inuktitut? *Ugguaqpunga.*«

Ich drehe mich zum Alten. »Uhg-gachk-puhn-ga. Dass ich den Hund losgelassen habe, meine ich.«

»*Aajuqnaqmat*«, antwortet der Alte. Ich schaue den Jungen an.

»Lässt sich nicht ändern«, übersetzt er.

Da hat er recht, weder Ärger noch Sorge bringen den Hund zurück. Aber was, wenn er von einem Auto angefahren wird? Oder ein Bär ihn erwischt?

»Komm. Wir füttern.« Der Junge winkt mich zu einer der größeren Sperrholzhütten. Der Alte hängt Hundegeschirre und Zugleinen an einen rostigen Nagel am Vordach über der Tür. Ich folge dem Jungen zur Rückseite der Hütte. Er öffnet eine Gefriertruhe voller Fisch und einem undefinierbaren dunkelroten Kadaver.

»Was ist das?«, frage ich.

»Seehund«, sagt er und hievt das tote Tier aus der Truhe.

»Ist das Hundefutter?«

»Das beste Hundefutter. Macht ihr Fell dick und ölig. Willst du mal probieren?« Er grinst mich an, und ich weiß nicht, ob er es ernst meint, aber die Antwort ist in jedem Fall die gleiche.

»Nein, danke.«

Der Junge schnappt sich die Axt, die an der Gefriertruhe lehnt, und fängt an, das Seehundfleisch in Stücke zu hacken. Wie auf Kommando stimmen die Hunde einen Chor aus freudigem Heulen und Bellen an.

»Die wissen, dass es jetzt Abendbrot gibt«, sagt der Junge. Ein gefrorenes Stück Seehund trifft mich am Arm, und ich trete einen Schritt zurück.

»Hier. Da kannst du die Stücke reintun.« Er reicht mir einen Leinensack, aber in der einfallenden Dunkelheit habe ich Schwierigkeiten, alle Stücke zu finden.

»Warte kurz, ja?« Er geht ums Haus, dann höre ich die Tür zufallen. Ich stehe alleine im Dunkeln mit einem toten Seehund und warte auf einen Jungen mit einer Axt, der eine Sprache spricht, die ich nicht verstehe. Auf einmal komme ich mir fehl am Platz vor. Ich meine, ich bin ja gewohnt, nicht dazuzugehören, aber diesmal bin ich tatsächlich eine Fremde. Unsere Welten sind so verschieden, dass ich für alles eine Erklärung brauche. Ich frage mich, ob sie sich in meiner Gesellschaft genauso fühlen. Aber wahrscheinlich gibt es nichts, was ich weiß und sie nicht.

Die Lichter des Bahnhofs locken warm und einladend von der anderen Seite der Gleise. Die Welt, wie ich sie kenne, nur Schritte entfernt. Mein Zug fährt in weniger als einer Stunde. Vielleicht sollte ich einfach gehen.

Das Knirschen von Schritten im Schnee nähert sich. »Hier.« Der Junge reicht mir eine Stirnlampe, und ich stülpe sie über meine Mütze. Ein Kreis von hellem Licht umgibt mich, gleichzeitig wirkt alles außerhalb der Reichweite der Lampe umso dunkler.

Ich stopfe das Seehundfleisch in den Leinensack, der voller schwarz-roter Flecken ist, die Farbe von getrocknetem Blut. Ich versuche mir einzureden, dass es doch gar nicht so anders ist als das Fleisch aus dem Supermarkt. Nur dass das Steak, das ich im Supermarkt kaufe, in Styropor und Plastik verpackt ist. Es klappt nicht. Ich fühle Ekel in mir aufkommen.

Als der Sack voll ist, lehnt der Junge die Axt an die Hauswand, und wir gehen zu den Hunden rüber. Sobald sie uns sehen, rennen sie wie verrückt am Ende ihrer Ketten im Kreis herum und springen voller Aufregung in die Luft. Ein wahrer Freudentanz. Jeder Hund bekommt einen Klumpen Fleisch. Sie halten ihn zwischen ihren Vorderpfoten und verzehren ihn gierig mit scharfen Zähnen, die im Licht der Stirnlampe leuchten.

»Qakuq!«, ruft der Junge, aber der Hund taucht nicht auf. »Lass uns ein bisschen warten.« Er setzt sich auf eine der Hundehütten.

Ich klettere auf Qaqaviis Haus, das aus einer Lattenkiste besteht. Qaqavii verschlingt sein Fressen, so schnell er kann, und sieht dabei schwanzwedelnd zu mir herüber. Sobald er fertig ist, springt er zu mir auf die Hütte. Ich kraule ihn hinter den Ohren, und er lehnt seinen Kopf gegen meine Schulter. Sobald ich aufhöre, ihn zu streicheln, stupst er mich mit der Schnauze an.

»Schalt dein Licht aus«, sagt der Junge. »Dann kannst du besser sehen.«

Als meine Augen sich an die Dunkelheit gewöhnt haben, kann ich dunkle Formen gegen den weißen Schnee ausmachen. Die Hunde und ihre Hütten, Steine am Fluss, die Silhouetten der Häuser.

Der Junge legt sich auf den Rücken, und ich tue es ihm nach. Über mir ist der unglaublichste Himmel, den ich je gesehen habe. So viele Sterne! Manche funkeln hell und schimmernd, andere scheinen weiter weg und leuchten fahler. Direkt über uns strahlt ein breites Band voller Sterne. Ist das die Milchstraße? Ich habe sie noch nie so gesehen – oder vielleicht habe ich sie einfach nicht bemerkt?

Qaqavii springt von der Hütte. Seine Kette rasselt, als er ins Haus kriecht, dann ist es still.

»Wie ist dein Name?«, fragt der Junge in die Sternenstille.

»Emmylou«, antworte ich.

»Emmalu?«

Emmalu. Ich mag, wie er meinen Namen ausspricht. »Und deiner?«

»Barnabas.«

»Barnabas? Ist das aus der Bibel?«

»Das ist mein englischer Name. Ich habe auch einen Inuktitut-Namen. Qaniutuq. Der Name meiner Großtante. Der Alte, er ist mein *irniksaq*, mein Neffe, aber *qallunaat* finden unsere Namensgebung immer verwirrend. Hier in Churchill ist er mein Großvater, zu Hause weiß jeder, dass ich seine Tante bin.«

»Du bist nach deiner Tante benannt?« Er ist ein Junge, oder nicht? Ich stütze mich auf meine Ellbogen und versuche, sein Gesicht im Dunkeln auszumachen. Das schwarze Haar, das unter der Mütze herausguckt, ist kurz, aber das heißt ja nichts. Wie kann er denn die Tante des Alten sein?

»Siehst du, habe ich doch gesagt«, meint er.

»Was hast du gesagt?«

»Du bist verwirrt. Wie alle *qallunaat*.«

»Was sind chal-lu-naht?«

»Eine *qallunaq* ist eine Weiße. Wie du.«

Plötzlich ist eine Mauer zwischen uns, als ob wir sortiert wären: Inuit hier, Weiße dort. Außer dass ich mich nicht »weiß« fühle – oder vielleicht ja doch, ich weiß nur nicht, was es bedeutet. Ich fühle alles Mögliche: dass ich nirgendwo hingehöre, immer nur auf der Durchreise bin. Ich verstehe nie, worüber die Leute in meiner Klasse reden, wie wer was auf Facebook gesagt hat, zum Beispiel. Ob Qa…Qadings wohl auf Facebook ist? Ich kann noch nicht mal seinen Namen aussprechen. Er hat recht. Ich bin eine *qallunaq*. Ich gehöre nicht hierher.

KAPITEL 5

Eine Fahrkarte nach Winnipeg, bitte.« Ich suche in meinem Rucksack nach meinem Portemonnaie. Der Bahnhof ist voll von Menschen, und am Fahrkartenschalter stehen die Leute Schlange. Der Schalterbeamte gibt was in den Computer ein und blickt suchend über den Bildschirm. Bitte, bitte, lass es noch einen freien Platz geben.

»Einfache Fahrt?«, fragt er, aber er wartet meine Antwort nicht ab. »Mit Schlafkabine oder Economy?«

»Economy«, sage ich und freue mich nicht darauf, die nächsten zwei Tage verkrampft auf meinem Sitz zu schlafen.

»Escape-Preis?«, fragt er sachlich.

»Wie bitte?«

»Ohne Rücktrittsversicherung, oder möchtest du Economy Plus mit Versicherung?«

»Ach so. Escape, bitte«, sage ich und muss grinsen. Was für ein passendes Ticket.

»Das macht dann 208 Dollar und 95 Cent.«

Autsch. Ich habe nur 280 Dollar und muss ja auch noch irgendwie von Winnipeg nach Calgary. Maya weiß noch gar nicht, dass ich komme. Ich hatte Sorge, sie erzählt es ihren Eltern, und die würden bestimmt Kitty benachrichtigen. Während der Beamte das Ticket ausdruckt, zähle ich das Geld ab.

»Der Zug steht auf Gleis eins. Abfahrt ist pünktlich um acht Uhr. Der Nächste bitte.«

Ich starre auf das Ticket in meiner Hand. Es gibt kein Zurück mehr, ich hau wirklich ab. Kein Kellnern mehr, kein Streit mit Kitty. Sie *sagt* immer, dass sie nur mein Bestes will, aber irgendwie sehe ich es nicht. Zum Beispiel der Streit letzte Nacht. Am Ende hat sie gesagt, wie viel ich ihr bedeute, aber fühlen konnte ich es nicht. Irgendwie kommt es bei ihr immer falsch raus – oder ich verstehe es einfach falsch, und dann streiten wir. Trotzdem vermisse ich sie schon. Irgendwie habe ich sie mein ganzes Leben vermisst – oder vielleicht nicht Kitty, sondern einfach eine Mutter, die sich wie eine Mutter benimmt.

Als ich auf das Gleis hinaustrete, fühlt es sich an, als würde ich in eine Gefriertruhe laufen. Dabei ist es erst Ende Oktober. Wie es hier wohl mitten im Winter ist?

Ich bahne mir meinen Weg durch die ersten zwei Zugabteile. Touristen zeigen sich gegenseitig Fotos auf ihren Handys, übertreffen sich mit ihren Geschichten. Ich wette, am Ende sind sie doch alle gleich: Bin nach Churchill gereist, hab schnell ein Foto von einem Bären vom Tundra Crawler geschnappt und bin dann wieder nach Hause gefahren. Ich wünschte, ich könnte das auch. Einfach Gefallen finden an dem, woran jeder Freude hat.

»Kopf hoch, kleiner Brummbär!«, rede ich mir zu. Das hat Oma Millie immer gesagt, aber ohne Omas Stimme klingen die Worte hohl.

Im dritten Abteil sitzt ein älterer Herr, der in seine Zeitung vertieft ist. Ansonsten ist es leer. Ich wähle einen Fensterplatz und versuche, die Sleepy Bear Lodge unter den Lichtern der Stadt auszumachen. Ich stelle mir vor, wie Leute jetzt in die Restaurants stürmen, lachend ihr Essen bestellen und anschließend in die Touristenshops eilen, um Souvenirs zu kaufen. Gesprächsanlass für später, sieh-nur-wo-ich-war.

Ich wechsle meinen Sitzplatz. Auf der anderen Seite der Gleise ist es dunkler. Keine Straßenlaternen, nur das eine oder andere Licht aus den Fenstern. Welches ist wohl Barnabas' Haus? Ob Qakuq schon zurückgekommen ist?

Die Stimme des Zugführers dröhnt aus dem Lautsprecher. »Meine Damen und Herren, ich heiße Sie herzlich willkommen bei VIA Rail. Im Bistro bieten wir Ihnen leichte Mahlzeiten und Getränke. Der Zug fährt pünktlich in zwanzig Minuten ab.«

Ich drücke mein Gesicht gegen das kalte Fenster und sehe in die Dunkelheit hinaus. Was rennt denn da an den Gleisen entlang? Mein Herz schlägt schneller. Selbst in der Dunkelheit kann ich sehen, dass es ein Hund mit hellem Fell ist.

Ich springe vom Sitz auf, greife nach meinem Rucksack und sprinte zum Ausgang. Die Tür geht zur falschen Seite auf, und ich muss um das Ende des Zuges herumrennen.

»Qakuq!«, rufe ich, aber weit und breit ist kein Hund zu sehen. Ich will gerade wieder einsteigen, als er hinter einem abgestellten Güterzug auftaucht. »Qakuq!« Der Hund sieht kurz auf und schabt dann nach etwas im Schnee. Futter! Ich brauche etwas, um ihn anzulocken. Vielleicht ist da ja noch ein alter Müsliriegel in meinem Rucksack. Ich wühle in meinen Sachen. Socken, Handy, mein Tagebuch. Plötzlich spüre ich, wie etwas meine Schulter streift. Qakuq! Ich greife nach seinem Halsband. Der Hund wirft sich erschrocken nach hinten, und wir fallen beide in den Schnee. Seine Augen starren mich panisch an, als er versucht, seinen Kopf aus dem Halsband zu winden, aber ich lasse nicht los. Das ist wahrscheinlich das Dümmste, was ich je gemacht habe – mit einem Schlittenhund zu kämpfen, dessen Narben im Gesicht kundtun, dass er auf diesem Gebiet eindeutig mehr Erfahrung hat als ich. Ich rede ruhig auf ihn ein, bis er aufhört zu ringen und sich in den Schnee setzt.

»Lass uns nach Hause gehen, ja?« Ich stehe langsam auf, versuche, mit der einen Hand den Rucksack auf meine Schulter zu hieven und mit der anderen den Hund auf die Beine zu ziehen. Er legt sich hin.

Ich halte ihm meine freie Hand hin. »Ich tu dir nichts. Na, komm schon.« Er rührt sich nicht. Ich muss an den Fuchs in *Der Kleine Prinz* denken, wie er den kleinen Prinzen aufgefordert hat, ihn zu zähmen, was endlos lange gedauert hat. Dafür habe ich keine Zeit. Ich habe einen Zug zu erwischen, und außerdem ist es kalt und dunkel, und meine Hand, die von dem Halsband eingequetscht ist, fühlt sich schon ganz taub an.

»Wir müssen los!«, sage ich bestimmt und ziehe Qakuq am Halsband hoch. Er schießt so schnell nach vorne, dass er mich umreißt und ich im Schnee lande.

»So geht es aber nicht«, sage ich, nachdem ich mich wieder aufgerappelt habe. »Wir probieren es noch mal, okay?« Ich ziehe wieder an seinem Halsband, und wir beginnen einen unbeholfenen Tanz, bei dem wir beide in entgegengesetzte Richtungen wollen und versuchen, uns nicht auf die Zehen zu treten. Dann fällt mir ein, wie Barnabas die Hunde so am Halsband gehalten hat, dass nur die Hinterbeine den Boden berührten. Unser Tanz ist gleich ein bisschen koordinierter. Erst denke ich, dass er jetzt nicht mehr so stark ziehen kann, aber dann fällt mir auf, dass er entspannter ist – als würde er mich als seine Führerin akzeptieren.

Wir eilen die schneebedeckte Schotterstraße hinunter in die Dunkelheit. Obwohl mir die Mütze vom Kopf gerutscht ist, fange ich an zu schwitzen.

Endlich kommt das Haus mit dem alten Sofa in Sicht. Das nächste muss Barnabas' Haus sein, oder? Als ich die Hundegeschirre neben der Tür sehe, weiß ich, dass ich hier richtig bin.

Ich lasse Qakuq auf alle viere hinunter, damit wir beide Luft schnappen können, dann klopfe ich an die Tür. Barnabas öffnet sie mit besorgtem Gesichtsausdruck. Als er sieht, dass ich es bin, lächelt er. »Wir dachten, es wäre die Polizei. Nur die Polizei klopft an. Polizei und *qallunaat.*« Er grinst mich an, und selbst im Dunkeln sehe ich seine Zahnlücke, die ihm etwas Jungenhaftes verleiht. »Du hast Qakuq gefunden.«

Er geht zurück ins Haus und teilt die gute Nachricht seinem Großvater mit. Ich verstehe nur Emmalu und Qakuq. Als Qakuq seinen Namen hört, zieht er so plötzlich, dass ich ihn loslasse. Der Hund stürmt ins Haus, und die Tür schwingt weit auf. Der alte Mann isst gerade Abendbrot. Er sitzt auf dem Boden, und vor ihm sind Stücke dunklen Fleisches auf einer Pappe ausgebreitet. Qakuq saust auf das Fleisch zu, aber der Alte ist schneller.

»*Annit!*«, befiehlt er und schmeißt seinen Hausschuh Richtung Hund. Barnabas zieht Qakuq zur Tür hinaus, und der Alte winkt mich zu sich. Erst jetzt bemerke ich, dass da noch jemand in der Ein-Zimmer-Hütte ist. Eine alte Frau sitzt gegen die Wand gelehnt auf dem einzigen Bett im Raum. Sie scheint fast ein wenig verloren auf der großen Matratze mit den vielen Decken. Über ihren Beinen liegt ein Pappkarton mit Fleisch und Bannockbrot.

»Hallo. Ich bin Emmylou«, stelle ich mich vor.

»Elisapii«, antwortet sie und deutet erst auf sich und dann auf den alten Mann: »Ipilii.«

»Ipilii?«, frage ich und hoffe, ich spreche es richtig aus. Ippi-lih.

»*Ii*«, sie bietet mir mit zahnlosem Lächeln ein Stück Fleisch an.

Mein Magen knurrt, aber ich bin nicht sicher, ob es vom Hunger herrührt oder dem Gedanken, das Fleisch zu essen, das genauso aussieht wie das, mit dem wir die Hunde gefüttert haben.

Der alte Mann bedeutet mir mit einer Handbewegung, mich zu setzen. Ich zögere, suche mit dem Blick nach einer Uhr. Wenn ich jetzt sofort losrenne, würde ich es dann noch rechtzeitig zum Zug schaffen?

Elisapiis und Ipiliis Augen leuchten mich im Schein der Gaslaterne an. Ich sehe mich in der Hütte um. Außer dem Bett und einer alten Couch gibt es hier nicht viel. Zwei Stühle, ein paar Töpfe und Geschirr in einem aus Brettern zusammengenagelten Regal. Zersägte Paletten sind sorgfältig neben dem Holzofen gestapelt. Der Ofen selbst sieht aus, als wäre er aus einem alten Benzinfass gemacht. An der Wand neben der Tür hängen Kleidungsstücke an rostigen Nägeln.

Ich fühle einen Kloß im Hals. Sie haben so wenig, und doch wollen sie es mit mir teilen. Ich lasse den Rucksack von meinen Schultern gleiten und setze mich auf den Boden. Der Alte lächelt, und im gleichen Moment fängt der Boden an zu beben. Der Zug rattert aus dem Bahnhof. Ich beiße mir auf die Lippe. Escape-Preis. Das Ticket lässt sich nicht umtauschen.

Die Tür fliegt auf, und Barnabas kommt zurück. Er lächelt, als er mich auf dem Boden sitzen sieht. »Du magst Inuit-Essen?«

»Ich … ich habe noch nicht probiert«, stottere ich. »Und … ähm … ich bin auch gar nicht hungrig«, füge ich dann noch schnell hinzu.

»Probiere etwas *maktaaq*.« Er greift einen großen Streifen hellen Fleisches, steckt das eine Ende in den Mund und zieht dann sein Jagdmesser aus seinem Gürtel. Er schneidet das Fleisch furchtbar nah bei seinen Lippen und reicht mir Fleisch und Messer.

Ich werde das Gefühl nicht los, dass er die Situation irgendwie genießt. Als wüsste er schon, wie ich reagiere. Ich greife nach dem Messer und versuche, auf der Pappe ein Stück Fleisch abzuschneiden. Es ist überraschend zäh und glitschig. Muss ich es wirklich in den Mund nehmen und dann gleichzeitig ziehen und schneiden? Ich überwinde mich und stecke das Fleisch in den Mund. Als ich nach dem Messer greife, winkt Barnabas' Großmutter wild mit der Hand.

»*Tamna qallunaq! Apguijutilugu maktaarmik.*« Es hört sich so an, als würde sie mit ihrem Enkel schimpfen. Mit einem halbmondförmigen Messer schneidet sie kleine Stücke von ihrem Fleisch ab. So ein Messer habe ich doch schon mal gesehen. Richtig, im Miniaturformat als Halskette im Fenster des Schmuckgeschäfts, wo es als original Inuit-Messer angepriesen war. Die alte Frau reißt ein Stück von ihrer Pappe ab und reicht mir die säuberlich geschnittenen Fleischwürfel.

»*Maktaaq*«, erklärt sie und zieht dann an ihrer Haut. »Beluga.«

»Das ist … Belugahaut? Wal?« Bilder von weißen Walen, die in dem grünblauen Wasser des Flusses herumtollen, erscheinen vor meinem inneren Auge. Sie sehen ein bisschen wie Delphine aus, nur größer und weißer. Hier sind sie fast so berühmt wie die Eisbären, nur dass sie eben im Sommer da sind. Die Läden sind voll von Fotos, Postkarten, Kunst, Stofftieren. Die kann ich doch nicht essen!

Elisapii guckt mich wohlwollend an, und plötzlich wird mir klar, dass Wal und Seehund und Karibu und andere Tiere und Pflanzen der Arktis einmal die einzigen Nahrungsmittel der Inuit gewesen sein müssen. Ob Elisapii und Ipilii so aufgewachsen sind? Nur mit dem, was sie jagen und sammeln konnten?

Ich stecke ein Stück Beluga in den Mund. Es ist, als würde ich in zähes Kaugummi beißen. Ich stopfe das Fleisch mit meiner

Zunge hinten in die Wange und versuche zu lächeln. »Wie sagt man Danke auf Inuktitut?«

»*Matna*«, sagt Barnabas.

»*Matna*«, wiederhole ich.

»Du«, sagt Elisapii und tut so, als würde sie sich mehr Stücke in den Mund schieben.

Ich presse mir ein paar weitere Stücke in die Wangen.

»Danke. *Matna*«, sage ich und lächle mit geschlossenem Mund.

Barnabas lacht belustigt. »Vergiss das Schlucken nicht.«

»Hm?«

Barnabas reicht mir ein Glas Wasser, und ich spüle das *maktaaq* hinunter.

»Mehr?«, fragt er, und ich schüttle den Kopf. Und dann lachen alle. Aber auf eine gute Art und Weise. Das Eis ist gebrochen.

Barnabas und seine Großeltern fragen mich, woher ich komme, und ich erzähle ihnen, dass ich in Vancouver geboren wurde, zuletzt aber in Calgary gewohnt habe. Ich bin mir nicht sicher, wie ich die Frage beantworten soll, wie lange ich hier sein werde. Es wird wohl ein paar Wochen dauern, bis ich mir ein neues Zugticket leisten kann. Ich weiche der Frage aus, indem ich sage, dass meine Mutter in der Sleepy Bear Lodge arbeitet.

Ich erfahre, dass Barnabas aus Arviat in Nunavut kommt, der nächsten Gemeinde ein paar Hundert Kilometer nördlich von Churchill. Dort kommt man im Winter nur mit dem Schneemobil entlang der gefrorenen Hudson Bay hin oder im Sommer mit dem Boot. »Man kann auch fliegen«, sagt Barnabas, »doch das ist ziemlich teuer.«

Barnabas geht in Churchill zur Schule, während er hier ist, um seinem Großvater zu helfen, der sich um Elisapii kümmert. Sie braucht irgendeine Behandlung für ihre Niere im Krankenhaus, die sie im Gesundheitszentrum in Arviat nicht bekommen kann. Und Barnabas, der gleichzeitig auch Ipiliis Tante ist wegen des Namenspirits, der die tote Großtante verlassen hat und jetzt in ihm lebt, ist mitgekommen, um sich um seinen Neffen / Großvater zu kümmern – wahrscheinlich habe ich das immer noch nicht richtig verstanden, aber es hört sich nicht mehr ganz so verrückt an.

Ich stelle mir vor, wie der Namenspirit meiner Oma über uns schwebt und darauf wartet, dass ihr Name ein neues Zuhause bekommt. Sollte ich jemals Kinder bekommen – was ich nicht glaube –, werde ich meine Tochter Millie nennen. Falls es ein Junge ist, nenne ich ihn auch Millie, aber stelle ihn als Milo vor, damit die Kinder in der Schule ihn nicht auslachen.

Je länger wir reden, desto froher bin ich, meinen Zug verpasst zu haben. Als Elisapii merkt, dass ich immer öfter meine Sitzposition auf dem harten, kalten Boden wechsele, winkt sie mich zu sich aufs Bett. Barnabas streckt sich auf dem Boden aus, der Alte lehnt sich gegen das Sofa. Die Laterne zischt leise und taucht uns in ihr warmes Licht.

Wann haben Kitty und ich letztes Mal so zusammengesessen? Kitty! Wie konnte ich sie nur vergessen? Sie wird bestimmt sauer sein. Ich springe vom Bett auf.

»Ich muss los«, sage ich eilig und reiche Elisapii meine Hand. Die alte Frau hält sie in ihrer eigenen und tätschelt sie sanft, so wie Oma. Sie sieht mich mit alterswässerigen Augen an und redet auf Inuktitut auf mich ein. Ich nicke nur und lächle.

»*Matna*«, sage ich. »Danke.«

»Wir trainieren die Hunde immer nach der Schule«, sagt Barnabas, als er mich zur Tür bringt. »Du kannst mitkommen.«

Ich versuche, nicht zu aufgeregt zu klingen. »Okay. Wann denn?«

»Nach der Schule«, wiederholt Barnabas, als ob er alles zweimal erklären müsste, aber eine Zeit nennt er mir trotzdem nicht.

»Was hat deine Großmutter eigentlich gesagt?«, frage ich, als ich schon im Halbdunkeln bei der Tür stehe.

»Nichts. Nur Auf Wiedersehen«, murmelt Barnabas und guckt mich verlegen an. Als sich unsere Blicke treffen, fühle ich die Röte in mein Gesicht schießen. Ich trete schnell in die Dunkelheit der Straße.

KAPITEL 6

Wo um alles in der Welt bist du gewesen?« Kitty tigert im Zimmer auf und ab. »Du kannst doch nicht einfach deine Schicht verpassen!«

»Die habe ich total vergessen. Sorry«, sage ich und schiebe meinen Rucksack unters Bett.

»Vergessen?«

Ich habe sie echt vergessen, weil ich dachte, bis dahin bin ich ja eh im Zug. Aber das wäre wahrscheinlich keine gute Entschuldigung. »Ich … ähm, ich war am Fluss, und da waren dieser Junge und sein Großvater, und … also, die haben Schlittenhunde, und ich sollte helfen. Und dann sind wir mit dem Schlitten rausgefahren. Die haben diesen Hund, Qaqavii, und der mag mich, aber dann habe ich ihren Hund verloren. Nicht Qaqavii. Einen anderen. Also bin ich geblieben. Ich habe den Hund gefunden, und jetzt bin ich hier.«

Kitty starrt mich an, als wäre ich gerade aus einem Raumschiff ausgestiegen.

»Kitty?«

Sie greift nach dem Telefonhörer und wählt eine Nummer. »Kitty Leroux hier. Ich habe vor einer Weile angerufen … Ja, Sie hatten recht; sie ist gerade wiedergekommen … Ja, ja, alles ist gut. Sie hatte sich vor einem Bären versteckt, deswegen konnte sie nicht anrufen. Wo? Moment. Ich frage sie.« Kitty hält das Telefon gegen ihre Brust gepresst und starrt mich wütend an.

»Ist das die Polizei?«, flüstere ich.

Kitty nimmt den Hörer wieder auf. »Sie weiß nicht genau, wo. Wir sind neu hier in der Stadt. Vielen Dank noch mal.« Sie knallt den Hörer aufs Telefon.

»Du hast die Polizei angerufen, weil ich um zehn noch nicht zurück war? Wirklich? Warum hast du sie denn angelogen?«

»Was sollte ich denn sagen? Dass du mit irgendeinem dahergelaufenen Jungen was weiß ich gemacht hast, ohne deiner Mutter Bescheid zu sagen? Oder wenigstens deine Schicht abzusagen?«

»Das ist nicht irgendein Junge. Und sein Großvater war auch da.«

»Und dafür brauchtest du zweihundert Dollar?«

Mist.

»Denkst du, ich würde es nicht bemerken? Was hast du mit dem Geld gemacht?«

»Ich … ich habe es verloren.« Was ja sogar stimmt. An ein Zugticket ohne Rücktrittsversicherung.

»Lüg nicht.«

»Ich habe ein Zugticket gekauft.«

»Wo ist das Ticket?«

»Nicht mehr gültig.«

»Gib es mir einfach.«

Ich reiche ihr das Escape-Ticket.

»Versprich mir, dass du das nie wieder machst.« Ihre Stimme ist leise, fast flehend.

Ich weiche ihrem Blick aus.

»Emmylou? Versprich es.«

Ich beiße mir auf die Lippe. Ich will nichts versprechen, was ich nicht halten kann.

Kitty zerreißt das Ticket in tausend kleine Stücke. »Was habe ich dir denn getan? Kannst du mir das vielleicht mal sagen?« Und plötzlich ist sie da. Wut. Beschuldigungen. Wie immer.

»Was *ich* dir angetan habe? Wer rennt denn immer davon?«

»Aber doch nicht vor dir! Ich würde dich niemals verlassen.«

Für einen klitzekleinen Moment fühle ich da noch etwas anderes als ihren Zorn, aber dann bin ich mir nicht mehr sicher, ob es wirklich da ist oder ob ich es nur fühle, weil ich es hoffe. Ich bin sauer auf mich, weil ich einfach nicht aufhören kann, nach etwas zu suchen, das es zwischen uns einfach nicht gibt.

»Du verlässt immer nur dein beschissenes Leben und scherst dich einen Dreck um meines«, werfe ich ihr vor.

»Wann hörst du auf, dich wie ein verwöhntes Kind zu benehmen? Werd endlich erwachsen. Ich bin das Thema echt leid«, schreit Kitty zurück.

Ich bin es auch leid, das ständige Streiten, die Verletzungen. Ich setze mich mit dem Rücken zu Kitty auf mein Bett und ziehe mir die Decke über die Ohren.

»Also wirklich, Emmylou, geh doch wenigstens erst mal duschen. Die Hunde waren doch bestimmt voller Flöhe.«

Ich knalle die Badezimmertür hinter mir zu. Wie kann jemand so nah sein und sich doch so weit weg anfühlen?

»Guten Morgen, Emmylou!« Kitty zieht mir die Decke weg. »Die Sonne scheint!«

Ich öffne blinzelnd die Augen. »Die Sonne ist doch noch nicht mal aufgegangen!« Ich reiße Kitty die Decke aus der Hand und verkrieche mich unter dem warmen Federbett.

»Ja, nun, so ist das halt im hohen weißen Norden. Dunkel, wenn man aufsteht; dunkel, wenn man ins Bett geht. Na, komm schon, lass uns zusammen frühstücken gehen, ja?«

Wie kann sie denn auf einmal so guter Laune sein? Hat sie den Streit von gestern Nacht einfach vergessen?

»Ich habe eine Überraschung für dich«, flötet Kitty.

Ich stöhne. Überraschungen sind nicht unbedingt eine gute Sache. Besonders nicht von Kitty.

Als ich acht oder neun war, hat Kitty mich mit einem Ausflug in einen Vergnügungspark überrascht. Ich weiß nicht mehr, wo wir gerade gewohnt haben, aber ich kann mich noch an die Achterbahn erinnern. Skyrider. Ich wollte nicht mitfahren, doch Kitty bestand darauf, dass es Spaß machen würde.

Als der Spaß endlich vorbei war, waren meine Fingerknöchel weiß, und ich hielt die Lippen fest zusammengedrückt, damit das Erbrochene nicht herauskam. Ich weiß noch ganz genau, wie ich festgeschnürt neben Kitty saß, meine Augen zugekniffen, und nur durch das Gefühl in meinem Magen und Kittys Lachen und Kreischen wusste, ob es bergauf oder bergab ging. Manchmal fühle ich mich immer noch so.

»Ich dachte, wir könnten heute was zusammen machen«, ruft Kitty aus dem Badezimmer, wo sie vor dem Spiegel ihre Haare zusammenbindet. »Ich habe Aimee gefragt, ob sie für mich einspringen kann.«

»Aimee?«

»Die Französin.«

»Marie?«

»Hab ich doch gesagt.«

»Du hast Ai…« Ich beiße mir auf die Zunge. Plötzlich fühle ich mich, als ob wir auf einem Hochseil balancieren würden. Ein falsches Wort, und wir stürzen beide ab. »Ähm, du hast was von einer Überraschung gesagt?«

»Lass uns ein bisschen Spaß haben heute, ja? Neustart. Ich habe mit Marie geredet. Also, sie meint, wir könnten ins Eskimo-Museum gehen, obwohl Museen ja eigentlich nicht gerade spaßig sind.« Kitty legt Lippenstift auf und fährt dann fort: »Wir können zum Arctic Trading Post gehen, und ich kaufe dir was Schönes. Wie wäre es mit einer Halskette mit Eisbärenanhänger? Oder wir können auf ein Tundra-Crawler-Abenteuer gehen, obwohl die für heute, glaube ich, ausgebucht sind. Oder …«, hier hält Kitty inne, als hätte sie das Beste bis zum Schluss aufbewahrt, »… wir gehen auf Hundeschlittenfahrt!«

Im Ernst? Also, was für eine Wahl ist das denn? Kitty hasst Museen, ich hasse Schmuck, wir sind zu spät für die Eisbären-Tour, also bleibt uns ja nur die Hundeschlittentour, und die hatte ich sowieso schon geplant. Allerdings ohne Kitty.

Zwei Stunden später sitzen Kitty und ich eng aneinandergedrängt mit vier anderen Touristen in einem umgebauten Golfwagen. Bunt bemalte Hundehütten bilden eine ganze Hundestadt. Die angeleinten Huskys bellen wie verrückt und laufen am Ende ihrer Ketten im Kreis. Zwei Helfer legen ihnen Geschirre an. Ein dritter Helfer versucht vergeblich, die schon angespannten Hunde davon abzuhalten, aufgeregt in die Luft zu springen. Anders als die Hunde des Alten werden diese in Zweierpaaren hintereinander angespannt. Zwölf Hunde in einem Team. Dreißig weitere Hunde beschweren sich laut kläffend, dass sie nicht ausgewählt wurden.

»Herzlich willkommen«, ruft der Tourleiter über den Lärm hinweg. Auch er trägt den obligatorischen roten Daunenparka und eine Fellmütze, an der noch der Schwanz des toten Tieres hängt. »Ich bin Peter Patterson von Aurora Dog Sled Tours«, beginnt er und macht dann eine Pause, als ob wir seinen Namen kennen sollten. »Und die Hunde hier, das sind die Superstars eines der härtesten Rennen Kanadas. Der Arctic Quest beginnt jedes Jahr direkt hier in Churchill.«

Die Helfer spannen den letzten Hund ein, und das Bellen wird so laut, dass ich mir die Ohren zuhalte.

»Hike, hike, hike!«, brüllt Peter Patterson, und als die Hunde losschießen, kommt der Golfwagen ins Schlittern. Das Bellen der zurückgelassenen Hunde schwillt ab zu einem klagenden Heulen. Dann ist es still, bis auf das *Klick-klick-klick* der Kameras und Handys und Peter Pattersons Stimme.

»Der Arctic Quest verläuft über vierhundert Kilometer entlang der gnadenlos harschen Küste der Hudson Bay bis zum Inuitdorf Arviat.«

Arviat! Da kommt Barnabas her! Ob sein Großvater mit dem Hundeschlitten von Arviat nach Churchill gekommen ist? Vierhundert Kilometer durch unberechenbares Terrain? Das kann ja wohl nicht sein.

»Das Rennen zieht Topmusher – also Hundeschlittenführer – aus ganz Nordamerika an, aber nicht jeder, der das Rennen beginnt, wird es auch beenden.«

»Werden einige dieser Hunde beim Rennen mitmachen?«, fragt ein Tourist in der ersten Reihe und lehnt sich ein wenig näher an Peter Patterson, als würde der Ruhm des Rennfahrers auf ihn abfärben.

»Der graue Leithund hat schon an vier Rennen teilgenommen. Die beiden Wheeler«, er deutet auf die zwei großen rostroten Hunde am Ende des Teams, »sind meine PS, die ziehen die halbe Fracht. Und der Schwarze hinter dem Leithund ist mein aufkommender Superstar.« Er zeigt auf einen schlaksigen Hund mit Schlappohren, dessen Beine viel zu lang aussehen. Sein glänzend schwarzes Fell ist kurz und dünn. Ich will fragen, ob dem Hund denn nie kalt wird, aber bevor ich den Mut aufbringe, fährt Peter Patterson fort: »Im ersten Jahr hatten wir einen so starken Schneesturm, dass eines der Musherzelte über die Tundra geblasen wurde – mit dem Musher im Schlafsack! Ein Jahr später hatten wir Regen mit einem darauffolgenden Temperatursturz zu minus achtundzwanzig Grad ohne den Wind-Kälte-Faktor, sodass mir mein Parka am Leib angefroren ist. Dieses Rennen ist ein wahrer Test für Mensch und Tier.«

Ich muss an Barnabas und den alten Mann denken, wie sie sich unter den Hunden und draußen auf dem Land zu Hause fühlen. Wissen sie von dem Rennen? Würden sie es auch einen Test für Mensch und Tier nennen?

Der Trail vor uns macht eine scharfe Biegung nach links. »*Haw!*«, ruft der Musher, und die Hunde folgen dem Pfad um die Kurve. Die Touristen klatschen begeistert in die Hände. Dann tauchen die Hundehütten wieder vor uns auf, und die Hunde im Team ziehen schneller. Mehr Klatschen.

Eine Frau mit dicker Wollmütze, die am Rand mit Make-up verschmiert ist, fragt, ob auch Frauen an dem Rennen teilnehmen.

»Dort begegnet man Eisbären und Wölfen, und ein Team von zehn oder zwölf Hunden zu kontrollieren ist ja auch kein Kindergeburtstag. Das ist kein Ort für Frauen.«

Es ärgert mich, wie er redet, und fast wünschte ich mir, ich hätte mein eigenes Team, aber dann wird mir schwindelig bei dem Gedanken, tatsächlich allein in der Tundra zu sein.

»Entschuldige bitte.« Jemand tippt mir auf die Schulter. »Kannst du mal ein bisschen nach links rutschen, damit ich ein besseres Bild von den Hunden bekomme?« Ein Mann mittleren Alters mit frostigem Bart und roten Wangen fuchtelt mit seiner Kamera vor meinem Gesicht.

Ich drücke mich näher an Kitty. Sie legt den Arm um mich, während Frost-Bart für sein Selfie posiert.

»Ist das nicht toll? Das mit dem Golfwagen ist ja 'ne super Idee. Was sagst du, Emmylou?« Kitty reicht der Frau neben Frost-Bart ihr Handy. »Können Sie ein Foto von uns machen? Es war der Wunsch meiner Tochter, auf Hundetour zu gehen. Beeindruckend, nicht? Haben Sie auch Kinder?«

Die Frau schüttelt höflich den Kopf.

»Also, da wissen Sie ja gar nicht, was Sie verpassen«, sagt Kitty und lacht in die Kamera.

Ich denke an all unsere Streitereien und frage mich, ob die Tochter dieser Frau, wenn sie eine hätte, auch die Tage zählen würde, bis sie ihre Mutter endlich verlassen kann? Und plötzlich macht mich das ganz traurig. Wie furchtbar es sein muss, eine Tochter zu haben, die so schnell und so weit weg will wie möglich.

»Smile«, sagt die Frau, und Kitty zieht mich noch enger zu sich heran.

Ich lächele in die Kamera, aber ich fürchte, es ist nicht gut genug.

KAPITEL 7

Emmalu, da bist du ja.« Barnabas strahlt mich an, als ob ich wie versprochen am Tage nach unserer ersten Fahrt mit den Hunden wiedergekommen wäre. »Ich spanne die Hunde an.« Er holt das Geschirr.

Es ist schon über zwei Wochen her, dass ich ihn das erste (und letzte) Mal getroffen habe. Die erste Verabredung habe ich verpasst, weil ich mit Kitty auf »Hundeschlittenfahrt« war. Als ich am folgenden Tag wiederkam, waren sie schon mit den Hunden unterwegs. Dann habe ich mich um meinen Schulkram gekümmert. Lisa hat ein Matheprogramm für mich gefunden, das ich auf den Bibliothekscomputern benutzen kann, aber es ist nicht so einfach, wie ich dachte, sich selbst zu unterrichten. Kitty ist auch keine Hilfe. Ihre gesammelten Mathekünste passen auf den Notizblock, den sie zum Kellnern benutzt. Zum Glück muss ich den ersten Lernstandsnachweis nicht vor Januar einreichen, und wir haben ja erst November.

Bei meinem letzten Besuchsversuch war keiner draußen, und ich traute mich nicht, anzuklopfen.

Jedes Mal, wenn ich zum Fluss komme, sieht er anders aus. Beim ersten Mal ging die Flut gerade zurück. Eisschollen, rund und flach wie riesige, frostige Pfannkuchen, trieben sich drehend Richtung Meer. Am Ufer waren gestrandete Eisblöcke und gefrorene Pfützen, die die Flut zurückgelassen hatte. Ich bin von Pfütze zu Pfütze gesprungen, und das dünne Eis ist knirschend unter meinen Füßen zerbrochen, bis nur noch Scherben übrig waren.

Beim nächsten Mal waren die Eissplitter mit frischem Schnee bedeckt, und der Fluss lag still.

Heute ist der Fluss wieder weit offen. Die Schollen sind alle ans Ufer getrieben, und von Norden her weht ein kalter Wind über den Fluss.

Sobald die Hunde Barnabas mit den Geschirren von der Hütte kommen sehen, laufen sie aufgeregt im Kreis.

Barnabas reicht mir eines der Geschirre. »Für Qaqavii. Weißt du noch, welcher das ist?«

Qaqavii springt hocherfreut auf mich zu, und ich ringe ihm das Geschirr über den Kopf, während er seine Vorderpfoten auf meine Schultern legt und versucht, mir das Gesicht zu lecken. »Soll ich ihn anspannen? Die kürzeste Leine, richtig?«

»*Ii*«, sagt Barnabas. »Ja.«

Ich fummle den Knebelknopf durch die Schlaufe am Geschirr und sage Qaqavii, er soll schön Platz machen. Qaqavii springt mich an.

»Platz!« Ich will nicht, dass er meinetwegen Ärger bekommt, und stelle mich auf das Ende seiner Leine, bis er aufhört zu zappeln und seine Ungeduld im Zaum hält.

»Das hier ist Aupaluk«, sagt Barnabas und leint den roten, wölfisch aussehenden Hund an.

»Aupaluk?«

»*Ii*. Roter. Wegen seines Felles. Komm.«

Ich folge ihm zu den Hundehütten.

»Das ist Pamiuluks Geschirr.« Er deutet auf eine kleine Hündin. Sie sitzt ganz ruhig, als ich ihr das Geschirr anlege, und wedelt schüchtern mit ihrem viel zu kurzen Schwanz.

»Was ist denn mit ihrem Schwanz passiert?«, frage ich.

»Die Mutter hat ihn abgebissen. Das war das erste Mal, dass sie Welpen hatte. Vielleicht dachte sie es wäre … wie nennt man das?« Barnabas deutet auf seinen Bauchnabel.

»Nabelschnur?«

»*Ii*«, antwortet er, als wäre es das Normalste auf der Welt, dass eine Mutter ihren eigenen Welpen verstümmelt. Pamiuluk scheint der fehlende Schwanz jedenfalls wenig auszumachen. Sie vibriert vor Aufregung wie alle anderen. Ich streichle sie hinter den Ohren. Sie lehnt sich gegen mich und blickt mich mit tiefbraunen Augen vertrauensvoll an.

Barnabas nennt mir jeden Hundenamen. Einer der großen Rüden, dessen Nackenhaare sich immer auftürmen, wenn ihm einer der anderen Rüden zu nahe kommt, heißt Grumpy. Barnabas' kleine Schwester hat ihn so genannt. Sie hat auch die kleinste Hündin im Team benannt – Princess – und eine rosa Schleife an ihr Halsband gebunden. Die Schleife ist zwar ausgeblichen, aber trotzdem kann ich mir damit den Namen einfach merken. Dann ist da noch Spooky, der mich immer so anguckt, als würde ich mich jeden Moment in einen Eisbären verwandeln. Die anderen Namen sind alle in Inuktitut, und ich vergesse sie sofort wieder – außer Qaqavii natürlich. Und Qakuq.

»Sollen wir los?« Barnabas deutet auf den leeren Platz neben ihm auf dem Schlitten.

»Wo ist denn dein Großvater?«

»Die sind nach Winnipeg geflogen. Für Untersuchungen im Krankenhaus.«

»*Ha-ii*«, ruft Barnabas, und die Hunde stürmen vorwärts. Qaqavii guckt sich für den Bruchteil einer Sekunde verdutzt um, dann rennt auch er los. Wir rasen, genau wie beim ersten Mal, auf den Fluss zu und biegen auch wieder scharf nach links ab. Wir fliegen um die Kurve und geraten ins Schlingern. Zu spät versuche ich, mich am Schlitten festzuhalten. Ich verliere das Gleichgewicht. Barnabas greift mich am Ärmel und rettet mich im letzten Moment davor, im Schnee zu landen.

»Hast du es dir anders überlegt?«

»Was?«

»Mitzukommen. Sah so aus, als hättest du es eilig, davonzukommen«, sagt er und grinst mich an. Ich wende mich schnell den Hunden zu.

Qaqaviis Gang ist auch diesmal sprunghaft wie bei einem Kind, das zwischen Gehen und Hüpfen hin- und herwechselt. Aber er leckt nicht mehr so oft die Gesichter der anderen Hunde, und seine Zugleine bleibt gespannt.

Der Trail ist weniger holprig, jetzt, wo mehr Schnee liegt. Die Hunde rennen noch schneller als beim ersten Mal. Vielleicht, weil der Schlitten leichter ist ohne Old Ipilii. Ich vermisse ihn irgendwie. Als er dabei war, musste ich mir keine Gedanken machen, was ich zu Barnabas sagen soll. Barnabas ist auch stiller. Er redet noch nicht mal mit den Hunden. Sie folgen einfach ihren alten Spuren und brauchen keine Kommandos.

Die Hunde hecheln im Rhythmus ihres Laufs – fast wie ein Chor mit einer eingängigen Melodie. Ich blinzle ins Sonnenlicht, das von den Schneekristallen aufgefangen wird. Überall um uns herum glitzert es. Kleine Eiskugeln bilden sich zwischen den Ballen der Hunde, die hin und wieder durch die Luft geschleudert werden und mich im Gesicht treffen.

Je länger ich den Hunden zusehe und zuhöre, desto weniger habe ich das Bedürfnis, überhaupt irgendwas zu sagen.

Im Nu haben wir die Stadt hinter uns gelassen und sind wieder an der Lichtung angelangt, wo wir das letzte Mal umgedreht haben. Die Zuggleise verschwinden in einer Ansammlung von Fichten, die sich schief unter der Schneelast beugen.

»Weiter können wir nicht«, sagt Barnabas.

»Warum? Die Hunde sehen doch noch gar nicht müde aus.«

»Die wollen am liebsten weiterrennen, aber der Trail wird zu eng. Da passen wir mit unserem Fächergespann nicht durch.«

»Wieso spannst du sie dann nicht im Zweiergespann an wie …«

»Wie *qallunaat*? Zu gefährlich, wenn wir auf dem Meereis sind. Wenn deren Leithund durchs Eis bricht, werden alle anderen Hunde mit runtergezogen. Wenn mein Leithund durchs Eis bricht, dann fächern die anderen Hunde aus und gehen dahin, wo es sicher ist. Wir haben lange Leinen, damit sie schwimmen können und keiner ertrinkt. *Halaa!*«

Die Hunde wenden. Qaqavii ist der Letzte, der mitkriegt, was los ist, aber dafür rennt er umso schneller, um wieder aufzuholen.

»Wieso lenkst du die Hunde nicht da drüben hin?«, frage ich und deute auf die offene Ebene auf der anderen Seite der Zuggleise.

»Wir gehen da nicht hin.«

»Wieso? Was ist denn da?«

»Da gibt es Geister.«

»Geister?«

»Aus Old Dene Village.«

»Da ist ein altes Dorf?« Ich recke meinen Hals, sehe aber keine Häuser.

»Das Dorf gibt es nicht mehr, aber die Geister, die sind noch immer da.«

»Was ist da passiert?«, frage ich.

Aber Barnabas wendet seine Aufmerksamkeit wieder den Hunden zu. Dene, das waren doch die indigenen Menschen, die im Bahnhofsmuseum mit ihren Karibuparkas ausgestellt waren.

Wo sind sie jetzt? Ich bekomme ein so düsteres Gefühl, dass ich nicht sicher bin, ob ich wirklich mehr wissen will, und wechsle schnell das Thema.

»Als ihr nach Churchill gezogen seid, wie habt ihr da eigentlich eure Hunde hierhergebracht?«

»Mit dem *qamutik* natürlich.« Barnabas deutet auf den Schlitten, auf dem wir sitzen. »Ipilii, er hat sie gebracht.«

»Wie lange hat es gedauert?«

»Drei Tage. Er hatte Glück. Kein Schneesturm.«

»Drei Tage! Wo hat er denn geschlafen?«

»In der ersten Nacht ist er bis nach Nunalla gekommen. Da ist ein alter Fellhandelsposten – von der Hudson Bay Company aus England, weißt du? Ist lange verlassen, aber die Häuser stehen noch. Da haben die Hunde vorm Wind geschützt zwischen den Gebäuden geschlafen.«

»Und Ipilii? Sind da noch Betten und all das im Handelsposten?«

»Da ist nichts mehr. Nur das Gebäude selbst und ein halb verfallenes Lagerhaus. Ipilii hat ein Schneehaus gebaut – *iglu* in unserer Sprache.«

»Wirklich?«, frage ich und ärgere mich über mich selbst. Natürlich ist es wirklich. Ich dachte halt nur nicht, dass Leute heute noch Iglus bauen. »Wo ist Nunalla?«

»Vielleicht hundertsechzig oder hundertachtzig Kilometer von hier, auf halber Strecke nach Arviat, je nachdem, wie man fährt. Nahe der Grenze zu Nunavut.«

»Die Hunde sind über hundert Kilometer an einem Tag gerannt?«

»Langer Tag. Aber es war spät im Winter, schon fast Frühling. Die Hunde, die sind in Bestform, und die Tage sind lang.«

»Und dann?«

»Dann haben sie noch eine Nacht bei North Knife River verbracht, nicht weit von hier. Ich zeige es dir, wenn der Fluss gefroren ist und wir nach Norden können.« Barnabas nickt mit dem Kopf Richtung Churchill River, wo die Eisschollen wieder in Bewegung geraten sind und von der Flut flussaufwärts getrieben werden. Bei dem Gedanken, mit Barnabas und den Hunden in die vereiste Arktis zu fahren, wird mir gleichzeitig heiß und kalt.

»Sie haben am Fluss gecampt«, fährt Barnabas fort, »und gewartet, bis die Ebbe kommt, damit sie den Fluss überqueren konnten. Old Ipiliis Hunde, die waren müde vom langen Reisen, und wir fahren nicht im Dunkeln. Zu gefährlich, wenn man dünnes Eis nicht sehen kann und die Bären auf Jagd sind. Außer in dem großen Rennen. Alle wollen den ersten Preis gewinnen. Also reisen sie bei Nacht. Ist ganz schön gefährlich.«

»Welches Rennen? Der Arctic Quest?«

»*Ii.*«

»Nimmst du auch teil?«

Barnabas nickt. »Mein Großvater, er hat schnelle Hunde. Im ersten Jahr war er der Erste in Arviat, aber gewonnen hat er trotzdem nicht. Bei der ersten Flussüberquerung war der Trail nicht gut, wo die *qallunaat* ihn markiert haben. Mein Großvater und sein Partner, sie haben einen Umweg gemacht, sind weit, weit draußen auf das Meereis hinausgefahren. Trotzdem waren sie schneller als alle anderen. Niemand war bei der Ziellinie, als sie ankamen. Sie haben die Hunde nach Hause gebracht und sind zurück zur Ziellinie gelaufen. Und dann sind sie disqualifiziert worden.«

»Disqualifiziert?«

»*Ii.* Wegen der Rennregeln. Du musst am Checkpoint anhalten. Er und sein Partner, sie sprechen nur Inuktitut. Keiner hat ihnen erklärt, dass sie bei jedem Checkpoint ein- und auszeichnen müssen. Im nächsten Jahr bin ich mitgefahren. Dieses Mal haben wir unsere Unterschrift an jedem Checkpoint gegeben. Wir sind Dritter geworden.«

»Du und dein Großvater, ihr habt jeder ein Team?« Unbeabsichtigt falle ich in Barnabas' Satzstruktur.

»Immer zwei Partner auf einem *qamutik*. Aus Sicherheitsgründen. Wir rennen zusammen, seitdem ich zwölf bin. Das ist mein fünftes Rennen.«

Also ist er siebzehn. Und ich fast sechzehn. Mir schießt die Röte ins Gesicht. »Rennt ihr dieses Jahr?«

»Wenn die Hunde gut trainiert sind. Und meine Großmutter …« Er beendet den Satz nicht. »Easy! Easy! *Yaai!*«

Wir sind wieder bei den Hundehütten angekommen.

»Wann ist denn das Rennen?«, frage ich.

»Erstes Wochenende im April.«

April. Das ist noch lange hin. Wer weiß, wo ich bis dahin bin.

KAPITEL 8

Barnabas und Old Ipilii fahren drei- oder viermal in der Woche mit den Hunden raus. Wenn ich nicht arbeiten muss, bin ich dort, kurz bevor die Schule aus ist. Ipilii lässt mich die Hunde anleinen. Wenn Barnabas kommt, sind wir bereit, loszufahren.

Heute ist der 23. November. Mein Geburtstag. Aber ich behalte es für mich. Ich mochte die Aufmerksamkeit, die man am Geburtstag bekommt, noch nie. Schließlich habe ich mir nicht ausgesucht, an dem Tag geboren zu werden – oder an irgendeinem Tag überhaupt.

»Hi, Emmalu! Bin sofort da«, ruft Barnabas oben vom Haus und winkt uns zu. Kurz darauf kommt er mit einer Handvoll Dörrfleisch. »Möchtest du?«

Ich nehme ein Stück und stopfe es für später in meine Tasche. Ich mag den Geschmack inzwischen gern. Zuerst ist es trocken und ein bisschen salzig, aber wenn man es lange kaut, schmeckt es ein bisschen, wie die Tundra riecht – würzig und wild.

Die Hunde springen auf, sobald Barnabas sich hinter Old Ipilii und mich auf den *qamutik* setzt.

»*Ha-ii*«, rufen wir gleichzeitig, als Barnabas den Schneeanker löst. Die Hunde schießen los.

Ich genieße die wortlose Fahrt. Es gibt ja auch nicht viel zu sagen. Barnabas redet nicht gern über die Schule, und ich rede nicht gern über Kitty. Er weiß, dass ich mit meiner Mutter hier bin, aber er weiß nichts von den ständigen Umzügen und unseren Streitereien.

Kitty gefällt es gar nicht, dass ich so oft mit dem Schlitten unterwegs bin. Mein Boss hat mir neue Schichten zugeteilt. Jeden Dienstag und Donnerstag, wenn der Zug fährt, bin ich zum Arbeiten verdonnert.

Kitty nervt mich ständig, dass ich doch mal was mit meiner »Peergroup« unternehmen soll. Also mache ich ein oder zwei Mal die Woche was mit Marie, damit Kitty mich in Ruhe lässt. Marie erzählt mir von ihren Reisen um die Welt und all den coolen Leuten, denen sie begegnet ist. Einmal war sie sogar Backstage bei Rock im Park. Ich versuche ihr von den Hunden und Ipilii zu erzählen, aber entweder bin ich keine gute Geschichtenerzählerin, oder Marie findet es wenig spannend, allein in der gottverlassenen Wildnis herumzugeistern, wie Kitty die Arktis nennt.

Zum Glück fragt Kitty mich nicht nach meinen Schulaufgaben, jedenfalls nicht direkt. Sie betont allerdings bei jeder Gelegenheit, dass ich gut genug für ein Stipendium sein muss, falls ich zur Uni möchte – worüber ich mir überhaupt noch keine Gedanken machen will. Außerdem bin ich sowieso nicht gerade Stipendium-Material. Warum soll ich mich also abquälen?

Die Hunde ziehen den Schlitten mit Leichtigkeit und rennen immer schneller im Sprint. Trotzdem verlieren wir das Rennen um das Tageslicht täglich um ein paar Minuten mehr. Die Tage werden kürzer, die Nächte immer länger.

Sonnenuntergang ist meine liebste Tageszeit. Der Fluss ist fast bis zum anderen Ufer hin zugefroren. Die Flut hat den Neuschnee weggespült, und das Eis verwandelt den Fluss in einen Spiegel für den Himmel. Kurz vor Sonnenuntergang scheint der

Fluss zu glühen, als ob ein Feuer unter dem Eis brennen würde, und Fluss und Himmel verschwimmen ineinander.

Manchmal steht der Mond schon am Horizont, während der Himmel sich langsam von zartem Rot in dunkles Lila färbt und dann alle Farben an die Dunkelheit der Nacht verliert.

Wie heute. Der Mond ist schon auf-, aber die Sonne noch nicht ganz untergegangen.

»Wir haben zwei Schatten«, sage ich und betrachte die zwanzig blassen Schattenhunde, die unseren Hunden auf beiden Seiten des Trails folgen. Die Sonnenschatten werden immer schwächer, während die Mondschatten im Licht des Vollmondes immer deutlicher hervortreten. Die Hunde werden zu dunklen Silhouetten, bis sie selbst fast wie Schatten erscheinen. Mit dem Verschwinden der Sonne wird es plötzlich kälter.

Zurück bei den Hundehütten, überlässt es Old Ipilii Barnabas und mir, uns um die Hunde zu kümmern. Der Alte erhebt sich schwerfällig und hält seine Hand an die rechte Hüfte gedrückt, als er Richtung Hütte geht. Der Mond ist so hell, dass wir keine Stirnlampen brauchen.

Nachdem wir die Hunde alle ausgespannt haben, füttern wir sie. Es gibt kein besseres Geräusch als Hunde, die glückselig mit ihren scharfen Zähnen gefrorenes Fleisch reißen. Qaqavii schüttelt sein Stück Seehund immer erst kräftig wie ein Wolf, der den Nacken seiner Beute bricht.

»Er ist schon tot, Qaqavii, glaub mir«, versichere ich ihm und lache. Barnabas dreht sich zu mir um, und obwohl ich sein Gesicht im Mondlicht nicht ausmachen kann, fühle ich mich beobachtet.

»Du bist gut mit den Hunden«, sagt er. »Sie mögen dich.«

»Ich mag sie auch«, sage ich, froh über die Dunkelheit, falls mein Gesicht wieder rot wird.

»Sobald der Fluss überquerbar ist, können wir weiter laufen.«

»Wann ist das?«

»Sobald das Eis gefroren ist«, sagt er und zuckt mit den Schultern. »Jeden Tag, jetzt, wenn es so kalt bleibt. Lass uns mal hingehen und gucken.«

Ich folge ihm zum Fluss, und Barnabas geht aufs Eis hinaus.

»Hey, pass auf! Der Fluss ist doch noch offen da drüben!« Ich zeige auf die offene Stelle in der Flussmitte, wo das Mondlicht sich im schwarzen Wasser spiegelt.

»Ist gut hier«, sagt Barnabas und geht ein paar Schritte weiter.

Ich setze vorsichtig einen Fuß auf das Eis. Dann einen weiteren. Plötzlich knallt es wie ein Peitschenschlag, und ich springe ans Ufer zurück.

»Was … war das?«

»Der Fluss. Er macht Eis.« Barnabas schlittert zum Ufer zurück und bricht einen rundlichen Stein los. Er wirft ihn wie eine Bowlingkugel, und der Stein gleitet dumpf grollend über das Eis. Der Fluss antwortet mit Tönen, so wunderlich schön, als würde jemand eine Harfe aus Glas spielen.

Ich krieche vorsichtig auf das Eis und lege mich hin, sodass ich das Lied, das das Eis komponiert, besser hören kann. In meinen ganzen fünfzehn, ich meine, sechzehn Jahren habe ich noch nie so was Schönes gehört wie diesen Ice Song.

»Ich habe heute Geburtstag«, sage ich und überrasche mich selbst mit meinem Geständnis.

»Ich hoffe, du hattest einen guten Geburtstag, Emmalu.«

Ich nicke. Es war ein guter Tag. Früher war ich an meinem Geburtstag immer verstimmt, weil mein Vater mir noch nicht mal eine Karte geschickt hatte. Ich weiß nicht, warum das immer an meinem Geburtstag hochkam. Ich wusste ja längst, dass er nicht an mich dachte.

Aber heute war es anders. Ich hatte einfach einen schönen Tag: draußen sein mit den Hunden, der Sonne beim Untergehen zusehen, der Flussmusik im Mondlicht lauschen – und das alles mit Barnabas.

»Wie alt bist du, Emmalu?«

»Rate mal.«

»Vierzehn?«

Autsch. Er denkt, ich bin noch ein Kind. »Sechzehn«, antworte ich, aber als ich genauer darüber nachdenke, fühle ich mich tatsächlich jünger, wenn ich mit Barnabas zusammen bin. Als ob ich seine kleine Schwester wäre, die er beschützt – der große Bruder, den ich nie hatte.

Ein feuchtkalter Wind weht vom Meer, der sich seinen Weg durch meine lausig dünne Winterjacke bahnt, bis ich anfange zu zittern. Ich denke an den dunkelblauen Anorak, den Kitty und ich im Trading Post gesehen haben. Handgenäht wie der von Barnabas – außer dass er nicht aus Karibufell war. Aber er hatte einen Pelzkragen, der den Wind vom Gesicht abhält. Ob Kitty ihn mir wohl zum Geburtstag gekauft hat? Angedeutet habe ich es auf jeden Fall oft genug. Ihre Schicht muss bald zu Ende sein. Ich reibe meine kalten Wangen mit den Händen.

Barnabas kommt einen Schritt auf mich zu. Meine Haut fühlt sich auf einmal ganz kribbelig an, und ich trete einen Schritt zurück.

»Ich geh mal besser los«, sage ich.

»Gute Nacht, Emmalu.«

»Gute Nacht, Barnabas«, antworte ich und wende mich ab. Auf dem Weg zum Hotel kommen mir immer wieder seine Augen in den Sinn, wie sie im Mondlicht leuchten und mir ein warmes Gefühl im Bauch verursachen.

»Emmylou, du siehst ja ganz verfroren aus.« Kitty balanciert ein Tablett mit Bier, Wein und Blaubeerkuchen mit ihrer linken Hand. Mit der rechten fühlt sie meine Wange. »Warst du wieder mit diesem Jungen unterwegs?«

»Und den Hunden. Und sein Großvater war auch dabei«, antworte ich.

»Ich habe mit Peter Patterson gesprochen. Also, er sagt, du kannst ihm mit seinen Hunden helfen. Dann muss ich mir nicht immer Sorgen machen, wenn du da unten hingehst.«

»Da unten?«

»Du verstehst schon, was ich meine. Die Flats.«

»Die Flats?«

»Na, so nennen sie diese Barackensiedlung am Fluss. Wo die Landbesetzer wohnen und die Betrunkenen und die Leute, die nicht von hier sind.«

»Nicht von hier? Sag mal, wovon redest du eigentlich?«

»Musst du denn immer gleich einen Streit aus allem machen?« Kitty lässt das Tablett sinken und hält es nun mit beiden Händen. »Ich habe doch einfach nur mit Peter vereinbart, dass du ihm helfen kannst, damit du nicht mit diesen Leuten von den Flats herumhängen musst.«

»Warum hängst du nicht mit Peter Patterson und seinen dummen Hunden rum? Du kennst ›diese Leute‹ doch überhaupt nicht. Wie kannst du denn was gegen sie haben?« Meine erhobene Stimme erweckt die Aufmerksamkeit einer Touristengruppe ein paar Tische weiter. Eine der Frauen stellt demonstrativ ihr leeres Weinglas auf den Tisch und starrt missbilligend zu uns herüber.

»Warte mal kurz.« Kitty liefert die Bestellungen mit einem freundlichen Lächeln ab, das verschwindet, sobald sie sich wieder mir zuwendet. »Küche«, befiehlt sie.

Ich trete durch die Schwingtür in das grelle Neonlicht.

»Zweimal Saibling und ein Bisonsteak, halb durch«, ruft der Chef über das Brummen der Edelstahl-Dunstabzugshaube.

»Bin gleich da«, ruft Kitty zurück und dreht sich dann zu mir. »Ich weiß genau, was das für Menschen sind, ja? Die Leute hier in der Stadt reden ja schließlich. Außerdem habe ich die Schuppen gesehen und die Hunde an den Ketten und den Jungen mit seinen verdreckten Klamotten und …«

»Du bist mir gefolgt?«

»Ich bin deine Mutter, Emmylou. Natürlich bin ich dir gefolgt. Ich mache mir schließlich Sorgen. Das ist kein guter Ort für fünfzehnjährige Mädchen.«

»Sechzehn.«

»Was? Ach du Scheiße. Was ist denn heute für ein Datum?«

Kein dunkelblauer Anorak also. Oder überhaupt irgendein Geschenk.

»Also, fünfzehn oder sechzehn, das ist doch jetzt auch egal. Du weißt schon, was ich meine.«

»Nein, weiß ich nicht!«, sage ich und gebe der Schwingtür einen ordentlichen Stoß. Sie pendelt wild hin und her, während ich die Treppe hochstürme.

Oben auf unserem Zimmer drücke ich Silly an mich und vergrabe mein Gesicht im abgewetzten Plüsch des Stoffhundes. Oma Millie hätte gewusst, was heute für ein Tag ist, und sie würde Barnabas und Elisapii und Ipilii auch nicht »diese Leute« nennen. Wie konnte Kitty nur meinen Geburtstag vergessen?

KAPITEL 9

»Wach auf, Emmylou. Du musst mal kurz für mich einspringen, ja?« Kitty rüttelt mich sanft an der Schulter.

»Jetzt? Du hast doch gesagt, du machst die Frühschicht.« Ich blinzle in das Licht der Deckenlampe, kann aber meine Augen kaum aufhalten.

»Ich komm ja sofort wieder. Eine Stunde höchstens.«

»Wohin gehst du denn?«

»Ich muss nur schnell was besorgen – ist eine Überraschung.« Sie lächelt mich an.

Ich setze mich im Bett auf. »Also, ich hoffe die Überraschung ist dunkelblau und superwarm!«

»Du wirst schon sehen.«

»Ich meine das ernst. Wenn es zu teuer ist, zahl ich was dazu.«

»Warte es ab!« Kitty lacht verschmitzt, und ich springe aus dem Bett, um ihre Schicht zu übernehmen.

»Hallo, Emmylou«, ruft Marie und winkt mir vom Tisch neben der Küche zu, wo sie Rühreier und Toast in sich hineinschaufelt. Sie hilft Walter heute als Guide bei den Tundra-Crawler-Touren, auf denen fotowütige Touristen mit ihren Kameras auf ahnungslose Eisbären losgelassen werden. Das Restaurant ist voll, aber das Frühstück macht nicht viel Arbeit. Es ist ein Büfett, ich muss nur leere Teller abräumen und Kaffee nachschenken.

»Mehr Kaffee?«, frage ich Marie.

»Nein, danke. Ich muss noch den Tourbus säubern, und die Tour fängt in fünfzehn Minuten an. Du glaubst nicht, was die Leute alles vergessen. Gestern habe ich einen Strohhut gefunden!« Maries Lachen ist ansteckend, und ich pruste los. »Na, da hat aber jemand gute Laune.« Marie sieht mich überrascht an, und ich versuche schnell, ernst zu gucken. »Was Besonderes?«, fragt sie.

»Nee«, sage ich, aber insgeheim muss ich ans Wochenende denken und stelle mir vor, wie ich neben Barnabas sitze, mit meinem neuen Anorak – schön warm und ganz erwachsen aussehend. »Viel Spaß dir heute«, wünsche ich ihr und nehme ihren mit Ketchup verschmierten Teller.

»Dir auch. Komm doch mal mit, um die Eisbären zu beobachten.«

»Ja, vielleicht«, sage ich, kann mir aber nicht so richtig vorstellen, mit strohbehüteten Touristen in Monstertrucks Eisbären hinterherzujagen. Wie macht Marie das? Immer nur das Positive zu sehen und sich von nichts nerven zu lassen?

Das Restaurant leert sich, ich wische die Tische ab und esse schnell ein paar Pfannkuchen in der Küche, während der Koch draußen raucht. Als ich in den Speisesaal zurückkomme, sitzt Kitty an einem der Ecktische. Ihre Wangen sind noch von der Kälte gerötet, und neben ihr auf der Bank liegen zwei Einkaufstüten. Eine ist groß genug, dass mein Anorak darin sein könnte.

»Happy Birthday, Sweet Sixteen!« Sie strahlt mich an. »Sorry, dass es nicht eingepackt ist. Hier.« Sie stellt die große Plastiktüte auf den Tisch. »Warte mal. Setz dich. Ich hol uns eine heiße Schokolade, ja?« Sie quetscht sich aus der Bank heraus.

»Ohne Sahne, bitte«, ruf ich ihr hinterher. Als sie hinter der Schwingtür verschwindet, werfe ich einen verstohlenen Blick in die Tüte. Es ist nicht der dunkelblaue Anorak, sondern irgendwas in Babyblau.

»Hoch soll sie leben, hoch soll sie leben …« Kitty trägt ein Tablett mit zwei heißen Schokoladen und einem Bananenmuffin, auf dem eine Wunderkerze leuchtende Funken versprüht. »… dreimal hoch! Hoch! Hoch!« Sie setzt das Tablett vor mir ab, und ich sehe zu, wie die Wunderkerze sich langsam krümmt und schwarze Asche über meinen Geburtstagsmuffin verstreut.

»Emmylou, was ist los?« Kitty legt ihren Arm um meine Schultern.

»Ich weiß nicht«, sage ich und versuche, die Tränen zurückzuhalten. Was ist denn mit mir? Seit wann mag ich Babyblau nicht mehr und Wunderkerzen auf meinem Geburtstagskuchen? Und wann hat es angefangen, mit Kitty so kompliziert zu sein?

»Ist es, weil ich deinen Geburtstag vergessen habe?«, fragt Kitty.

Ich schüttle den Kopf.

»Sieh doch mal, was ich Schönes für dich gefunden habe.« Sie schiebt die Einkaufstüte näher. Ich will nicht reingucken. Will nicht die Enttäuschung auf Kittys Gesicht sehen, wenn sie meine sieht. Ich schüttle den Kopf.

»Also, was soll das denn? Was habe ich denn jetzt schon wieder falsch gemacht?«, fragt Kitty.

Ich greife nach der Tüte und ziehe die babyblaue Jacke heraus. Sie hat noch nicht mal einen Reißverschluss. Nur lächerlich große lila Knöpfe.

»Probier sie mal an. Die hat doch ein bisschen mehr Form als das ausgebeutelte Ding, das du mir gezeigt hast.«

»Sie ist babyblau, Kitty.«

»Genau deine Farbe. Das bringt deine Hautfarbe so schön heraus.«

»Aber die Jacke ist total unpraktisch.«

»Unpraktisch? Wofür?«, fragt Kitty.

»Die ist zu eng, um noch einen extra Pullover darunterzuziehen. Das helle Blau wird doch sofort schmutzig, und außerdem hat sie noch nicht mal eine Kapuze. Zum Hundeschlittenfahren geht die gar nicht.«

»Ja, dann benutz sie halt nicht dafür.«

»Wofür soll ich sie denn sonst benutzen?«

»Zum Ausgehen. Um Freunde kennenzulernen.«

»Ich habe Freunde.«

»Ich meine richtige Freunde.«

»Richtige Freunde?«

»Teenager wie du.«

»Wie ich?«, frage ich und würde am liebsten jetzt gleich gehen, aber Kitty versperrt meinen Fluchtweg.

»Emmylou, du musst mehr unter Leute kommen. Geh doch mal zum Gemeindezentrum und guck dir einen Film an, oder vielleicht gibt es ja hier ein Sportteam. Volleyball oder so was.«

»Ich komme unter Leute, falls du es noch nicht bemerkt hast.«

»Und ich verstehe einfach nicht, warum du da immer wieder hingehst. Die fragen dich doch nicht nach Geld, oder?«

»Was?«

»Na ja, für Schnaps oder so.«

»Wirklich, Kitty? Das ist doch … weißt du, wie rassistisch sich das anhört?«

»Natürlich musst du gleich immer alles gegen mich wenden. Das hat mit Rassismus nichts zu tun. Ich habe doch gar nichts gegen Eskimos, aber guck doch mal, wie diese Leute leben. Was soll ich da denn denken?«

KAPITEL 10

Seit meinem Geburtstag fühlt sich unser Zimmer noch enger an als zuvor. Selbst wenn Kitty arbeitet, habe ich keine Lust, hier zu sein. Barnabas ist noch in der Schule, also schlendere ich durch die Straßen in Richtung Wasser. Das Meer liegt still und streckt sich endlos dem Horizont entgegen. In Ufernähe ist es gefroren und mit Schnee bedeckt. Weiter draußen ist es graublau wie der Himmel.

Ich liebe es, auf dem dunklen Felsgestein zu laufen, von dem der Wind den Schnee weggefegt hat, und mir vorzustellen, wie es hier aussah, als sich die gewaltigen Eismassen der letzten Eiszeit zurückzogen. Er fühlt sich alt an, der Stein, als würde man auf dem Rückgrat der Erde stehen.

Ein kalter Wind weht beißend von Norden. Ich kauere mich hinter einen Felsbrocken. Zuerst fühlt es sich im Windschatten geschützter an, aber dann habe ich Angst, dass ich nicht sehe, wenn sich ein Eisbär an mich heranschleicht. Und auf einmal kommt es mir so vor, als würde mich jemand beobachten. Ich springe auf. Mein Herz schlägt wie verrückt, aber weit und breit ist kein Bär zu sehen. Nur eine alte Frau, die in Richtung Friedhof läuft.

Ich folge ihr in einigem Abstand, froh, in Menschennähe zu sein. Der Friedhof ist erstaunlich groß, als gäbe es hier in Churchill mehr Tote als Lebende.

Die alte Frau bleibt an einer Gedenktafel stehen, die von einem verwitterten Holzkreuz überragt wird. Sie beugt sich nieder und wischt den Schnee von den eingravierten Namen. Tiefe Falten runzeln ihr Gesicht, als hätten sich Kummer und Trauer in ihre Haut gegraben. Sie hat mich noch nicht bemerkt, und ich wende mich schnell ab, um sie nicht zu stören.

Ich schlendere zwischen den Gräbern entlang und lese die Namen und Geburtstage der Toten. Was hat sie hierhergebracht? Waren sie glücklich? Als die alte Frau den Friedhof verlässt, gehe ich zu dem Monument. Daneben ragt eine verblichene Plastikrose aus dem Schnee, deren Blütenblätter vom Wind zerzaust sind. Ich studiere die eingravierten Namen und Daten. Sie sind alle Mitte der Fünfziger- bis Siebzigerjahre gestorben. Einige waren noch Kinder, Kleinkinder, und Babys. Was ist hier passiert?

Plötzlich muss ich an die Geister denken, von denen Barnabas geredet hat. Wie hieß das Dorf noch mal? Dene Village? Hat das Monument was damit zu tun?

»Hallo, Emmylou, schön, dich zu sehen.« Die Bibliothekarin nimmt die Bücher entgegen, die ich mir vor einem Monat ausgeliehen habe. »Ich habe mich schon gefragt, ob du noch in Churchill bist. Sollen die alle zurück, oder möchtest du welche verlängern?«

»Wenn ich die Bücher über Eisbären noch behalten könnte?«

»Kein Problem. Wie läuft es mit dem Homeschooling?«

»Äh … okay. Ich habe meine Berichte immer noch nicht fertig. Irgendwie finde ich immer mehr Fragen als Antworten.«

»Was möchtest du wissen?«

»Gab es hier mal ein Dorf, das Dene Village hieß?«, frage ich.

Lisa nickt. »Das gehört zur dunklen Geschichte hier, die die Leute lieber vergessen.«

»Also stimmt es, dass es dort …« Ich breche ab.

»Dass es dort was?«

»Geister gibt?«

»Wenn du damit meinst, ob die Leute immer noch von dem, was passiert ist, heimgesucht werden, dann könnte man es so sagen.«

»Was ist denn dort passiert?«

»Dene Village war ein notdürftig zusammengezimmertes Dorf, das die Regierung für die Sayisi Dene, die Dene, die von Duck Lake kamen, eingerichtet hat.«

»Von Duck Lake? Warum kamen sie hierher?«

Und dann erzählt Lisa mir, wie die Dene, die in Blockhütten und Zelten um Duck Lake im Landesinneren wohnten und von der Jagd und dem Sammeln von Beeren und Pflanzen gelebt haben, gezwungen wurden, nach Churchill umzusiedeln, ans Meer, wo sie nicht mehr jagen konnten und auf Lebensmittelgutscheine angewiesen waren. Das war in den Fünfzigerjahren. Nach einer Weile fingen die Erwachsenen an, Alkohol zu trinken, weil sie sich ganz verloren fühlten, ohne das Land, das sie so gut kannten und von dem alles kam, was sie zum Leben brauchten. Sie konnten nicht mehr jagen, Felle gerben, Kleidung nähen, Fische mit dem Netz fangen, Häuser und Schlitten und Kanus bauen.

Als ich mir das verlassene Dorf bei Duck Lake vorstelle, wo zurückgebliebene Hunde vergeblich auf die Rückkehr der Menschen warteten, wünschte ich, ich hätte Lisa nie gefragt.

»Wo sind sie jetzt, die Leute, die in Dene Village gelebt haben?«

»Die meisten leben wieder im Inland. Bei Tadoule Lake. Nur wenige sind in Churchill geblieben.«

Aber ihre Geister sind noch hier, denke ich und muss an die

alte Frau vom Friedhof denken. War sie eine der Zwangsumgesiedelten? Wen hat sie auf dem Friedhof besucht?

Als ich später zurück zum Hotel gehe, schaue ich mir die Leute auf der Straße genauer an. Der Typ mit dem wettergegerbten, dunklen Gesicht, der gerade auf seinem Schneemobil vorbeigerattert ist, ist er Dene? Was ist seine Geschichte? Und wie passen alle Geschichten zusammen? Haben Ipilii und Elisapii schon immer in Arviat gewohnt? Was ist ihre Geschichte? Und wo ist mein Platz in all dem?

KAPITEL 11

Easy«, ruft Barnabas, aber die Hunde reagieren nicht. Jeder einzelne Hund rennt so schnell, wie er kann. Qaqavii und Princess schaffen es nicht, ihre Aufregung zu unterdrücken, und bellen im Lauf. Qakuq zieht so kräftig, dass er fast seitlich läuft. Es ist das erste Mal in diesem Jahr, dass sie den Fluss überqueren, und sie können kaum erwarten zu sehen, was hinter der nächsten Biegung liegt. So wie ich.

Heute früh haben Old Ipilii und Barnabas die Eisdicke überprüft. Das Eis ist früh in diesem Jahr, hat Ipilii festgestellt. Heute Morgen hat das Thermometer minus zweiunddreißig Grad angezeigt. Das Fell der Hunde ist frostig, und ihr warmer Atem bildet Dampfschwaden in der kalten Luft.

Vor uns türmt sich ein Labyrinth von zusammengeschobenen Eisschollen auf, Jumble-Eis nennt Barnabas es. Er versucht, uns um die Eisberge zu steuern, und schleift seinen Fuß mal auf der einen, mal auf der anderen Seite über das Eis. Die Hunde rennen plötzlich eine scharfe Kurve, aber der Schlitten gleitet weiter geradeaus, und wir rasen auf das Jumble-Eis zu. Barnabas springt vom Schlitten, zieht ihn zur Seite und schmeißt sich wieder drauf, und wir vermeiden den Zusammenstoß um Haaresbreite.

»Wow! Wie hast du das gemacht?«

Barnabas zuckt die Schultern. »Habe nicht darüber nachgedacht. Beim nächsten Mal springst du vom Schlitten, ja?«

Ich stoße ihn mit dem Ellbogen an, und er grinst breit.

Auf der anderen Seite des Flusses folgen die Hunde einem Schneemobiltrail, der leicht ansteigt. Hier liegt mehr Schnee, und der *qamutik* gleitet sanfter. Ich dehne meine verspannten Beine. Erst jetzt bemerke ich, wie kalt es ist. Ich ziehe mir die Mütze tiefer ins Gesicht und ordne meine beiden Schals neu, sodass der Wind nicht durch meine Jacke bläst. Dort, wo Qaqavii sein öliges Fell an mir gerieben hat, ist ein dunkler Flecken auf dem babyblauen Anorak. Vielleicht sieht meine Jacke eines Tages aus wie Barnabas' Schneehose – unmöglich zu sagen, welche Farbe sie mal hatte. Jeder Fleck eine Geschichte.

Nach einer kurzen Steigung fällt das Land wieder ab. Von hier unten sieht es aus, als wären wir in einer Schlucht. Rechts und links von uns liegen Findlinge verstreut, und Krummhölzer wachsen dort, wo das Land sie vor Wind und Wetter schützt.

»Hat dieser Ort einen Namen?«, frage ich durch den Schal, der mein Gesicht bedeckt.

»Seahorse Gully«, antwortet Barnabas. »Hier haben die Tuniit gewohnt.«

»Tuniit?«

»*Qallunaat* nennen sie Dorset-Menschen. Sie waren lange vor uns Inuit hier. Ich weiß nicht viel über sie. Nur dass sie in Steinhäusern wohnten. Sie waren Riesen. Aber freundlich.«

Ich dachte immer, die Inuit wären die Einzigen, die in der Arktis wohnten, aber jetzt sind da die Tuniit und die Sayisi Dene und vielleicht auch noch andere, von denen ich keine Ahnung habe, obwohl es doch Teil meines Landes ist.

»Was ist aus den Tuniit geworden?«, frage ich.

»Qaqavii! Halt deine Leine stramm!«, ruft Barnabas, dann wendet er sich wieder mir zu. »Du fragst zu viele Fragen, vergiss nicht, deinen Hund im Auge zu behalten.«

Ich mag, dass Barnabas Qaqavii »meinen« Hund nennt. Ich sehe ihm beim Rennen zu und wundere mich, wie er auf der einen Seite so schnell gelernt hat, sich dem Team anzupassen, und auf der anderen Seite immer noch über seine eigenen Pfoten stolpert wie ein unkoordinierter Welpe.

»*Wooh!*« Die Hunde halten an, und Qaqavii rollt sich im Schnee. Er bekommt einen Niesanfall und schüttelt heftig seinen Kopf. Ich kraule ihn lachend hinter den Ohren, und er niest mir ins Gesicht.

Nach einer kurzen Pause drängt Barnabas zum Weiterfahren. »Sonst laufen wir im Dunkeln zurück.«

»Können wir die Steinhäuser der Riesen sehen?«, frage ich, während ich mich umsehe. Die windgebeugten Fichten werden immer weniger. Dafür gibt es immer mehr Findlinge.

»Da ist nicht viel zu sehen. Nur Steine, wo einmal die Wände waren. Alle interessanten Sachen sind längst in Museen.«

»Was denn für Sachen?«

»Harpunenspitzen, Schaber, Messer, Stichel …«

»Stichel?«

»Aus Flint. Wie ein Meißel. Zum Schnitzen.«

»Was haben die denn geschnitzt?«

»Holz, Knochen, Elfenbein. Kannst du alles im Museum in Churchill sehen.«

»Welches Museum?«

»War früher das Eskimo-Museum. Heißt jetzt *Itsanitaq*.«

»*Itsanitaq?*«

»*Ii.* Dinge aus der Vergangenheit. Musst du selber sehen.«

Der Trail führt aus der Senke heraus, und vor uns streckt sich das endlose Land. Unter uns liegt das gefrorene Meer – genauso endlos. Ich fühle mich, als wäre ich geschrumpft. Ein Winzling in einer Welt, die auf einmal viel größer, viel weiter erscheint.

Auf einmal habe ich das Gefühl, beobachtet zu werden. Ich drehe mich um. Auf einer Anhöhe in der Ferne steht ein Felsen, angeleuchtet von der Sonne, die sich langsam dem Horizont zuwendet. Über uns fliegt ein Rabe. Lautlos gleitet er dahin. Plötzlich sehe ich mich selbst von weit oben und Barnabas und die Hunde auch. Und dann sehe ich Schatten. Obwohl, »sehen« ist nicht das richtige Wort. Ich spüre es mehr. Eine Anwesenheit. Als ob wir nicht allein wären.

Die Hunde stürzen sich in ihre Leinen und ziehen wie verrückt aufs Eis hinaus. Vom Meer aufgeworfene Eisplatten türmen sich vor uns auf. Wir schlittern übers Eis, prallen von Eisbrocken ab, und die Hunde ziehen immer schneller, die Ohren steif und die Nasen hoch in der Luft.

»*Wooh!*«, ruft Barnabas, aber die Hunde halten nicht an. »Oh, oh. Wir sollten besser umkehren.«

»Warum? Ist das Eis nicht sicher?«, frage ich voller Panik.

»Sieh nur«, sagt Barnabas und deutet in den Schnee. »*Nanuq.* Eisbär.«

»Was?! Wo?«, schreie ich.

»Da.« Barnabas deutet vor uns in den Schnee, und auf einmal sehe ich sie: Spuren. Riesenfüße mit fünf Zehen und scharfen Krallen.

»Worauf wartest du denn noch?! Dreh um!«, schreie ich Barnabas an.

»Nicht so einfach.« Barnabas grinst. »Mein Großvater, er jagt mit den Hunden. Die werden ganz verrückt, wenn sie Bär riechen. Die hören nicht auf mich.«

Er versucht, sie mit dem Schneeanker zu bremsen, ruft »*La laa!* Links! *La laa!*«, aber die Hunde haben die Fährte aufgenommen und folgen schnüffelnd den Spuren. Ich sehe mich gehetzt um, vermute hinter jedem Eisblock einen Bären.

»Ich versuche, die Hunde anzuhalten, und du springst ab und treibst sie nach links, ja?«, schlägt Barnabas vor.

»Warte!«, rufe ich. »Wie denn?«

»Lauf neben ihnen und jage sie nach links. So.« Barnabas streckt seine Arme aus, als würde er eine Horde Hühner scheuchen. »*Wooh!*« Der Schneeanker kratzt über das Eis, aber die Hunde rennen kaum langsamer. »Spring!«, ruft Barnabas.

»Jetzt? Wir sind doch viel zu schnell.«

Dann greift der Anker in einem Spalt im Eis, und wir kommen so plötzlich zum Stillstand, dass ich vornüber vom Schlitten katapultiert werde. Erschrocken über meine unfreiwillige Flugübung, weichen die Hunde nach links aus. Qaqavii springt aufgeregt um mich herum. Ich rapple mich auf und jage die Hunde, bis der Schlitten herumschwingt und die Hunde mit demselben Eifer die Spuren in entgegengesetzter Richtung verfolgen. Der Schlitten rast an mir vorbei, und im letzten Moment schmeiße ich mich nach vorn. Der Gedanke, als Bärenmahlzeit zurückgelassen zu werden, gibt mir ungeahnte Kraft, und ich schaffe es, mich auf den Schlitten zu ziehen.

»Nicht schlecht für eine *qallunaaq*«, stichelt Barnabas und hilft mir auf. Plötzlich deutet er hinaus aufs Meer. »Da ist er ja!«

Ich sehe, wie sich etwas im Jumble-Eis bewegt. Eine gelblich weiße Gestalt mit schwarzer Nase stellt sich langsam auf die Hinterbeine und guckt in unsere Richtung. Ach du meine Güte! Der ist ja voller Blut! Das ist nicht die flauschig niedliche Touristenattraktion, die ich von den Fotos kenne. Was mich da anstarrt, ist ein geschulter Jäger, ein Killer an der Spitze der Nahrungskette.

»Was macht er?«, flüstere ich, und mein Herz schlägt wie verrückt.

»Bären sehen nicht gut, aber er hat uns gewittert. Er fragt sich, was wir sind.«

»Wird er … er kann uns nicht einholen, oder?« Der Abstand zwischen uns und dem Bären wächst, aber dann erinnere ich mich, dass Eisbären bis zu vierzig Stundenkilometer rennen können. Der Schlitten ist nicht mal halb so schnell. Der Bär lässt sich auf allen vier Tatzen nieder. »Barnabas! Was macht er jetzt?«

»Siehst du all das Blut um die Nase und die Tatzen? Er hat einen Seehund oder so. Er hat kein Interesse an uns. Sie, meine ich.«

»Sie?«

»Sieh doch!«

Zwei Junge kommen hinter Mamas Rücken hervor und kabbeln sich spielerisch im Schnee. Ich sehe ihnen zu, bis wir zu weit weg sind und sie mit dem Jumble-Eis verschmelzen. Mein Herz klopft immer noch wie verrückt, aber mein Kopf fühlt sich leicht und klar an, und da ist ein Flattern in meinem Bauch. Es ist seltsam – ich war noch nie in meinem Leben so nah dran, gefressen zu werden, und trotzdem fühle ich mich lebendig wie nie zuvor.

Die Hunde folgen unserer Spur zurück durch Seahorse Gully und über den Fluss. Im Nu sind wir wieder bei den Hundehütten. Die Geräusche der Stadt hören sich gedämpft an. Mit meinen Gedanken bin ich noch auf dem Meer, wo die Bärenjungen sich um ein Stück Seehund streiten, beaufsichtigt von einer Bärenmutter, die alles tun würde, um ihre Jungen zu beschützen.

KAPITEL 12

Von unserem Dachstubenzimmer sehe ich zu, wie Schneeflocken sich langsam auf der Fensterbank auftürmen. Bald schneit es so stark, dass die Häuser auf der gegenüberliegenden Straßenseite hinter einem Vorhang aus Schneeflocken verschwinden.

Es wird immer früher dunkel, und wir trainieren die Hunde nur noch am Wochenende und mittwochs, wenn Barnabas die Schule schwänzt. Sein Lehrer war nicht gerade begeistert von dem Plan, aber Old Ipilii hat gesagt, er soll seinem Lehrer sagen, dass er seinen Enkel altes Inuit-Wissen lehrt und das sei wichtiger als Schule.

Ich frage mich, wie Old Ipilii ihm das Wissen beibringt. Ich habe keine Bücher im Haus gesehen. Plötzlich fällt mir das Museum wieder ein, das Barnabas erwähnt hat, und ich beschließe, es aufzusuchen.

Das Museum ist ein einfaches Gebäude mit grauer Metallverkleidung und weißen Fensterrahmen. Vor dem Eingang steht ein Inukshuk, eine Steinfigur, wie sie hier überall zu finden sind. Felsbrocken, die so aufgestapelt sind, dass sie wie ein Mensch mit ausgestreckten Armen aussehen. In den Souvenirläden gibt es Miniaturversionen – ein Stück Arktis zum Mitnehmen.

Itsanitaq Museum steht auf einem unscheinbaren Schild am Eingang. Ein Mann mit dunkelblauem Anorak schaufelt bedächtig Schnee von den Stufen. Der Wind treibt Schnee durch die Straße, und die Stufen sind im Nu wieder zugeweht.

Ich schüttle den Schnee von meiner Jacke und trete durch die Glastür ins Museum. Direkt beim Eingang ist ein riesiger Schaukasten mit einem ausgestopften Eisbären. Dahinter folgt ein Tier mit zottelig langem Fell, das vorgeschichtlich aussieht – ein Moschusochse. Ich habe noch nie zuvor einen gesehen, aber ich mag seine toten Glasaugen und das verstaubte Fell nicht.

Entlang der Wände reihen sich Glasvitrinen voller Skulpturen. Hunderte, vielleicht sogar Tausende. Schnitzereien aus Karibugeweihen, Walrosselfenbein, Walknochen. Miniaturszenen von Männern auf Robbenjagd, die winzige Harpunen halten; ein Hundeteam, das einen Eisbär über fein geschnitzte Schneeverwehungen jagt; Frauen sammeln Eier in zierlichen Körben, während Elfenbeingänse protestierend mit den Flügeln schlagen; Figuren aus Speckstein – halb Mann, halb Bär – tanzen zu dem Takt der Trommel in ihren Händen; und Elfenbeinkinder spielen vor Elfenbeiniglus.

Ich wandere von Schaukasten zu Schaukasten und bleibe vor einer kleinen Vogelskulptur stehen, das Gesicht mehr Mensch als Tier. Sie sieht älter aus als die anderen. Seltsam fremdartige Symbole sind in ihren Körper geschnitzt, und auf einmal habe ich das Gefühl wie in Seahorse Gully: als würde mich jemand beobachten. Ich sehe mich um. Ein paar Touristen sind im Souvenirladen. Niemand beachtet mich.

Der Vogel ist nur wenige Zentimeter groß, und doch strahlt er etwas Machtvolles aus, etwas Urzeitliches, das ich nicht verstehe. Ich will den Vogel in meiner Hand halten, ihn aus seinem Glasgefängnis befreien, aber gleichzeitig habe ich Angst vor dem, was passieren würde, wenn er tatsächlich frei wäre.

Ich wende mich von den Skulpturen ab und gehe zu den zwei

lebensgroßen Kajaks. Das Gerüst ist sorgfältig aus Knochen und Treibholz gebaut und mit Robbenfell bespannt. Harpunen und Paddel sind auf dem Deck angebunden, und ich stelle mir vor, wie ein Jäger mit dem Kajak auf das Meer hinauspaddelt. Zwischen ihm und der eiskalten See nicht mehr als dünnes Robbenfell. Ob Old Ipiliis Familie in seiner Kindheit noch in einem selbst gebauten Kajak gejagt hat?

Hinter den Booten sind Schaukästen mit Inuit-Kleidung. Einer der Karibuparkas sieht genauso aus wie der von Barnabas. Ich frage mich, wem der Parka wohl einmal gehört hat und wie die Person es finden würde, ihn jetzt im Museum zu sehen. Es kommt mir auf einmal so vor, als beobachte ich jemanden durch ein Schlüsselloch, als sei das alles nicht für meine Augen bestimmt – trotzdem kann ich mich nicht abwenden.

An der hinteren Wand sind noch mehr Skulpturen, und ich entdecke eine ganz besondere: Über einer Gruppe Inuit, die auf einem Karibugeweih steht, schwebt ein Geschöpf mit menschlichem Gesicht und einem Körper, der eher an eine Robbe erinnert. *Name Spirit* steht auf der Namenstafel, und ich frage mich, wer von den kleinen Schnitzfiguren wohl den Namen des Geistes tragen wird.

»Wir schließen in fünf Minuten.«

Ich fahre zusammen und bemerke erst jetzt, dass jemand neben mir steht. »Oh, ja. Danke«, stammle ich.

»Faszinierend, nicht wahr?«, fragt eine ältere Frau mit rundlichem Gesicht und grauen Strähnen in den dunklen Haaren, die ein wenig widerspenstig abstehen. »Jedes Teil unserer Sammlung hat seine eigene Geschichte. Oder drei, wenn man es genau nimmt. Die Geschichte der Skulptur, die Geschichte des Künstlers und dann die Geschichte, wie die Skulptur in unsere Sammlung gekommen ist.«

»Wie denn?«

»Die meisten wurden von Missionaren unserer Diözese hierhergebracht. Diese hier zum Beispiel war ein Geschenk für Bruder Volant.« Sie deutet auf einen *qamutik* aus Elfenbein. Karibufelle und ein winziges Schneemesser sind mit Sehnen auf den Schlitten gebunden. »Volant besuchte die Inuit oft in ihren Lagern. Je weiter im Norden, desto besser. Meistens ist er im Winter mit dem Hundeschlittenteam gereist, und so hat er viele Künstler getroffen.«

»Mit dem Hundeschlitten?« Plötzlich sehe ich die Skulpturen in einem ganz anderen Licht. Sie sind nicht nur eine Repräsentation der Vergangenheit, sie sind aus der Vergangenheit. Vielleicht können sie uns ja dorthin zurückbringen.

»Volant lebte insgesamt neunzehn Jahre mit den Inuit«, erzählt die Frau weiter. »Er hat Inuktitut gelernt und das Leben der nomadischen Inuit aufgezeichnet. Ohne ihn gäbe es dieses Museum gar nicht. Eine der Familien hat ihm diesen Miniaturschlitten geschenkt, als die Diözese ihn nach Churchill zurückgerufen hat. Manchmal war das Reisen für ihn wichtiger als das Ankommen.«

»Wieso ist er denn überhaupt in die Arktis gekommen?«, frage ich.

»Komm mit nach vorne zum Laden. Ich gebe dir ein Buch.« Ich folge ihr, und sie stellt sich als Rosemary vor, die Kuratorin, die die Aufsicht über das Museum von Bruder Volant übernommen hat. Rosemary nimmt ein Buch vom Regal. *Vom Land geschnitzt. Die Sammlung des Eskimo-Museums.* »Ich muss zu einer Besprechung, aber hier ist ein Kapitel über Volant und das Museum.« Sie schlägt das Buch auf und deutet auf einen jungen Mann in Karibukleidern. Um den Hals trägt er ein großes, silbernes Kreuz. Die Fellkleidung sieht gemütlich aus, aber sein Blick ist ernst, als würde er sich um etwas Sorgen machen. Was er wohl gedacht hat, als das Bild aufgenommen wurde?

Rosemary begleitet mich zum Ausgang. »Bring es wieder, wenn du es ausgelesen hast«, sagt sie und schließt die Tür hinter mir ab. Ich schiebe das Buch unter meine Jacke, um es so gut es geht vor dem Schneesturm zu schützen.

Zurück in der Sleepy Bear Lodge, gehe ich ins Restaurant und bestelle mir eine heiße Schokolade. Kitty und Marie scherzen mit den Gästen und bringen ihnen ihre Bestellungen. Sie scheinen überall gleichzeitig zu sein, loben die gute Menüwahl der Gäste, balancieren leere Teller und volle Biergläser auf ihren Tabletts und lächeln freundlich. Marie ist drei Jahre älter als ich. Trotzdem glaube ich nicht, dass ich jemals so gut kellnern werde wie sie. Bei ihr sieht es so natürlich aus.

»Was liest du denn da?« Kitty bringt mir den Kakao – mit extra Sahne. Ich mag nicht, wie die Sahne eine Haut auf der Schokolade bildet. Kitty liebt Sahne über alles. Ich lächle gequält.

»Bin gleich wieder da«, sagt sie und ist schon wieder weg.

Ich blättere durch das Buch. Eine der Skulpturen erweckt meine Aufmerksamkeit: Ein Mann fährt mit einem Hundeschlitten auf eine Familie zu, die aus einem halb fertigen Iglu auf ein Flugzeug im Himmel starrt. Die Schnitzerei ist von 1955. *Sichtung seines ersten Flugzeuges*, heißt sie. Die Figuren scheinen zurückzuweichen. Sogar die Hunde ducken sich. Es kommt mir vor, als würde das Flugzeug die perfekte Szene unter sich für immer verändern. Ob die Familie ihr Iglu jemals fertig gebaut hat?

Kitty lässt sich neben mich auf die Bank fallen und liest die Kapitelüberschrift. »Alte Bräuche damals und heute. Für die Schule?«

»Nein, nur so. Ich habe es im Museum bekommen.«

Kitty blättert durch die Seiten.

»Ist irgendwie traurig«, sage ich.

»Das Buch? Warum liest du es denn dann?«

»Nicht nur das Buch. Die ganze Geschichte.«

»Welche Geschichte?«

Ich weiß selbst nicht, warum ich eigentlich traurig bin. Es fing im Museum an, als ich mir Bruder Volant auf seinem Hundeschlitten vorstellte. Wenn er heute die Lager aufsuchen wollte, würde er keine mehr finden. »Was den Leuten passiert ist. Und dem Land. Wie sich alles verändert hat.«

»Das liegt doch alles schon so lange zurück. Wer will denn heute noch in Iglus wohnen? Solltest du nicht vielleicht etwas Nützlicheres lesen? Wo sind denn deine Mathe- und Englischbücher? Also, wenn das mit dem Homeschooling nicht klappt, kann ich den Schulleiter anrufen, und wir stecken dich in die Schule hier.«

»Nein, ich habe doch schon mit meinem Bericht über Eisbären angefangen, und ein bisschen über die Geschichte von Churchill habe ich auch gelesen.«

»Ich bin immer noch für dich verantwortlich, Emmylou, und im Moment sehe ich, dass du deinen Kopf mit allem Möglichen außer Schularbeit füllst.«

»Was meinst du denn damit?«

Sie verdreht die Augen, und mir wird klar, was sie meint. Mit den Hunden rausfahren und mit »diesem Jungen« abhängen, als ob Barnabas eine ansteckende Krankheit hätte.

»Vergiss es!«, sage ich schnell, bevor sie mir antwortet.

»Vergiss es? Du hörst dich an wie dein Vater.«

»Mein Vater? Wie war er eigentlich? Ich kann mich nicht so richtig an ihn erinnern.«

»Das ist wahrscheinlich besser so«, sagt Kitty und stellt meine leere Kakaotasse aufs Tablett.

»Warum hat er uns verlassen?«, frage ich.

»Hat er nicht. Wir haben ihn verlassen.«

»Du hast mir gesagt …«

»Ja, und? Du warst fünf, Emmylou.«

»Und jetzt bin ich sechzehn.«

»Und ich bin bei der Arbeit«, sagt Kitty und wischt einen Fleck vom Tisch.

»Du hast immer Ausreden.«

»Der kümmert sich einen Dreck um uns, also, warum kümmert er dich?«

»Weil …« Aber mir fällt keine Antwort ein. Vielleicht, weil ich will, dass er sich um *mich* kümmert. Gleichzeitig wünsche ich mir, dass ich mir keine Gedanken um *ihn* mache, weil er nichts getan hat, um meine Aufmerksamkeit zu verdienen. »Kann ich nicht einfach wissen wollen, wie er war?«

»Also, wenn du es unbedingt wissen musst: Er denkt, er ist der einzige Mensch, der weiß, wie sich die Welt dreht, und jeder, der eine andere Meinung hat, ist schlichtweg dumm. Er ist manipulativ, kontrollierend, und es geht immer nur um ihn. Zufrieden?«

»Wow. Und ich bin wie er?«

»Das habe ich doch gar nicht gesagt. Dreh mir nicht immer die Worte im Mund um. Können wir uns denn nicht einfach mal ganz normal unterhalten?«

»Ich gehe Barnabas besuchen.«

»In diesem Sturm? Auf keinen Fall. Du würdest einen Bären ja noch nicht mal sehen, wenn er direkt vor deiner Nase stünde. Bleib sitzen.«

Ich habe keine Lust, mich mit Kitty zu streiten. So richtig

Lust, im Sturm rauszugehen, habe ich allerdings auch nicht. Kitty bringt mir einen weiteren Kakao mit Sahne. Ich lasse ihn auf dem Tisch stehen und nehme das Buch mit ins Zimmer.

Warum endet jede Unterhaltung mit Kitty im Streit? Es ist, als würde man in einem Zug den Schienen folgen, aber ein Augenzwinkern später ist man auf einem ganz anderen Gleis, und egal, was man versucht, es endet immer mit dem Entgleisen des Zuges.

KAPITEL 13

Die Gaslampe wirft einen Lichtkreis um uns herum. Barnabas und ich sitzen neben Old Ipilii, der langsam und bedächtig die Seiten im Buch wendet, das ich aus dem Museum habe. Elisapii sitzt wie immer in ihrer Ecke auf dem Bett.

»Tuktu«, sagt Old Ipilii und deutet auf die Skulptur eines Specksteinkaribus. Er reibt sich den Bauch und grinst.

»Kein *tuktu*«, sagt er dann, und seine Augenbrauen runzeln sich in Sorge. Es ist das erste Mal, dass er versucht, ohne Barnabas als Übersetzer mit mir zu reden. Er zeigt auf sein Gewehr neben der Tür und tut so, als würde er durch ein Fernglas sehen. Seine Schultern sacken zusammen. Die Jäger finden kein Wild? Der alte Mann wiegt ein fiktives Baby in seinem Arm und imitiert sein Weinen. Sie hungern? Dann bewegt er seine Hand auf und ab, als würde er etwas in ihr halten.

»Iqaluk«, sagt er, und seine Hand bewegt sich durch die Luft wie ein Fisch durch Wasser. *»Tukisiviit?«*

Ich schüttle den Kopf, und er lässt Barnabas übersetzen: »Die Frauen, sie versuchen Fisch zu fangen, aber es ist Winter, und das Eis ist dick auf den Seen. Fisch im Winter ist ein Hungeressen. Schwer zu fangen und nicht viel Fett, aber sie versuchen alles.«

Der Alte nickt und gestikuliert weiter. Seine Augen werden auf einmal ganz groß, und sein Lächeln lässt die Falten um seine Augen wie Sonnenstrahlen erscheinen. *»Takvatuqamiaq tuktu-*

taqaliauqtuq nanimiaq.« Er hält seine Hände vor die Gaslampe und wirft den Schatten eines Karibus an die Wand. Ein Karibu nach dem anderen rennt an der Hüttenwand entlang, und der Alte zielt mit einem imaginären Gewehr auf sie und schießt. Er spricht zu Barnabas, der wieder übersetzt: »›Karibus sind wie Gespenster‹, sagt mein Großvater, ›sie kommen aus dem Nichts, überschwemmen das Land und verschwinden wieder.‹ Das ist ein altes Sprichwort. Alt wie das Land, das die Karibus zur Welt gebracht hat.«

Old Ipilii erzählt uns Geschichten und wirft Schatten an die Wand. Ich erfahre, dass er in einem Zeltlager geboren wurde, ganz weit im Norden in der Nähe eines Fellhandelspostens bei Iqaluit. Er erinnert sich an einen Missionar, aber sein Name war nicht Volant. Er war wie ein Kind, sagt er. Hat immer alles genau verfolgt, immer versucht zu lernen. Er war einer der Guten, betont er. Es gab also auch andere, nicht so Gute – aber ich traue mich nicht zu fragen.

Er erzählt, wie er mit seinem Vater und den Hunden jagen ging, wie sie Fuchsfallen aufstellten, damit sie deren Felle gegen Mehl, Tee und Gewehre tauschen konnten. Er lebte für sechs Winter in einem Iglu, dann sind sie nach Iqaluit in ein Haus gezogen. Aber sie haben immer noch in Iglus übernachtet, wenn sie mit den Hunden auf die Jagd gingen.

Ich wünschte, ich könnte sehen, wie es damals war. Kinder und Hunde rannten durch die Lager; Männer gingen auf die Jagd, Frauen sammelten Eier und Beeren, nähten Kleidung und passten auf die Kinder auf. Nachts drängten sie sich in ihren Zelten oder Iglus zusammen und wärmten die Luft mit ihrem Atem.

Als das Gaslicht anfängt zu flackern, schickt Elisapii Barnabas nach draußen. Ich höre, wie er in der Gefriertruhe rumwühlt, dann kommt er mit einem Vanilleeisbehälter wieder. Es ist aber kein Eis drin.

»Seehundspeck. Damit haben wir früher immer Licht gemacht«, erklärt Barnabas, und Elisapii schabt ein wenig von dem öligen Tran in eine halbmondförmige Schale, die aus dem gleichen Stein gefertigt ist wie die Schnitzereien im Museum. Barnabas reicht ihr einen Beutel mit wollweißem Flaum.

»Was ist das?«, frage ich.

»Wollgras. Von der Pflanze im Sommer, aber du kannst auch Watte aus dem Laden benutzen«, antwortet Barnabas, während Elisapii Tran auf das Wollgras reibt und es entlang der Specksteinschale anordnet. Als sie es anzündet, ist es wie ein Docht, und kleine Flammen bringen die Lampe zum Leuchten. Kurz darauf geht die Gaslampe zischend aus. Elisapii hütet die Flamme, indem sie mit einem Stock Tran auf das Wollgras tröpfelt, und nimmt dann wieder ihre Näharbeit auf – ein Paar Fäustlinge aus Robbenfell, die genauso aussehen wie die von Barnabas.

Als sie fertig ist, winkt sie mich rüber. »*Qaigit!*«

Ich setze mich zu ihr aufs Bett, und sie deutet mir an, die Handschuhe anzuziehen. Sie passen perfekt.

Die alte Frau strahlt. »Du«, sagt sie.

»Für mich? Wirklich?« Ich will sie am liebsten drücken, aber ich habe Angst, die Tranlampe umzukippen und das Bett in Brand zu setzen.

»*Matna*«, sage ich. Das einzige Wort in Inuktitut, das ich kenne.

»*Pualuk*«, sagt sie und deutet auf die Fäustlinge.

»*Pualuk?* Handschuhe?«

»*Ii.*« Sie nickt.

Während ich ihre sorgfältige Näharbeit bewundere, frage ich

mich, wie es wohl war, früher, als alle ihre Kleidung selbst gemacht haben und Hundeschlitten das einzige Fortbewegungsmittel im Winter waren.

»Hatte dein Großvater eigentlich ein eigenes Team, als er noch ein Junge war?«, frage ich.

Barnabas verlagert verlegen seine Sitzposition auf dem Boden. Old Ipilii wartet auf die Übersetzung. Doch Barnabas redet nur zögernd, starrt auf seine Füße. Old Ipiliis Gesichtsausdruck verdunkelt sich, und er schüttelt sachte den Kopf.

»Mein Großvater, er ist nur die ersten sieben Winter mit seinem Vater und den Hunden jagen gegangen«, sagt Barnabas und schweigt. Die Stille wirkt unbehaglich, und dann beginnt die Tranlampe zu flackern. Dunkelheit umgibt uns.

Die Nacht ist sternenklar. Es ist beißend kalt. Wenigstens meine Hände sind warm in ihren neuen Fäustlingen.

Ich gehe nicht gern im Dunkeln zurück in die Stadt. In meiner Fantasie sehe ich überall Eisbären im Schatten der Häuser auf mich lauern. Aber als Ipilii gesagt hat, Barnabas solle mich nach Hause bringen, habe ich trotzdem abgelehnt. Ich will nicht wie eine ängstliche *qallunaaq* erscheinen. Und es ist ja nur ein kurzer Weg über die Gleise, dann bin ich schon auf der Hauptstraße. Die Leute hier lassen alle ihre Haustüren auf. Falls ein Bär kommt, kann man immer in ein Haus flüchten. Außerdem haben die meisten Bären die Stadtumgebung verlassen. Das Eis ist jetzt dick genug, dass sie sich entlang der Hudson Bay nach Norden aufmachen können.

Mit den Bären verschwinden auch die Touristen. Es ist ruhiger in der Stadt. Ich muss nur noch hin und wieder arbeiten, und viele der Touristenläden haben verkürzte Geschäftszeiten.

Bevor ich die Gleise überquere, sehe ich zurück auf Barnabas' Hütte. Gedämpftes Licht scheint warm durch die Dunkelheit. Ich stelle mir vor, wie alle drei unter die Decken des großen Bettes kriechen, das fast die Hälfte der Hütte füllt, und sich Geschichten erzählen, bis sie einschlafen. Ich stelle mir Oma Millie und mich unter den Decken vor, wie gemütlich und behaglich das wohl wäre. Dann versuche ich, Kitty ins Bild zu bringen und Dad, und das Gefühl von Behaglichkeit verschwindet wie die Zuggleise in der Dunkelheit.

»Ich habe was für dich.« Kitty legt eine Packung Pillen auf meinen Nachttisch und verschränkt die Arme, als würde sie auf eine Reaktion von mir warten. Ist es das, was ich denke?

Kitty hat mich noch nicht mal gefragt, was ich denn von Barnabas halte oder er von mir. Was soll das also?

»Ist es, weil ich sechzehn geworden bin?«, frage ich.

»Wenn du dich nicht von dem Jungen fernhalten kannst, dann solltest du sie besser nehmen.«

»Da ist nichts zwischen uns. Ich meine, nicht so, wie du denkst.«

»Er ist ein Junge, Emmylou. Die denken alle das Gleiche, ob es dir gefällt oder nicht.«

Mein Magen krampft sich zusammen. Es ist nicht so, dass ich noch nie jemanden geküsst hätte, aber was Kitty meint, ist ja was ganz anderes.

Um ehrlich zu sein, habe ich auch nur einen Jungen geküsst. Sein Atem roch nach Fleischwurst. Ich kann mich noch an das nasse Gefühl im Mund erinnern und daran, dass mir nicht so ganz klar war, warum all die Mädchen in meiner Klasse so einen Wirbel um das Küssen machten.

Als er mir sagte, er wolle mir was Cooles zeigen, folgte ich ihm zu dem alten Einkaufszentrum, das kürzlich dichtgemacht hatte.

Die Rolltreppe stand still, und wir liefen die gezahnten Stufen hoch. Oben waren nur leere Schaufenster mit zerbrochenen Scheiben. Es roch nach Urin, und ich bekam das Gefühl, dass ich nicht wirklich sehen wollte, warum er mich hergebracht hatte.

Als er mich zu sich zog und ich seine kalte, feuchte Hand unter meinem Sweatshirt fühlte, stieß ich ihn weg. »Lass deine klebrigen Finger mal schön bei dir«, sagte ich und lief davon. Er ist mir nicht gefolgt, aber ich zitterte immer noch, als ich schon längst zu Hause angekommen war.

Barnabas ist doch ganz anders, oder? Nimmt er mich nur mit, um …? Nein, sonst hätte er es doch schon längst versucht.

Vielleicht liegt es an mir? Vielleicht sollte ich mehr an ihm interessiert sein? Sexuell, meine ich. Vielleicht ist das ja noch eine Sache, die bei mir nicht stimmt. Alles, was ich will, ist, Zeit mit ihm zu verbringen und mit den Hunden Richtung Norden zu fahren, jedes Mal ein Stückchen weiter, nicht mehr und nicht weniger. Nur die Hunde und wir. Und das Kribbeln im Bauch, wenn er mich anguckt. Reicht das nicht? Sollte ich die Pille nehmen? Das unangenehme Gefühl in meinem Magen wird stärker, und ich schiebe die Pillen zu Kitty zurück.

»Barnabas denkt nicht so, und Sex bei minus vierzig Grad, während der Schlitten hoch- und runterkracht, ist auch nicht gerade meine Traumvorstellung«, sage ich, aber irgendwie hört es sich nicht nach mir an.

»Na gut, dann kommst du eben ab jetzt vor Einbruch der Dunkelheit nach Hause.«

»Was?! Es wird doch schon um halb fünf dunkel! Ich bin sechzehn, Kitty!«

»Gerade deshalb. Ich will nicht, dass du den gleichen Fehler machst wie ich.«

Mein Magen krampft sich zusammen, als hätte mir jemand einen Tritt versetzt. Das bin ich also? Ein Fehler?

Ich schnappe mir meine Jacke und renne ohne ein weiteres Wort zur Tür hinaus. Bisher hatte ich immer eine Antwort, die ich zurückfeuern konnte, wenn wir uns stritten. Aber was soll man noch sagen, wenn einem die eigene Mutter gerade gesagt hat, dass man ein einziger großer Fehler ist?

KAPITEL 14

Old Ipilii sitzt auf dem *qamutik* und trinkt Tee aus einer Thermoskanne. Die Hunde sind schon alle angeleint und warten geduldig, die Nasen unter die Schwänze gepresst. Noch hat mich niemand bemerkt. Princess und Grumpy drücken sich eng aneinander. Qakuq ist der einzige Hund, der aufrecht sitzt, als würde er über das Team wachen. Trotz seines dicken Fells kann ich sehen, wie viel stärker seine Muskeln geworden sind. Selbst Qaqavii sieht erwachsener aus.

Barnabas kommt von der Hütte mit einem Sack voller Snacks für die Hunde und sieht mich auf den Schlitten zukommen. »Emmalu, ich habe mich schon gefragt, ob du kommst. Kalt heute, nicht?« Er lächelt mich an, und wie immer kann ich seine Zahnlücke sehen. Ich mag sein Lächeln, aber heute kann ich ihm nicht in die Augen gucken. »Alles okay?«, fragt er, und Qaqavii, der mich kommen sieht, wedelt mit dem Schwanz.

»Ja, alles gut«, sage ich, obwohl gar nichts gut ist. Ich habe mich so auf das Wochenende gefreut. Es wird immer früher dunkel, und letzten Mittwoch war es zu stürmisch zum Trainieren. Ich vermisse Barnabas, wenn ich ihn nicht sehe, und die Hunde natürlich auch. Ich mag, wie es sich anfühlt, wenn er mich ansieht, aber was, wenn er mich nicht genau so mag wie ich ihn? Oder schlimmer noch: Was, wenn er mich zu sehr mag und es zu mehr führt?

Barnabas verstaut die Hundesnacks auf dem Schlitten und

reicht mir ein Fellbündel. »Von meiner Großmutter. Es ist zu kalt heute für *qallunaat*-Kleidung.«

In dem Bündel sind zwei Parkas: ein innerer aus Karibufell und eine winddichte äußere Jacke mit weißem Pelzbesatz um die Kapuze.

»Was für ein Tier ist das?«, frage ich und streiche über das raue Fell, das wohlige Wärme ausstrahlt.

»Wolf«, antwortet Barnabas.

Das Bild von einem Arktischen Wolf erscheint plötzlich in meinem Kopf, und ich habe den unsinnigen Gedanken, dem Tier danken zu wollen.

»Ha-ii!«, ruft Old Ipilii. Die Hunde springen auf. Qakuq schmeißt sich ins Geschirr, und die anderen folgen seinem Beispiel.

Wir rumpeln über das schroffe Eis am Flussufer, dann laufen die Hunde durch das Labyrinth von Jumble-Eis zum entgegenliegenden Ufer.

An der Flussmündung ragen rostige Kanonen drohend aus den Ruinen des Prince-of-Wales-Forts, das ich schon bei meiner ersten Erkundung kurz nach unserer Ankunft vom Cape Merry entdeckt habe.

Inzwischen weiß ich, dass eine Londoner Pelzhandelsgemeinschaft dieses Fort gebaut hat, um die französische Konkurrenz fernzuhalten – oder war es umgekehrt? Mir ist allerdings nicht klar, warum sie um die Kontrolle eines Landes kämpften, das weder dem einen noch dem andern gehörte. Je mehr Geschichtsbücher ich lese, desto weniger verstehe ich. Warum fängt die Geschichte immer erst mit Kolumbus' Entdeckung Amerikas an? Wie war das Leben hier, bevor die Europäer kamen?

Wir lassen das Fort hinter uns, und vor uns erstreckt sich Button Bay. Die aufgehende Sonne glüht orangerot am fernen

Horizont und taucht den aufsteigenden Atem der Hunde in goldenes Licht. Das Fell der Hunde ist frostig, selbst mein Fellbesatz ist ganz vereist von meinem warmen Atem in der Kälte. Die Sonne schenkt keine Wärme – noch nicht. Sonnenaufgang ist die kälteste Zeit des Tages, als halte die Nacht noch an und der Tag wäre noch nicht richtig wach.

Die Hunde laufen zielstrebig nach Norden. An der Stelle, an der die Bärenmutter mit ihren Jungen war, sind weder sie noch der Seehund zu sehen. Jedes Mal fahren wir ein bisschen weiter. Und jedes Mal, wenn wir da sind, wo wir zuvor noch nicht waren, laufen die Hunde etwas schneller. Als müssten sie unbedingt sehen, was hinter der nächsten Anhöhe liegt – genau wie ich.

Old Ipilii hat mir eine Landkarte von der Hudson Bay gemacht. Aus der Erinnerung hat er die Bucht und alle Flüsse zwischen hier und Arviat aufgezeichnet, und Barnabas hat die Namen danebengeschrieben.

Der Churchill River ist der größte Fluss, der in die Bucht fließt. Manchmal ist es unmöglich, ihn zu überqueren. Wo gestern noch ein Trail war, kann heute tiefes Wasser sein. Manchmal liegt es einfach an den Gezeiten und den Mondzyklen und der Flussströmung, aber da ist auch ein Staudamm zur Stromversorgung, flussaufwärts, der die Mündung unberechenbar macht.

Die nächste Flussüberquerung ist bei North Knife River, fast fünfzig Kilometer von Churchill, und da wollen wir heute hin.

Ich bin froh, dass Elisapii mir ihren Parka geliehen hat – *amauti* nennt Barnabas ihn. Ein Frauenparka mit genug Platz, um Babys am Körper zu tragen und die Kleinen vor Kälte und Wetter zu schützen. In Arviat haben fast alle Frauen *amautiit*, sagt Barnabas. Er redet neuerdings oft von zu Hause, von seiner kleinen Schwester, die Welpen in ihrem *amauti* trägt; von den Zwillingen, kaum älter als ein Jahr, die sich so ähnlich sehen, dass er sie nur auseinanderhalten kann, weil einer ein Geburtsmal am Nacken hat. Er erzählt von seinem Cousin, der sein Jagdpartner ist, und von den Karibus, deren Rückkehr vom Winterquartier im bewaldeten Süden alle jedes Jahr sehnlichst erwarten.

Nächste Woche fliegt Barnabas mit seinen Großeltern über Weihnachten nach Hause. Sie können nicht lange bleiben, weil Elisapii ihre Behandlungen braucht, und sie haben mich gefragt, ob ich mich um die Hunde kümmere. Ich, Emmylou, allein mit zehn Schlittenhunden in der Arktis – manchmal kommt es mir so vor, als wäre ich in einem Buch oder Film.

Plötzlich spitzen die Hunde die Ohren und wenden sich Richtung Ufer. Was haben sie wohl gewittert?

»*Haala!*«, korrigiert Old Ipilii ihren Kurs und dirigiert sie wieder auf das Meereis hinaus. Vor uns türmt sich eine Eiswand auf – Presseisrücken, die sich durch das Aufeinanderschieben von Eisschollen gebildet haben –, und ich versuche mir vorzustellen, welche Gewalt das Eis dort hochgeschoben hat, wo Wind und Wetter es zu bizarren Skulpturen geformt haben. Unter uns ist ein Ozean, der sich ständig mit der Anziehungskraft des Mondes hebt und senkt.

»*Haala!*« Vor uns ist eine Öffnung im Presseisrücken, gerade weit genug, dass der Schlitten durchpasst, aber die Hunde sehen die Lücke nicht. »*Haala!*« Qakuq schaut sich suchend um und rast dann auf den Presseisrücken zu. Die Hunde drängen sich nah zusammen, und wir schlüpfen durch die Lücke. Vor uns tut sich offenes Wasser auf. Qakuq setzt zum Sprung an.

»Stopp!«, schreie ich. Qakuq dreht sich um, zögert.

»*Ha-ii! Ha-ii!* Go, go, go!«, schreien Ipilii und Barnabas. Für den Bruchteil einer Sekunde sehe ich bodenloses Meer unter mir, dann sind wir schon wieder auf dem Eis.

»Wir wären fast ins Wasser gefallen! Du kannst nicht stehen bleiben, wenn wir eine Eisrinne überqueren.«

»Sorry«, stammle ich, noch immer zitternd. »Wieso ist denn da Wasser?«

»Von dem Druck, der die Eisschichten auseinanderzieht. Ist noch ganz frisch, friert bald wieder zu. Die Ritzen sind hier nicht schlimm, aber weiter draußen am Eisrand kann man leicht auf einer Scholle aufs Meer getrieben werden. Vor allem im Frühling, wenn das Eis schmilzt und die Rinnen weiter werden.«

Der Schlitten gleitet jetzt sacht voran, aber meine Knie zittern immer noch ein wenig. Der Himmel erscheint auf einmal viel weiter, oder vielleicht fühle ich mich auf einmal viel kleiner.

Vor uns erstreckt sich das Eis, flach und eben. Ich lausche dem rhythmischen *Tap-tap-tap* der Hundepfoten auf dem Schnee. Die Luft riecht ein wenig nach Meer und dringt tief in meine Atemwege. Der Himmel ist am Horizont pastellhell und über uns so tiefblau, wie er nur an kalten Tagen erscheint. Die Sonne ist von einem weiß glühend funkelnden Lichtkreis umgeben. Ich wünschte, wir könnten für immer einfach so weiterlaufen.

»Qaqavii! Lass den Quatsch!« Barnabas' Stimme weckt mich aus meinem Tagtraum. Die Hunde sind auf glattes Eis geraten und laufen vorsichtig wie auf Eiern. Qaqavii weigert sich, einen einzigen Schritt zu tun. Seine Beine sind weit gespreizt, und er zittert sichtlich. Der *qamutik* dreht sich seitlich und kommt schlitternd zum Stehen.

Barnabas springt runter, um Qaqavii eins mit dem Handschuh überzuziehen, aber Old Ipilii hält ihn zurück. Nach einer kurzen Diskussion packt Barnabas einen Campingkocher und den Topf zum Teekochen aus. Ich steige vom Schlitten, falle sofort hin und lande neben Qaqavii, dessen Augen vor Angst weit aufgerissen sind. Ich reibe mir die Hüfte und stehe vorsichtig auf. Das Eis ist so glatt wie eine Schlittschuhbahn.

»Warum ist es denn so glatt hier? Ist das schon der Fluss?«

»*Ii.* Wir sind am North Knife River, der erste Checkpoint im Rennen.«

»Warum halten wir hier? Lasst uns doch zurückgehen, wo mehr Schnee ist.«

Barnabas schüttelt den Kopf. »Qaqavii, er war noch nie auf Glatteis. Er muss lernen.«

»Was soll er lernen?«

»Warte. Du wirst schon sehen.« Er hackt mit seiner Handaxt Eis aus dem Fluss, legt es in den Teekessel und zündet den Kocher an. Keiner der beiden schenkt Qaqavii Aufmerksamkeit, obwohl er noch immer zitternd und hechelnd auf dem Eis kauert. Ich schlittere vorsichtig zu ihm.

»*Nauk*«, sagt der Alte.

»Lass ihn, Emmalu«, bestärkt Barnabas ihn und wendet sich wieder seinem Großvater zu. Als ich sicher bin, dass sie nicht in meine Richtung gucken, schleiche ich mich zu Qaqavii. »Hey, mein Junge. Ist doch nur Eis. Wenn du vorsichtig bist, rutschst du nicht aus.« Ich versuche, ihn auf die Pfoten zu stellen, aber er macht sich schwer. »Komm schon!« Ich hebe ihn hoch. Er versteift sich und knurrt leise.

»Emmalu. Lass ihn. Trink Tee mit uns.«

Ich schlittere Zentimeter für Zentimeter zu ihnen und nehme die Tasse, die Barnabas mir hinhält. Dampf steigt aus ihr auf wie Rauch aus einem Kamin, und ich trinke schnell, bevor der Tee zu kalt wird.

Old Ipiliis Handschuhe liegen auf dem *qamutik*. Ist ihm nicht kalt? Ich frage mich, ob sich die Kälte anders anfühlt, wenn man im Iglu gelebt hat und nur die Flammen der Tranlampe zum Wärmen hatte. Verstohlen sehe ich zu Old Ipilii, der sich mit Barnabas unterhält.

»Mein Großvater, er erzählt mir, wie er eines der letzten Male mit seinem Vater unterwegs war. Sie hatten drei junge Hunde im Team. Alle hatten Angst vor Glatteis. Also haben sie die Hunde dorthin gebracht, wo es besonders glatt war. Dann haben sie Tee gekocht und gewartet, bis sie sich an das Eis gewöhnt und ihre Angst verloren hatten.«

»So soll Qaqavii also auch lernen!«, sage ich.

»Sieht so aus, als bräuchtest du auch ein bisschen Übung«, neckt er mich. Ich hole Schwung, um ihm in die Rippen zu stoßen, aber Barnabas weicht aus und rennt davon. Ich renne hinter ihm her, ohne an das Glatteis zu denken. Zu meiner Überraschung behalte ich mein Gleichgewicht. Auch Barnabas scheint nicht damit gerechnet zu haben, und ich renne ungebremst in ihn hinein. Wir taumeln und rutschen über das Eis wie ein Curling-Stein.

Wir lachen so laut, dass ich Qaqavii erst bemerke, als seine sabbernde Zunge mir das Ohr ableckt. Ich versuche, ihn von mir zu schieben, aber Barnabas hält meine Arme fest, und Qaqavii leckt mir über das Gesicht. Erst als ich aufkreische, lässt Barnabas mich los.

»Du schreist wie meine kleine Schwester«, neckt er mich.

»Ich wette, sie hasst ihren großen Bruder«, gebe ich zurück.

Barnabas grinst mich an, und ich merke, wie ich rot werde. Schnell kraule ich Qaqavii hinter den Ohren und wechsle das Thema.

»Die Geschichte, die uns dein Großvater gerade erzählt hat …

Du sagtest, es war eines der letzten Male, dass er mit seinem Vater und den Hunden unterwegs war. Was ist passiert?«

»Was dann passiert ist, war nicht gut«, sagt Barnabas und schweigt dann.

Auf einmal habe ich das ungute Gefühl, dass Dene Village nicht der einzige Ort mit Geistern ist.

KAPITEL 15

Die Nordlichter tanzen hell leuchtend von einer Seite des Flusses zur anderen. Ich liege auf Qaqaviis Hundehütte und sehe zu, wie die Lichter ihre Farben ändern.

Es ist Weihnachten, Barnabas und seine Großeltern sind in Arviat. Kitty weiß, dass ich zum Hundefüttern hier bin. Was sie nicht weiß, ist, dass es gar nicht so lange dauert, ihnen einen Brocken Fleisch zuzuwerfen.

Die Nordlichter werden immer intensiver und ziehen grün flackernd über den Himmel.

»Das sind unsere Vorfahren, die im Himmel Fußball mit einem Walrossschädel spielen«, hat Barnabas mir erzählt. Ich weiß nicht, ob er das wirklich glaubt, aber je länger ich den Nordlichtern zusehe, desto besser gefällt mir der Gedanke, dass die Toten von dort oben auf uns niedersehen und den Himmel mit ihrem Spiel erleuchten.

»Hallo, Oma Millie«, sage ich in die Nacht und komme mir ein bisschen albern dabei vor. Oma Millie würde doch nicht Fußball mit einem Walrosskopf spielen, oder? Ich frage mich, ob all unsere Vorfahren im selben Himmel sind. Was wäre, wenn Barnabas und ich sterben würden? Wenn er zu seinen Vorfahren in den Himmel geht, wo würde ich hingehen?

Ich setze mich auf, und Qaqavii stupst mich mit seiner Nase an.

»Hey, Qaqavii, wo wirst du hingehen, wenn du stirbst?«

Qaqavii wedelt mit dem Schwanz und leckt meine Hand, als hätte er noch nie über die Frage nachgedacht. Meistens versuche ich auch, nicht daran zu denken, aber manchmal überkommt es mich einfach. Wenn wir eines Tages sowieso sterben müssen, was spielt es für eine Rolle, was wir zu unseren Lebzeiten tun?

Ich erinnere mich an die Nacht, als ich davonlaufen wollte und wegen Qakuq den Zug verpasst habe. War das alles nur Zufall?

Vor zwei Monaten konnte ich es kaum erwarten, von hier wegzukommen, und jetzt macht mich der Gedanke, fortgehen zu müssen, traurig. Ich will mir nicht vorstellen, wie es ist, nicht mehr mit den Hunden unter dem endlosen Himmel aufs Meer hinauszulaufen, nicht mehr mit Elisapii auf dem Bett zu sitzen und die Wärme ihrer knochigen Hand auf meiner Hand zu spüren, nicht mehr Old Ipiliis kehlige Stimme Geschichten erzählen zu hören und Barnabas' Grinsen mit der Zahnlücke zu sehen, wenn er übersetzt oder mich neckt.

Qaqavii winselt und drückt sich gegen mich. Als ich mit seinen Ohren spiele, neigt er den Kopf. »Und dich würde ich ganz besonders vermissen.«

Je älter ich werde, desto länger wird die Liste der Dinge, die ich vermisse. Am meisten vermisse ich, wie Oma, Dad, Kitty und ich eine richtige Familie waren – so wie Barnabas' Familie, mit einer Mutter, die nicht sagt, dass seine Geburt ein Fehler war, und mit Großeltern, die noch am Leben sind.

Ich erinnere mich an ein Weihnachten bei Oma Millie – wahrscheinlich das letzte. Sie hatte einen Vorhang vor die Wohnzimmertür gehängt, damit wir den Weihnachtsmann nicht stören, wenn er unsere Geschenke bringt. Ich habe trotzdem durch den Vorhang gelugt und gesehen, wie Oma Millie etwas unter den Tannenbaum legte. Sie hat darauf bestanden, dass sie nur ein Glas Milch und Kekse für den Weihnachtsmann gebracht hat, aber ich war sicher, dass ich sie beim Schnüffeln erwischt habe. Letztendlich hat der Weihnachtsmann doch noch ganz viele Geschenke gebracht. Oma hat Klavier gespielt und Weihnachtslieder gesungen, bis ich auf Dads Schoß eingeschlafen bin, Silly in einem Arm und meine neue Puppe im anderen.

Später in der Nacht bin ich von einem dumpfen Krachen in der Küche aufgewacht. Irgendwas ist gegen die Wand geflogen. Kittys Geschrei. Das Geräusch von zerbrechendem Glas. Dad hat mich ins Bett zurückgebracht und mir gesagt, ich hätte nur einen schlechten Traum gehabt. Ich kann mich noch an seinen Geruch erinnern, ein Gemisch von Pfefferminz und verfaulter Zwiebel. Aus irgendeinem Grund dachte ich immer, dass Bären so riechen.

Qaqavii legt seinen Kopf zurück und heult. Die anderen Hunde fallen ein, und dann singen sie alle, traurig und wunderschön und ein bisschen schief. Über uns ziehen die Nordlichter Seahorse Gully entgegen. Plötzlich habe ich den Drang, ihnen zu folgen. Was, wenn ich mit den Hunden rausfahren würde?

Ich renne zur Hütte und hole das Geschirr, bevor ich den Mut verliere. Dann ziehe ich den *qamutik* zum Fluss und fächere die Leinen aus. Die Hunde sehen mich erwartungsvoll an. Zuerst spanne ich Qakuq und Grumpy ein, wie Barnabas es immer macht. Sie sitzen still, aber im Licht meiner Stirnlampe kann ich sehen, dass Qakuq zittert. Vor Aufregung, oder spürt er meine Angst?

Pamiuluk rennt zu aufgeregt im Kreis, um sie einzuspannen. Also nehme ich Aupaluk. Er zieht so stark, dass ich hinter ihm hergeschleift werde. Ich beschließe, nur mit fünf Hunden rauszufahren. Als Nächstes wähle ich Princess, weil sie klein ist und einfach zu handhaben. Qaqavii beschwert sich jaulend. Ich hatte vor, einen erfahrenen Hund zu nehmen, aber er sieht mich so enttäuscht an, dass mir keine Wahl bleibt. »Na komm!«, sage ich und lasse ihn frei. Er folgt mir mit wilden Sprüngen zum Schlitten.

Als ich ihn einspanne, leckt er Aupaluks Schnauze, genau wie bei seinem allerersten Lauf. Aupaluk schnappt nach ihm. »Hört auf! Alle beide! *Ha-ii!* Na los!«

Die Hunde laufen in die Nacht hinein. Im Licht der Stirnlampe sehe ich die Hunde dicht am Schlitten. Qakuq und Grumpy verschwinden im Schatten der Dunkelheit. Was, wenn wir in einen Eisbären rennen?

Mir ist fast schlecht vor Angst. Aber da ist auch noch etwas anderes: das Gefühl, leben zu wollen. Es ist, als hätte meine Furcht es aufgeweckt. Alles andere ist unwichtig. Auf einmal ist es egal, was Kitty will, was das Homeschooling Office will, was Barnabas und sein Großvater von mir halten, was ich selbst von mir halte. Alles, was zählt, sind die Hunde und dass wir zusammenbleiben. Mehr nicht.

Vor uns ist die unendliche Arktis, hinter uns die Stadt – und wir sind irgendwo dazwischen. Ich schalte meine Stirnlampe aus, und wir rennen den Nordlichtern entgegen. Meine Augen gewöhnen sich langsam an die Dunkelheit. Die Hunde bewegen sich wie Schatten entlang des Jumble-Eises, das immer wieder plötzlich vor uns auftaucht. In der Dunkelheit verliert sich alles, was war, und alles, was vor uns liegt. Es gibt nur noch das Hier und Jetzt. Als die Hunde die Anhöhe in Seahorse Gully erreichen, verlangsamt sich ihr Lauf.

Ich springe vom Schlitten und renne neben ihnen her, um das Ziehen leichter zu machen. Der Schlitten saust an mir vorbei.

»*Wooh!*«, rufe ich. Außer Atem werfe ich mich vorwärts und erwische gerade eben den letzten Querbalken des *qamutik*. Die Hunde halten an. Ich ziehe mich auf den Schlitten und rolle dann auf meinen Rücken.

Die Nordlichter leuchten schwach, aber dafür sind die Sterne umso heller. Ich suche den Großen Wagen, die einzige Sternenkonstellation, die ich kenne.

Old Ipilii hat erzählt, dass sein Vater ihm beigebracht hat, nach den Sternen zu navigieren und sogar die Tageszeit in der dunkelsten Zeit des Jahres nach den Sternen zu berechnen, wenn die Sonne nur wenige Stunden nahe dem Horizont verweilt. Es gibt zwei Sterne, die immer kurz vor dem Zwielicht am hellsten leuchten. Wenn sie aufkamen, machten die Jäger sich bereit, um keine Sekunde des kurzen Tageslichts zu verschwenden.

Plötzlich schießt ein weiß glühendes Licht durch den Himmel. Eine Sternschnuppe! Schnell, wünsch dir was! Aber alles, was ich will, ist, einfach nur hier zu liegen und in den Himmel zu schauen.

Ein tiefes Knurren reißt mich aus dem Schlaf. Ich fahre hoch. Meine Zähne klappern, und mir ist kalt. Bin ich beim Sternengucken eingeschlafen?

Die Nordlichter sind direkt über uns, schimmernd und flackernd rasen sie in wilden Spiralen über den Himmel. Der Schnee reflektiert das Licht und hat einen seltsam grünlichen Schein.

Dann höre ich ein Knistern, als ob ein Radio ein Signal empfangen wollte. Und ein Heulen, wie der Wind, nur irgendwie menschlicher. Und plötzlich bilde ich mir ein, Stimmen zu hören, lockend, lachend, spottend.

Die Nordlichter sind auf einmal so nah, dass ich meine, sie berühren zu können. Ich höre Hunde heulen, aber es sind nicht meine. Die Hunde spitzen die Ohren. Aupaluk knurrt drohend. Wie auf Kommando springen die Hunde auf und rasen an mir vorbei. Der Schlitten schwingt herum, und im Nu sind wir zurück am Fluss. Als ich zurückschaue, sehe ich nur noch einen blassgrünen Schimmer über Seahorse Gully schweben. Plötzlich wünsche ich mich ins Hotel, wo es warm und hell ist und die Dunkelheit hinter Türen und Fenstern ausgeschlossen ist.

KAPITEL 16

Kittys Gesicht leuchtet – rot, grün, rot – im Rhythmus der blinkenden Lichter des Plastikweihnachtsbaumes. Sie sitzt zusammengesunken auf der Holzbank neben dem Kücheneingang. Ihr schwarzes Kleid ist verrutscht und ihre knochige Schulter zu sehen. Weihnachtslieder plärren über Lautsprecher im Wettbewerb mit den heiteren Stimmen der Touristen.

Ich winke ihr zu. Kitty zieht schnell ihr Kleid zurecht und beißt die Zähne zusammen, als sie ihre Pumps über die geschwollenen Füße zieht.

»Emmylou, da bist du ja. Alles okay? Du siehst ja ganz verfroren aus.« Sie drückt ihre warme Hand gegen meine Wange, und ich lehne mich gegen ihre Schulter. Der Weihnachtsbaum blinkt fröhlich vor sich hin.

»Oma Millie hatte immer echte Kerzen an ihrem Baum, nicht?«, frage ich.

»Ich glaube schon.«

»Ich kann mich an die Streichholzschachtel mit den superlangen Zündhölzern erinnern. Ich durfte ihr helfen, die unteren Kerzen anzuzünden.«

Kitty legt den Arm um mich. »Ich vermisse sie.«

»Oma?«, frage ich überrascht. Kitty redet nie über sie. Oder über Dad. Oder über ihre Gefühle.

»Unsere Streitereien vermisse ich nicht, aber zu ihr konnte ich immer gehen. Sie war zu Hause, wenn du so willst.«

»Und jetzt haben wir keines mehr.«

»Du hast doch mich«, sagt Kitty.

Ich antworte nicht.

Plötzlich lacht Kitty laut auf. »Weißt du noch, wie Toby an den Weihnachtsbaum gepinkelt hat?«

»Was? Nein!«

»Er hatte immer seinen Lieblingspinkelbaum in Millies Garten. Eines Winters hat sie ihn als Weihnachtsbaum gefällt. Toby muss sich wohl gedacht haben, er hat jetzt seine eigene Toilette im Haus.« Sie lacht laut auf und steckt mich mit ihrem Lachen an. »Komisch, dass du dich daran nicht mehr erinnern kannst. Toby und du, ihr wart euch immer so nahe.«

»Ich kann mich noch gut an Toby erinnern, aber nicht mehr, nachdem Dad uns verlassen hat.«

»Er hat Toby mitgenommen.«

»Was? Er hat den Hund mitgenommen, aber mich nicht?« Sobald die Frage heraus ist, wird mir klar, wie unsinnig sie ist.

»Denkst du, ich hätte dich mir wegnehmen lassen? Na, was glaubst du denn?« Kitty zieht ihren Arm weg, streicht ihr Kleid glatt, und ich weiß, dass die Unterhaltung vorbei ist.

»Hat er uns … hat er dir was angetan?«, frage ich dennoch.

»Wir haben uns getrennt, Emmylou. Und das ist nicht gerade glatt verlaufen, aber das ist alles.«

»Wieso hat er mich nie angerufen oder Weihnachtskarten geschickt?«

Kitty rutscht auf der Bank hin und her, als wäre sie plötzlich unerträglich unbequem. »Ich sollte besser Marie helfen – so voll war es hier schon lange nicht mehr.« Sie steht auf und dreht sich dann noch mal um. »Wie lange musst du eigentlich noch deren Hunde versorgen?«

»Wieso?«

»Kann ich dir nicht einfach eine Frage stellen?«

Kitty stellt nicht einfach Fragen. Da steckt immer mehr dahinter. »Bis sie wieder da sind.«

»Sehr witzig.«

»Sie haben gesagt, dass sie später in der Woche zurückkommen.«

»Okay.« Sie stößt die Küchentür auf.

»Was, wenn ich nicht von hier wegwill?«, rufe ich ihr hinterher.

»Was hast du gesagt?«, ruft sie über die plärrende Weihnachtsmusik hinweg.

»Ich will nicht wieder weg.«

»Wer redet denn von Wegziehen?«

»Wir ziehen ständig weg. Ich wollte in Calgary mit Maya bleiben, und jetzt …« Ja, was jetzt? Maya war meine beste Freundin, aber mit Barnabas ist es anders. Ich meine, er ist auch mein Freund, aber hier geht es um mehr. Da ist das Land selbst. Das unwirtliche Land, das mir immer weniger kahl und öde erscheint, je öfter ich dort bin. Wie Seahorse Gully zum Beispiel. Erst war es ein Ort wie jeder andere. Dann hat Barnabas mir von den Tuniit erzählt, und jetzt denke ich immer an sie, wenn wir durch die Senke fahren, und frage mich, ob wir wohl im Sommer die Steinkreise finden können.

Und nun die Nordlichter, die so nah waren, dass ich glaubte, sie flüsterten mir zu.

Ich möchte Kitty erzählen, was ich gefühlt habe, als ich ganz allein mit den Hunden rausgefahren bin, aber ich weiß nicht, wie ich es so erklären kann, dass sie mich versteht. Wenn ich jetzt darüber nachdenke, ist es auch gar keine so große Sache mehr. Was wirklich passiert ist, war in meinem Inneren, unsichtbar. Nein, nicht unsichtbar. Es wird langsam deutlicher, und fast kann ich es schon sehen.

KAPITEL 17

Emmylou, mach das Licht aus!« Kittys Stimme reißt mich aus meinem Buch. Ich benutze meinen Finger als Lesezeichen und sehe zu ihr hinüber.

»Was?«

»Ich habe morgen Frühschicht, und du weißt doch, dass ich bei Licht nicht schlafen kann.«

Ich lege das Buch zur Seite und schalte das Licht aus, aber ich kann nicht schlafen. In meinem Buch geht es um die Zwangsübersiedlungen der Sayisi Dene. Die Geschichte ist so schaurig, dass die Bilder immer wieder vor mir auftauchen. Erst wurden sie aus ihrem Zuhause gerissen und nach Churchill verfrachtet, und dann sind sie fast verhungert und erfroren, bis die Regierung ihnen endlich Häuser gebaut hat. Das Schlimmste aber kam, als die Erwachsenen alle Hoffnung verloren und dem Alkohol verfielen und die eigenen Kinder zu Hause nicht mehr sicher waren und sich in den Kriechkellern unter den Häusern verstecken mussten.

Von der Straße schallen Männerstimmen hoch. Betrunkenes Lachen. Das Geräusch von zerbrechendem Glas. Ich höre, wie die Tür des Hotels knarrend aufgeht und wieder zufällt. Dann Fußstapfen auf der Treppe. Sie kommen näher, sind schon auf unserem Flur.

»Kitty?«, flüstere ich und tapse durch die Dunkelheit. Ich hebe vorsichtig ihre Decke an und krieche zu ihr ins Bett.

»Emmylou«, brummt sie und rutscht näher zur Wand, um Platz für mich zu machen. Ich lege meinen Kopf an ihre Schulter, dankbar, dass Kitty nicht trinkt und wir ein Zimmer haben, wo wir sicher sind. Ich versuche, mir die Kinder von Duck Lake vorzustellen, bevor das Flugzeug am See gelandet ist und sie weggeholt wurden, aber es kommt kein Bild auf. Ich hatte noch nie einen Ort, an den ich gehörte.

Die Gefriertruhe mit dem Hundefutter ist fast leer, aber Barnabas und seine Großeltern sind noch nicht zurück. Sie hätten schon vor drei Tagen hier sein sollen. Was sie wohl aufhält? Es ist nicht einfach, die letzten Stücke Seehundfleisch herauszubekommen. Sie sind am Boden der Truhe festgefroren. Ich muss mich tief hineinbeugen und sie vorsichtig mit der stumpfen Seite der Axt losschlagen.

Gestern bin ich zum Northern Store gegangen, um Trockenfutter zu kaufen. 68,95 Kanadische Dollar pro Sack! Kein Wunder, dass sie Seehund füttern. Kitty hat mir was dazugegeben. Natürlich unter einer Bedingung: »Wenn ich schon mein Geld an die Hunde verfüttere, dann will ich sie wenigstens sehen.«

Also machen wir uns nach dem Frühstuck auf den Weg. Es sind minus siebenunddreißig Grad. Ich ziehe die Kapuze enger ums Gesicht, um den Wind und Kittys laufende Kommentare abzuwehren.

»Ich verstehe einfach nicht, was du hier so anziehend findest. Ich weiß, wir hatten nicht immer die besten Apartments, aber wir sind trotzdem immer irgendwie klargekommen. Was für Leute leben denn hier? Wollen die nicht arbeiten, oder was? Und der ganze Müll – wer braucht einen Bus mit drei Reifen? Was machen die denn den ganzen Tag hier?«

Ich gehe schneller, tue so, als könnte ich sie nicht hören. Auf einmal sehen all die coolen Sachen, die hier rumliegen und darauf warten, dass jemand etwas Nützliches aus ihnen macht, nicht mehr so cool aus. Die bunt bemalten, aufeinandergestapelten Autoreifen, die im Sommer wohl als Pflanzkästen dienen, sehen wie die alten, vergammelten Reifen aus, die sie sind, wenn auch mit braun vertrockneten Tomatenstängeln an rostigen Rankhilfen. Die Feuerstelle, umrandet von dreibeinigen Stühlen und leeren Flaschenkästen, wirkt auf einmal wenig einladend, Wie schafft sie es immer wieder, die Art und Weise zu ändern, wie ich die Dinge sehe?

»Ich weiß nicht, was für Leute hier leben«, fahre ich sie an. »Ich kenne nur Barnabas' Familie, und wenn sie eine Wahl hätten, dann wären sie lieber nicht hier. Sie haben ihr Zuhause in Arviat. Aber dort gibt es kein Krankenhaus, das Elisapii versorgen kann. Hätten sie eines, wären sie nicht hier, wo sie mit Leuten wie dir klarkommen müssen.«

»Den letzten Satz hättest du dir ja wohl sparen können. Ich wusste doch nicht, warum sie hier sind. Hast du mir ja nie erzählt, also …«

»… also erfindest du einfach deine eigene Geschichte?«

»Natürlich nicht. Ich sehe halt, was direkt vor meinen Augen liegt. Und du kennst ja offensichtlich nicht den ganzen Hintergrund.«

»Ach, und du kennst ihn?«

»Wir sind in Kanada, Emmylou, und du kannst mir nicht erzählen, dass Leute, die dringend medizinische Versorgung brauchen, in einer Bretterbude leben müssen. An der Geschichte stimmt doch was nicht.«

Da hat sie recht. An der Geschichte stimmt was nicht – aber das ist nicht Barnabas' Familie, da bin ich mir sicher.

Es ist ungewöhnlich still, als wir uns den Hundehütten nähern. Kein Rasseln der Ketten von Hunden, die aufgeregt aus ihren Häusern stürmen. Sie liegen zusammengerollt, ihre Nasen unter den Schwänzen verborgen. Nur Qaqavii kommt heraus und springt mich freudig an. Ich drücke ihn an mich und streichle ihm das Fell. Nach und nach kommen sie alle aus den Hütten gekrochen. Princess streckt sich schläfrig, und Pamiuluk wedelt mit ihrem Stummelschwanz. Qakuq reibt sich den Frost von der Schnauze und Aupaluk pinkelt an die Ecke seiner Hütte.

»Lassen sie die Hunde denn nie ins Haus? Selbst bei dieser Kälte nicht?«

»Denen ist nicht kalt«, sage ich, aber plötzlich bin ich mir nicht mehr so sicher. »Ist dir kalt?«, flüstere ich Qaqavii zu. Er drückt sich enger an mich. Ich wünschte, Old Ipilii wäre hier. Er würde mir versichern, dass sie seit Urzeiten so gelebt haben und dass ihr Fell dicht und warm ist. Qaqavii rollt sich auf den Rücken und streckt mir seinen Bauch zum Kraulen entgegen. »Das ist Qaqavii«, sage ich zu Kitty. »Du kannst ihn ruhig streicheln.«

Kitty kommt einen Schritt näher. »Waschen sie die denn wenigstens mal? Oder striegeln sie zumindest?«

»Kitty! Bitte! Den Hunden ist es doch egal, wie sie riechen. Obwohl, das stimmt so nicht. Sie wälzen sich in allem Möglichen, von dem *sie* denken, dass es gut riecht, und das ist nicht dein Erdbeershampoo.«

»Wer redet denn von Shampoo? Ich meine Flohpulver, du weißt schon …«

»Hier gibt es keine Flöhe. Es ist viel zu kalt für die, aber bitte. Bade sie alle, wenn du magst. Du kannst gerne mein Handtuch benutzen.« Ich stapfe fort und hole die Geschirre. Ich hatte gar nicht vor, mit den Hunden rauszufahren, aber ich bin lieber mit ihnen in der eisigen Kälte unterwegs, als Kitty weiter zuzuhören.

Sobald die Hunde das Geschirr sehen, laufen sie aufgeregt im Kreis und jaulen freudig. Ich wärme meine Hände in Qaqaviis Fell, bevor ich ihm das Geschirr überstülpe. Kitty folgt mir, als ich die Hunde einspanne. Sie hält ihre Arme fröstelnd an ihren Körper gedrückt und trippelt auf der Stelle.

»Musst du denn wirklich in dieser Kälte los, Emmylou?«, fragt sie mit zusammengebissenen Zähnen.

»Du brauchst nicht zu warten. Ich komme schon alleine klar.«

»Ich will dich wenigstens losfahren sehen«, sagt sie und zieht sich ihren Schal über Mund und Nase. Wenn es so kalt ist wie heute, will man am liebsten gar nicht reden, will nicht, dass der warme Atem entkommt.

Als alle Hunde angespannt und bereit sind, muss ich plötzlich aufs Klo.

»Kannst du dich mal eben auf den Schlitten setzen und deinen Fuß auf den Schneeanker stellen, damit sie nicht davonlaufen?«

»Ich? Wieso das denn?«

»Ich muss mal pinkeln.«

»Jetzt? Hier? Haben die denn eine Toilette? Du willst dich ja wohl nicht auf ein Plumpsklo setzen?«

»Vergiss es.« Ich setze mich vor die Hunde und mache schnell mein Geschäft. Qakuq pinkelt an dieselbe Stelle und wirft dann gelben Schnee auf.

»Emmylou! Hast du denn überhaupt keinen Anstand? Was ist nur mit dir los?«

»Was mit mir los ist, Kitty? Ich musste mal pinkeln. Was kann denn daran so schlimm sein?« Ich fummle an meinem Reißverschluss. Meine Finger sind kalt und steif, und ich bin froh, als ich sie zurück in die Handschuhe stecken kann.

»Ha-ii«, rufe ich, sobald ich auf dem Schlitten sitze. Die Hunde laufen los, und wir jagen auf den Fluss hinauf. Ich reibe meine Hände, so schnell ich kann, um sie zu wärmen. Meine Fingerspitzen schmerzen furchtbar, aber ich will nicht umdrehen.

KAPITEL 18

Die Hunde rasen über das Eis. Der Fahrtwind macht die Kälte noch grausamer. »Langsam, *yaai*!«, rufe ich, aber sie hören nicht. Als ob der Drang zu laufen sie in diesen ersten Minuten völlig überwältigt. Als ob ich gar nicht da wäre. Alles, was zählt, ist der uralte Instinkt, im Rudel zu rennen.

Später, als sie langsamer werden und wieder auf mich hören, sind wir ein Team, aber in diesen ersten Minuten wird mir immer bewusst, dass sie mich nur als ihre Anführerin akzeptieren, wenn sie es wollen. Heute wechseln sie schnell in einen gemäßigten Lauf, als wüssten sie, dass wir uns bei dieser Kälte keine Fehler erlauben dürfen.

Ich atme tief ein. Die eisige Luft prickelt in meinen Lungen, und das hässliche Gefühl, das die Streiterei mit Kitty hinterlassen hat, löst sich langsam auf.

In der Kälte sieht alles anders aus, klarer irgendwie. Die Sonne ist von drei Nebensonnen umgeben – Sun Dogs –, die dem Land etwas Magisches geben. Der Himmel scheint so nah und fern zugleich, dass man meinen könnte, den Nachthimmel hinter der Sonne spüren zu können. Das Fell der Hunde ist frostig, und die Eiskristalle fangen das Licht der aufgehenden Sonne. Es ist so still, als ob das Land seinen Atem anhalten würde.

Vor ein paar Tagen war das Flusseis überflutet, und heute ist es glatt wie eine Schlittschuhbahn. Qaqavii läuft ohne Angst auf das Glatteis hinaus. Der Schlitten gerät ins Rutschen, aber die

Hunde laufen stetig weiter, bis wir die andere Seite des Flusses erreicht haben. Wir machen eine kurze Pause, und Taqluk zerrt die Eisbällchen, die sich zwischen seinen Zehen gebildet haben, von seinen Pfoten. Der Rest der Hunde sieht mich erwartungsvoll an und wartet auf das Kommando zum Weiterlaufen.

Es ist egal, was ich sage – *ha-ii*, okay, auf geht's –, sie laufen immer gleich los. Schwieriger ist es, sie zum Anhalten zu bringen.

Wir laufen durch Seahorse Gully. Als wir den höchsten Punkt der Halbinsel erreichen, tut sich die Hudson Bay unter uns auf, und ich suche die Bucht nach Eisbären ab. Nichts. Ich bin gleichzeitig erleichtert und ein bisschen enttäuscht. Sie haben etwas so Urtümliches an sich. Das erweckt in mir das Gefühl, Teil der Natur zu sein, weder über noch unter ihr zu stehen.

Ich denke an das Buch, das ich über die Sayisi Dene gelesen habe. Siebzehn Jahre haben sie in Churchill gelitten, bis sie endlich wieder zurück ins Inland ziehen durften. Auf ihrem Weg nach Westen müssen sie genau hier vorbeigekommen sein. Sie sind dem North Knife River gefolgt, dem Fluss, auf dem Qaqavii gelernt hat, auf rutschigem Eis zu laufen. Was haben die Kinder gedacht, die nie was anderes kannten, als am Rande der Stadt zu leben, als sie wieder aufs Land zurückkehrten und wie ihre Vorfahren lebten? Konnten sie den Schmerz und die Trauer hinter sich lassen, als sie ein neues Leben an den sandigen Ufern des Tadoule Lake aufbauten?

Ich sehe den Hunden beim Rennen zu, halte an, als Taqluks Gang sich so verändert, dass es wirkt, als würde er auf rohen Eiern laufen, und helfe ihm, die Eisklümpchen zwischen den Zehen zu entfernen.

Obwohl die Haare in meiner Nase zu winzigen, piksenden

Eiszapfen gefrieren, möchte ich nirgendwo anders sein als hier mit den Hunden unter dem endlosen Polarhimmel.

Ich halte Ausschau nach Veränderungen im Wetter und beobachte die Sonne, die mir sagt, wie viel Tageslicht uns noch bleibt.

Plötzlich flitzt etwas Weißes hinter einem Findling hervor. Ein Hase! Die Hunde nehmen die Jagd auf, und der Schlitten schwingt so schnell herum, dass wir einen Felsen streifen.

»*Wooh!* Wraah!«, rufe ich und versuche, das kehlige Geräusch nachzuahmen, das Barnabas und Ipilii immer einsetzen. Der Hase schlägt einen Haken, und die Hunde rennen schneller. Sie springen über Schneewehen und Gestein. Plötzlich kracht es laut, und der Schlitten kommt zum Stehen. Wir sitzen auf einem Stein fest.

Die Hunde starren mit gespitzten Ohren in die Ferne. Vom Hasen weit und breit keine Spur.

Ich drehe den *qamutik* um und begutachte den Schaden. Zwei der Querbalken stehen vom Schlitten ab wie gebrochene Rippen. Was jetzt? Kann ich so noch weiterfahren? Wir sind bestimmt dreißig Kilometer von Churchill entfernt. Die Hunde brauchen dafür keine zwei Stunden. Aber wie lange würde ich brauchen?

Ich versuche, die gebrochenen Stücke von den Seilen zu lösen, die sie an die Kufen binden. Doch dann wird mir klar, dass alle Stücke mit einem einzigen Seil zusammengebunden sind. Ziehe ich eines der Querstücke raus, lösen sich alle.

Was würde Old Ipilii jetzt machen? Er hat mir erzählt, dass sie Schlitten aus Karibugeweihen, Walknochen und Stoßzähnen von Walrössern gemacht haben, bevor sie Bauholz hatten. Karibugeweihe sind überall über das Land verstreut, hat er gesagt, weil sie jedes Jahr ihre Geweihe ablegen oder sie von Jägern hinterlassen werden. Ich drehe mich im Kreis. Schnee, Eis, Stein, Himmel. Keine Geweihe.

Panik steigt in mir auf. Ich muss etwas finden, mit dem ich die gebrochenen Stücke zusammenbinden kann. Mein Blick fällt auf die Karibufelle, die den Schlitten polstern. Ich wickle sie um das Holz und nutze Qaqaviis Zugleine, um es anzubinden. Qaqavii springt aufgeregt um mich herum.

Mit dem notdürftig reparierten *qamutik* machen wir uns auf den Rückweg. Qaqavii rennt eine Weile zwischen den anderen Hunden und mir hin und her, dann nimmt er seinen Platz im Team wieder ein, als wäre er noch angeleint.

Der Wind, der zuvor von hinten kam, bläst mir jetzt ins Gesicht. Egal, wie oft ich meine Nase und Wangen reibe, ich verliere den Kampf gegen die Kälte. Meine Hände fangen an zu schmerzen, und es hat wenig Sinn, mein Gesicht mit den kalten Fingern wärmen zu wollen.

»*Ha-ii! Ha-ii!* Schneller, schneller!« Ich versuche, so aufmunternd wie möglich zu klingen, aber das ist nicht so einfach, wenn man den Mund in der beißenden Kälte nicht mehr aufmachen mag. Die Hunde verstehen trotzdem. Sie laufen schnell und ohne Pause. Dennoch fühlen sich Minuten wie Stunden an. Endlich kommt der Fluss in Sicht, dahinter die Stadt und die Speichertürme im Hafen.

Ist da jemand bei den Hundehütten? Hat Kitty auf mich gewartet? Ich winke zögernd, und die Person kommt uns entgegen. Old Ipilii! Die Hunde sehen ihn jetzt auch und stürmen auf den alten Mann zu. Ich versuche, sie mit dem Schneeanker zu stoppen. »*Wooh! Wooh!*«

Old Ipilii springt aus dem Weg.

»*Wooh!* Also wirklich! Stopp!« Die Hunde halten an und ducken sich nieder. Ich bin sauer auf sie und noch mehr auf mich, weil ich den Alten fast mit seinen eigenen Hunden umgerannt hätte. Und dann sehe ich, wie Ipiliis Blick auf den gebrochenen Schlitten fällt.

»Es tut mir leid. Sorry. Ich habe den Schlitten zerbrochen.«

»*Ii*«, sagt er und legt die Hand auf meine Schulter. »*Pitsiatutit. Qimmiit illingnik naalaktut*«, sagt er und grinst. »*Qimmiujatuluatuq, taimana taitarnialiqtagiit.*«

Die Hunde drängen sich schwanzwedelnd um Old Ipilii herum und schnüffeln an seinen Hosenbeinen. Er lässt seine Hand über ihre Rippen gleiten. »Gut«, sagt er. »Qimmiit gut.«

Als Old Ipilii sieht, dass ich meine Finger kaum bewegen kann, spannt er die Hunde aus, und ich bringe sie zu ihren Hütten. Vom Laufen wird mir schnell warm.

»Wo ist Barnabas?«, frage ich, als alle Hunde versorgt sind.

»*Barnabas Arviamiituq.*«

»Er ist in Arviat?« Heißt das, wir trainieren nicht mehr zusammen? Wird er nicht mit Old Ipilii am Rennen teilnehmen? Ich dachte, wir wären ein Team. Barnabas, Ipilii, die Hunde und ich.

»*Barnabas qaigianiatuq maqaitinik piqatiqarluni Arviamiutanik. Kuugjualianiaqtuq skidoo-kuut.*« Der Alte greift in die Luft, als würde er einen Lenker halten. »Brumm, brumm.«

»Schneemobil?«, rate ich.

»*Ii.*« Old Ipilii deutet über den Fluss nach Norden und zeigt mir die Schattenfigur für Karibu.

»Ich verstehe nicht.«

»Barnabas«, sagt er und tut so, als würde er mit einem Gewehr schießen. »*Tutusiamiat. Tuktu.*«

»Karibu?«, rate ich. »Jagen?«

Der Alte zuckt mit den Schultern.

»Ist Elisapii hier?«

Ipilii nickt Richtung Haus.

Elisapii lächelt müde, als sie mich sieht, und richtet sich schwerfällig in ihrem Bett auf.

»*Qanuipit?* Du gut?« Ihre Stimme ist heiser. Das Reden strengt sie an.

»*Ii.* Mir geht es gut. Und dir?«

»Gut, gut.« Sie lächelt schwach.

»Wo ist Barnabas?«

»Barnabas Arviat. *Qaikanirnialiq. Tunilaupara titiqamik ilingnungaujumik.*« Sie deutet auf einen Beutel nahe der Tür.

»Ist Barnabas okay?«

»*Ii.* Er okay.« Sie bedeutet mir, die Tasche zu bringen.

Mit zittrigen Händen zieht sie ein gefaltetes Papier mit meinem Namen heraus. Emmalu.

Emmalu,
wie geht es dir? Ich bin auf dem Weg nach Churchill mit dem Skidoo. Kannst du dafür sorgen, dass meine Großeltern haben, was sie brauchen? Mein Onkel arbeitet im Harbour Inn, er kann helfen.
Dein Barnabas

»Er kommt mit dem Schneemobil!«, berichte ich Elisapii, aber natürlich weiß sie das. »Habt ihr alles, was ihr braucht?«

Elisapii sieht mich verständnislos an.

»Habt ihr genug zu essen?« Ich tue, als würde ich essen.

Elisapii nickt und deutet zu den Einkaufstüten auf dem Sofa. Sie sind mit Trockenfleisch, geräuchertem Fisch, Schmalz und Bannockbrot gefüllt.

»Wasser? Habt ihr Wasser?« Ich tue, als würde ich trinken.

Sie zeigt auf zwei blaue 18-Liter-Wasserkanister. Beide sind leer.

»Ich füll sie auf, ja?«, sage ich, froh, dass ich etwas für die beiden Alten tun kann.

Ich schiebe die vollen Kanister zur Tür des Northern Store heraus. Sie sind so schwer, dass ich sie kaum anheben kann. Soll ich Barnabas' Onkel holen? Ich kenne ja noch nicht mal seinen Namen. Ich trage den einen Kanister ein paar Schritte die Straße hinunter, dann gehe ich zurück und hole den nächsten.

Ein junger Mann, nicht viel älter als Barnabas, hält sein Schneemobil neben mir an: »Kann ich dich irgendwo hinbringen?«

Er hat das gleiche freundliche Grinsen wie Barnabas, einschließlich der Zahnlücke. Hinter seinem Skidoo ist ein *qamutik* gespannt, mindestens doppelt so groß wie unser Hundeschlitten. Er trägt einen schwarzen Anorak mit hellem Fellbesatz, der mich an den Anorak erinnert, den ich so gern haben wollte. Seine Schneehose ist aus dickem weiß-gelblichem Fell.

»Sind die aus Eisbärenfell?«, rutscht es mir heraus.

»Mein erster Bär«, sagt er grinsend. »Meine Großmutter hat sie für mich gemacht.«

»Cool. Bist du von hier?«

»Arviat. Wir sind nur zum Einkaufen hier.«

»Zum Einkaufen? Gibt es denn keinen Laden in Arviat?«

Er lacht. »Sogar zwei. Aber einige Sachen können wir da nicht kaufen. Mein Cousin und ich sind mit dem Zug nach Thompson gefahren. Wir haben einen Jeep gekauft.«

»Einen Jeep? Ich dachte, man kann nicht nach Arviat fahren.«

»Darum haben wir ja den *qamutik* dabei.« Er lehnt sich gegen sein Schneemobil und betrachtet mich amüsiert.

»Du willst ein Auto mit dem Skidoo ziehen?« Die Fragen purzeln einfach so heraus.

»Zwei Skidoos. Mein Cousin hilft. Wir warten nur noch auf den Güterzug, der den Wagen bringt.«

»Wie kommt ihr denn durch das Jumble-Eis?«

»Kann schwierig sein. Die Challengers werden bald losziehen, dann folgen wir einfach deren Trail.«

»Challengers? Was ist das denn?«

»Wie ein Raupenfahrzeug, nur größer. Die Minen transportieren ihre Güter mit Raupenzügen.«

»Minen?« Ich komm mir auf einmal richtig dämlich vor, weil ich dachte, alles nördlich von hier wäre unberührte Natur – nur Hundeschlitten und Eisbären.

»Willst du jetzt eine Mitfahrgelegenheit oder nicht?«

»Sorry. Das wäre nett.«

Er ergreift die Wasserkanister und bindet sie auf seinen Gepäckträger. »Spring auf.«

Ich klettere auf den Sitz hinter ihm.

»Wohin?«

»Die Flats. Auf der anderen Seite der Gleise.«

»Da wohnst du?« Der Junge dreht sich um und mustert mich mit plötzlichem Interesse.

»Nein. Ich … ich bin nur eine Bekannte von Old Ipilii und Elisapii.«

»Wie geht es ihr?«

»Sie sagt, gut, aber ich bin mir nicht sicher.«

»Ich habe gehört, dass sie mit ihrer Familie in Arviat bleiben wollte, wo sie Essen frisch vom Land bekommt.«

»Ich … das wusste ich nicht. Was passiert, wenn sie ihre Behandlungen nicht weiter kriegt?«

»Dann stirbt sie«, sagt er und startet seinen Skidoo. »Ich bin Mike. Und du?« Ich ducke mich hinter seinen Schultern, um mich vor dem kalten Wind zu schützen.

»Emmalu. Ich meine, Emmylou.«

Mike fährt mit dem Skidoo direkt bis zur Hütte, schnappt sich die Wasserkanister, als ob sie leer wären, und geht ins Haus, wo er ohne Umschweife Wasser in den Kessel gießt und den Campingkocher anzündet. »Das Gas ist fast leer. Ich bringe später was vorbei«, sagt er zu mir und redet dann mit Elisapii in Inuktitut.

Ich verstehe kein Wort, aber ich bin froh, im Warmen zu sein. Meine Wangen fühlen sich seltsam an, und ich kann sie kaum spüren, wenn ich sie mit den Fingerspitzen berühre. Plötzlich höre ich Elisapii meinen Namen erwähnen. Mike wendet sich mir zu. »Ich soll dir sagen, dass ich Barnabas auf dem Weg hierher getroffen habe. Er wird wohl morgen hier sein.«

»Danke«, sage ich und merke, wie mir bei dem Gedanken an Barnabas das Blut in die Wangen schießt. Ich dreh mich schnell zur Tür. »Ich gehe die Hunde füttern.«

»Willst du mit dem Skidoo zurück zur Stadt?«

»Nein, danke. Ich laufe lieber.«

»Mach's gut. Und nächstes Mal hol doch einfach Wasser vom Fluss.« Er deutet auf den Eismeißel bei der Tür. »Ist umsonst und schmeckt besser.«

KAPITEL 19

Das Licht der Straßenlaternen taucht unser Zimmer in ein fahles Gelb. Meine Wangen jucken, und die Haut fühlt sich ledrig an. Kitty schläft noch, und ich schleiche ins Badezimmer, um sie nicht zu wecken. Als ich gestern ins Hotel zurückgekommen bin, habe ich zwei weiß gefrorene Hautflecken auf meinen Wangen entdeckt. Ein eisiges Brandmal, das die Arktis mir aufgepresst hat. Jetzt fällt die Haut in grau-schwarzen Fetzen ab. Darunter bildet sich schon neue Haut, zartrosa und weich.

Ich putze mir die Zähne und gehe in die Küche, um mir eine Schale Müsli zu holen. Normalerweise stehe ich nicht vor zehn Uhr auf, wenn ich nicht muss – was an den meisten Tagen der Fall ist. Ich arbeite nur noch, wenn jemand krank ist oder einen Tag frei haben will.

Ich habe sogar mein Schulprojekt über Eisbären fertig – was ziemlich deprimierend war. Ich habe mit dem Ranger gesprochen, den ich damals am Cape Merry getroffen habe. Er hat mir gesagt, dass Eisbären (noch) nicht vom unmittelbaren Aussterben bedroht sind, aber auf der Roten Liste der gefährdeten Tiere stehen.

Sie sind vom Packeis abhängig, auf dem sie Robben jagen, wenn diese in ihren Atmungslöchern im Eis auftauchen. Wegen des Klimawandels gibt es immer weniger Eis – es friert später und schmilzt früher. Also verbringen die Bären mehr Zeit auf dem Land, wo sie hungrig umherwandern, und dann kommen sie auf der Suche nach Nahrung nach Churchill.

Ich stelle mir die Bären vor, wie sie unruhig auf das Eis warten, während die Touristen eifrig Fotos knipsen. Und wenn sie den Touristen zu nahe kommen, enden sie im Gefängnis.

Ich esse mein Müsli im Halbdunkel am Fenster. Kitty dreht sich unruhig im Schlaf. Mein anderes Schulprojekt über die Geschichte von Churchill habe ich aufgegeben. Ich hatte angefangen, über Cape Merry und das Fort auf der anderen Seite des Flusses zu schreiben, aber alles, woran ich denken konnte, waren die weinenden Kinder und die verhungernden Hunde, die am Strand unter dem Cape abgesetzt worden sind.

Immer wieder frage ich mich, wie ihr Leben war, bevor die Pelzhändler kamen. Wie ist es, wenn man ganz auf sich selbst gestellt ist? Wenn man jagen und sammeln muss, wenn man alles selbst macht – Kleidung, Zelte, Häuser, Hundeschlitten? Wie haben sie sich auf dem Land zurechtgefunden ohne Straßen, ohne Karten? Aber die Geschichtsbücher geben keine Antwort.

Ich denke an Elisapii, wie sie meine Handschuhe genäht hat und wie sie Old Ipiliis Stiefel kaut, damit das Robbenfell weich bleibt. Und an Old Ipilii, der Barnabas die alten Bräuche beibringt.

Rauch steigt aus dem Ofenrohr der Hütte, und auf einmal wird mir klar, dass es nicht mehr »meine« Hunde sind. Barnabas kommt heute wieder, und ich stelle mir vor, was er denkt, wenn er mich auf dem Weg hierher mit den Hunden trifft.

Das Geschirr hängt nicht neben der Tür, und als ich bei den Hundehütten ankomme, ist Old Ipilii schon da. Er steht neben Qakuq und sieht zu, wie die Sonnenstrahlen langsam die andere Seite des Flusses erreichen.

Als er mich sieht, geht er wortlos zum Schlitten und legt die Leinen im Fächer aus. Hat er auf mich gewartet?

Ich lege die Geschirre an und bringe die Hunde zu Old Ipilii, der sie anspannt.

Wir verlassen den Hof, als das erste Sonnenlicht das Jumble-Eis erleuchtet. Weiter draußen, wo das Meer noch offen ist, hängt anfangs noch Nebel. Langsam werden unsere lang gezogenen Schatten kürzer und die Sicht klarer. Die Sonne steigt, und der Tag erwacht.

Die Hunde scheuchen einen Schwarm Schneehühner auf, die der Sonne entgegenfliegen, bis sie flatternd in der Ferne verschwinden.

»*Nanuq*«, sage ich und zeige auf Eisbärenspuren, die in Richtung offenes Meer führen. Der Alte hat sie längst bemerkt.

Ich blinzle in die Sonne, und Ipilii reicht mir seine Sonnenbrille. Ich lehne ab, aber er besteht darauf, dass ich sie aufsetze, und ich bin froh, dass die getönten Gläser meine Augen vor dem grellen Licht der Sonne schützen.

»*Taikaulipuut.*« Der Alte deutet auf etwas, das sich in weiter Ferne über das Land bewegt. Karibus? Ipilii korrigiert den Kurs der Hunde, und wir laufen direkt auf die kleinen schwarzen Punkte zu, die schnell näher kommen.

Skidoos! Hinter den Schneemobilen ist ein orangefarbenes Kettenfahrzeug, das mit seinen runden Fenstern ein bisschen aussieht wie ein alter Bus auf Skiern. Es zieht einen schwer beladenen Schlitten voller Karibus. Behufte Beine lugen steif gefroren unter blutverschmierten Körpern hervor, weit aufgerissene Augen starren leblos ins Nichts.

Die Hunde laufen wie besessen auf den Karibuschlitten zu. Wie aus weiter Ferne höre ich Old Ipilii mir etwas zurufen. Dann Barnabas' Stimme. Noch immer kann ich meinen Blick nicht von den toten Tieren wenden und wünsche mir zugleich, das niemals gesehen zu haben.

»Emmalu, der Schneeanker!«, ruft Barnabas. Viel zu spät versuche ich, die Hunde anzuhalten. Schon reißen sie das Karibufleisch. Inuit-Jäger springen von ihren Skidoos, die Gewehre noch um die Schultern gehängt, und laufen wild mit den Armen wedelnd auf die Hunde zu.

Ich will Aupaluk von den Karibus zerren, und er knurrt mich an. Aber ich lasse nicht von seinem Halsband ab. Plötzlich schnappt er nach Pamiuluk, sie wiederum verbeißt sich in Princess, und dann bricht ein Hundekampf um mich herum aus.

»Aus dem Weg, Emmalu«, ruft Barnabas, und mithilfe der anderen Männer zieht er die Hunde von den Karibus weg. So schnell, wie der Hundekampf begann, löst er sich wieder auf.

Irgendwer sagt etwas in Inuktitut, und ein anderer lacht laut. Bald lachen alle. Sogar Barnabas. Das einzige Wort, das ich verstehe, ist *qallunaaq*. Ich will einfach nur die Hunde umdrehen und so schnell wie möglich weg.

»Ist das die, die auf eure Hunde aufgepasst hat?« Ein junger Mann im blauen Overall mit neongelben Leuchtstreifen betrachtet mich neugierig.

»*Ii*«, antwortet Barnabas und stellt mich seinem Cousin Christopher vor.

»Vielleicht hättest du die Hunde öfter füttern sollen«, sagt Christopher und grinst mich an. Gar nicht lustig.

»Was ist denn das für ein Ding?«, frage ich und deute auf das orangefarbene Kettenfahrzeug.

»Du hast noch nie einen Bombardier gesehen?«, fragt Barnabas erstaunt.

»Habt ihr davon viele in Arviat?«

»Nur zwei. Dieser hier holt einen Kleinlaster ab.«

»Noch einen Wagen?«, sage ich und muss an Mike denken.

»Wo du herkommst, gibt es doch sicher auch mehr als einen Wagen, oder?«, fragt Christopher, und Barnabas lacht.

Ich gehe zum Schlitten zurück, aber Old Ipilii ist nicht da. Er unterhält sich mit einem der Jäger und bemerkt meinen flehenden Blick nicht.

»Komm, ich zeig dir den Bombardier«, sagt Barnabas. Ich folge ihm widerwillig. Das Gelächter von ihm und seinem Cousin klingt mir immer noch in den Ohren. Die Nähe und Vertrautheit sind wie weggeblasen. Habe ich sie mir nur eingebildet?

Innen sieht der Kleinbus mehr wie ein Wohnzimmer aus. Kunstlederbänke und ein verblichenes Foto von einem Mann, der einen Fisch, fast so groß wie er selbst, an den Kiemen hält, dekorieren den Raum hinter den Fahrersitzen. Ein Campingkocher und ein schwarz angelaufener Teekessel stehen auf dem Boden neben isolierten Gummistiefeln.

»Willst du mitfahren?«, fragt der Mann hinter dem Lenker und gießt sich Kaffee aus einer Thermosflasche ein.

»Ich bin mit den Hunden hier«, sage ich, dankbar für eine Ausrede. Der Bombardier stinkt nach Gas und alten Socken.

»Wir tauschen. Ich nehme die Hunde, und du kannst im Bombardier mitfahren«, bestimmt Barnabas und lässt mich einfach stehen.

Der Bombardier setzt sich laut grummelnd in Bewegung. Für einen Moment laufen die Hunde neben uns her, aber dann fallen sie langsam zurück, und die Distanz zwischen Barnabas, Old Ipilii, den Hunden und mir wird immer größer.

Der Bombardier knarrt und rattert und schaukelt über die gefrorene Tundra. Mir wird ein bisschen mulmig. Plötzlich fühlt sich der Innenraum zu klein und eng an, die Luft zu warm, zu stickig. Meine Handflächen schwitzen, und das Geräusch des Motors dröhnt in meinem Kopf.

Ich rolle mich auf der Bank zusammen und versuche, mich auf meine Atmung zu konzentrieren. Das Motorgeräusch wird zu einem monotonen Lied: *qa-lu-naaq, qa-lu-naaq, qa-lu-naaq.*

KAPITEL 20

Liebeskummer?«, fragt Kitty und stellt mir eine Schüssel Haferbrei auf meinen Nachttisch. Sie schiebt die Vorhänge beiseite und öffnet das Fenster. Ich ziehe mir die Decke über den Kopf.

»Ich habe dir doch schon gesagt, ich bin nicht an ihm interessiert. Nicht so jedenfalls.«

»Warum brütest du denn dann so dumpf vor dich hin?«

»Mach ich doch gar nicht. Ich versuche zu schlafen, aber das verhinderst du ja gerade.« Ich setze mich im Bett auf und werfe ihr meinen besten Lass-mich-in-Ruhe-Blick zu.

»Jetzt schieb mal deine Probleme nicht auf mich, ja?«, sagt Kitty und nimmt ihre Verschränkte-Arme-Kampfstellung ein.

»Ich habe kein Problem. Und selbst wenn – es hat nichts mit dir zu tun.«

»Eben. Also mach es nicht zu meinem Problem.«

»Ich? Du bist diejenige, die immer alles auf sich bezieht.« Ich steige aus dem Bett und hebe meine Klamotten vom Boden auf. Das Zimmer ist mal wieder zu eng für uns beide.

»Ja, ja. Wie dein Vater. Immer alles meine Schuld«, sagt Kitty und wirft die Tür hinter sich zu.

Wie dein Vater. Da hat sie es schon wieder gesagt. Ich weiß nicht, wie mein Vater war. Ich kann mich an die Streitereien erinnern und dass ich Angst hatte. Angst, sie würden meinetwegen streiten. Was, wenn Dad gar nicht so schlimm ist, wie Kitty ihn beschreibt? Und ich tatsächlich so bin wie er? Wäre das so schrecklich?

Ich stelle mir vor, mein Dad käme, um mich abzuholen. Vielleicht ist er ja ein Musher im Yukon oder in Alaska. Ich könnte meine eigenen Hunde haben und den ganzen Tag mit ihnen verbringen. Einer dürfte sogar nachts im Bett bei mir schlafen. In meiner Fantasie sieht er genauso aus wie Qaqavii.

Die Hundehütten sind einsam und verlassen, als ich am Fluss ankomme. Barnabas und Ipilii sind mit dem Schlitten unterwegs. Ich habe keine Lust, zurück zum Hotel zu gehen, und beschließe, Elisapii zu besuchen. Noch immer habe ich mich nicht ganz daran gewöhnt, einfach ohne Ankündigung ins Haus zu gehen, also klopfe ich leise, bevor ich die Tür öffne.

Elisapii sitzt schlafend gegen die Wand gelehnt auf ihrem Bett. Karibufellstücke sind um sie herum verteilt, und in der rechten Hand hält sie eine Nähnadel. Ihr Kopf ist weggesackt. Vorsichtig versuche ich, ihr ein Kissen in den Nacken zu schieben.

Ihre Augen öffnen sich und gleiten dann suchend durch den Raum, bevor sie sich auf mich richten. Sie lächelt und schiebt die Felle zur Seite, um Platz für mich zu machen.

»Für Hunderennen«, erklärt sie und deutet auf ihre Näharbeit. »Arctic Quest.«

Ich nicke, unsicher, was das werden wird. Bis jetzt sind es nur aneinandergenähte Rechtecke. Elisapii legt ihre Hände an ihre Wange und tut so, als würde sie schlafen.

»Ein Schlafsack?«, rate ich.

»*Ii.* Für Schlaf.«

Wir lachen uns an, und dann sehe ich ihr beim Nähen zu.

»Du?«, fragt sie und hält mir ihre Nadel hin. Sie zeigt mir, wie man Stiche macht, und gibt mir dann ihre Näharbeit. Mühselig klettert sie aus dem Bett und legt frische Karibufelle auf dem Boden aus. Sie streicht sachte über das Tierhaar, bevor sie das Fell auf die Hautseite wendet. Sie deutet auf eine kleine Beule. »*Aarlungajuq.*« Mit dem Finger malt sie eine Zickzacklinie in die Luft und brummt wie eine Fliege. Dann schabt sie die Stelle vorsichtig mit ihrem Messer und zieht eine fette, mehlig-weiße Larve aus der Haut. Sie hält sie mir entgegen. Als ich mich schaudernd zurücklehne, schiebt sie sich die Larve in den Mund.

»Ih!«, rufe ich und halte mir schnell die Hand über den Mund, um meinen Ekel zu verstecken.

Elisapii reibt sich den Bauch. »Inuit-Bonbon«, sagt sie lachend und pult eine weitere Larve aus der Haut. Ich ziehe einen Müsliriegel aus meiner Tasche und biete ihr die Hälfte an.

»Ih!«, sagt sie und hält sich dann die Hand vor den Mund. Wir brechen in Gelächter aus und nehmen unsere Näharbeit wieder auf.

Draußen auf den Treppenstufen knarren Fußstapfen im Schnee. Die Tür geht auf, und Old Ipilii begrüßt uns mit einem warmen Lächeln. Er setzt sich auf die Couch und müht sich, seine Robbenfellstiefel von den Füßen zu ziehen. Elisapii greift nach einem der Stiefel – Kamiks nennt Barnabas sie – und zieht. Sie lachen und necken sich, als der Kamik sich nicht löst.

»Emmylou.« Elisapii bittet mich mit Gesten, zu helfen, und zu dritt ziehen wir den steif gefrorenen Stiefel von Old Ipiliis Fuß. Sie massiert Old Ipiliis Zehen, als die Tür ein zweites Mal auffliegt.

Barnabas kommt herein und nickt mir grüßend zu. »Wie geht es, Emmalu?«, fragt er, als wäre nichts passiert, als hätten er und sein Cousin mich nicht ausgelacht. »Wir konnten den Fluss nicht überqueren. Zu viel Wasser auf dem Eis«, sagt er und hängt vereistes Hundegeschirr neben den Ofen. »Ich gehe die Hunde füttern. Kommst du mit?«

Ich folge ihm um die Hütte herum zur alten Gefriertruhe, die jetzt übervoll mit Karibufleisch ist.

»Wie war es in Arviat?«, frage ich, während ich ihm dabei zusehe, wie er die Hundemahlzeiten mit der Axt hackt.

»Gut. Ich habe viel Zeit mit meinem Cousin in seiner Garage verbracht. Wir haben sein Skidoo schneller gemacht. Und wir waren jagen. Ich habe einen Wolf geschossen, hatte aber kein Glück mit Robben. Die Zwillinge reden jetzt. *Anaana*, *ataata* und twenty-two.«

»Was heißt das?«

»*Anaana* und *ataata*? Mom und Dad.«

»Und twenty-two?«

»Das Gewehr von meinem Bruder. Er nimmt die beiden mit zum Jagen. Jetzt rennen sie mit Stöcken herum und tun so, als würden sie selbst jagen.« Er unterbricht das Hacken und sieht mich an. »Und du, Emmalu? Mein Großvater, er sagt, dass du mit den Hunden ganz allein draußen warst?«

Ich nicke und sammle Fleischstücke auf. Barnabas mustert mich, als ob … als ob er mich zum ersten Mal richtig sähe.

»Christopher sagt, dass ich froh sein kann, eine Freundin zu haben, die gerne auf dem Land ist und auch noch gut aussieht.«

Ich drehe mich schnell weg, damit er meinen Blick nicht sieht.

»Ich habe ihm gesagt, du bist nicht meine Freundin, und er hat gesagt, dann wäre ich ganz schön dumm.«

Meine Gedanken drehen sich wie wild in meinem Kopf. Also hat sich sein Cousin gar nicht über mich lustig gemacht? Oder zumindest findet er trotzdem, dass ich okay bin? Und Barnabas? Was denkt er? Ich schiele zu ihm hinüber. Er sieht mich noch immer an.

»Ich habe dich vermisst«, sagt er.

»Soll ich den Sack zu den Hunden bringen?«, frage ich und ärgere mich über mich selbst. Warum kann ich ihm nicht sagen, dass ich ihn auch vermisst habe?

»Gute Idee. Außer natürlich, du willst alles selber essen.« Barnabas grinst, und ich schmeiße einen Brocken Fleisch nach ihm. Er fängt ihn lachend, und wir machen uns auf den Weg zu den Hunden, die aufgeregt bellend im Kreis laufen, sobald sie uns sehen. Ich gebe jedem Hund sein Fressen. Es dauert nicht lange, und zwischen den Hundehütten ist es still, bis auf das Geräusch von knackenden Knochen. »Ich habe dich vermisst«, hat Barnabas gesagt, und ich fühle mich wie die Hunde, die glückselig an ihren Knochen nagen.

KAPITEL 21

Die Frist für meinen Januar-Schulbericht ist schon seit einem Monat abgelaufen. Offiziell hätte Kitty ihn einreichen müssen, aber da war nicht viel zu berichten, also habe ich sie nicht gedrängt.

Unser Abkommen ist, dass ich selbst für mein Lernen verantwortlich bin.

»Mir ist egal, was du machst, solange uns die Behörden vom Hals bleiben, ist das klar?«, hat Kitty gesagt.

Was passiert jetzt? Schicken sie wirklich jemanden, der mich zwingt, zur Schule zu gehen? Vielleicht kann Lisa mir ja helfen. Sie wird enttäuscht sein, dass ich nicht so klug bin, wie sie dachte. Wenn man es genau nimmt, dann bin ich noch nicht mal so schlau, wie ich selbst geglaubt habe.

Was, wenn wir umziehen? In eine andere Provinz? Dann wäre es der neuen Schule doch bestimmt egal, was ich in den vier Monaten hier in Churchill gemacht habe. Ich könnte all die Schulaufgaben, die sich aufgetürmt haben, hinter mir lassen und mit einem leeren Blatt wieder von vorne anfangen. Neustart. Lisa würde nie erfahren, dass ich es trotz all ihrer Hilfe vermasselt habe.

Doch dann denke ich an Qaqavii und Barnabas, Old Ipilii und Elisapii. Sie zu verlassen, ist das Letzte, was ich will. Und ich denke an Kitty, die sich immer von einem Neustart zum anderen hangelt, ohne dass sich je wirklich etwas ändert.

Der Stapel Bücher liegt anklagend auf meinem Nachttisch. Ich klemme ihn mir unter den Arm und gehe zur Bibliothek.

»Fertig mit den Büchern?«, fragt Lisa.

Ich nicke.

»Gut. Was ist dein nächstes Projekt? Sollen wir uns noch mal deinen Lernplan anschauen?«

»Ich … ähm … ich habe meine alten Aufgaben noch nicht ganz fertig, und ich habe den Schulbericht noch nicht eingeschickt. Mahnen die Behörden uns jetzt?«

»Langsam, Emmylou. Fang mal von vorne an. Was hast du denn bisher alles gemacht?«

»Ich habe ein paar Seiten von dem Matheprogramm, das Sie für mich gefunden haben, gemacht, aber …«

»Aber was?«

»Die Zahlen an sich sind ja nicht so verwirrend, aber die ganzen Wörter. Ganzrationale Funktionen, normiertes Polynom, Dreiecksungleichungen.«

Lisa lacht. »Ach du meine Güte, das hört sich allerdings kompliziert an. Was ist denn aus einfacher Addition und Subtraktion und Multiplikation geworden?«

»Das haben wir in der Grundschule gelernt.«

»Entschuldige.« Lisa guckt bestürzt drein. »Ich war nie gut in Mathe, und es ist schon so lange her. Vielleicht kann dir jemand helfen?«

Ich zucke mit den Schultern.

»Und was ist aus deinem Ökosystemprojekt über Eisbären geworden?«

Ich ziehe die dreißig handgeschriebenen Seiten mit den Zitaten von den Leuten, mit denen ich gesprochen habe, aus meinem Rucksack und gebe sie Lisa. Ich habe sogar meine eigenen Grafiken gezeichnet und Fotos von Eisbären eingeklebt, die Walter mir gegeben hat.

»Das sieht super aus. Und Sozialkunde?«

Ich schüttle den Kopf.

»Du hattest doch so viele Fragen, konntest du keine Antworten finden?«

»Schon, aber dann habe ich mich gefragt, ob ich nicht die falschen Fragen gestellt habe.« Und dann erzähle ich Lisa, wie die Geschichte von Churchill mit den ersten Forschern anzufangen scheint, die das Land »entdeckt« haben, das schon lange von Inuit und Dene besiedelt war. Wie ich von den Zwangsumsiedlungen gelesen habe und ständig an die Mädchen denken musste, die ... Hier breche ich ab und beiße mir auf die Lippe. »Wie konnte die Regierung das machen? Wieso hat niemand gesehen, wie falsch das war?«, frage ich und kann die Tränen kaum zurückhalten. »Ich ... ich ... Es tut mir leid, ich wollte Sie nicht enttäuschen«, stammle ich.

»Du enttäuschst mich doch nicht, Emmylou. Im Gegenteil. Ich bin stolz auf dich. Sehr stolz.«

»Wirklich?« Ich wische schnell den Rotz an meinem Ärmel ab.

»Aber ja. Was du in kurzer Zeit gelernt hast, ist bewundernswert. Du hast gelernt, wie du Quellen findest, und auch, wie du sie kritisch hinterfragst. Und du beginnst zu verstehen, dass wir unsere Vergangenheit aufarbeiten und die kanadische Geschichte neu schreiben müssen.«

Ich bin mir nicht sicher, wie ich ihr Kompliment aufnehmen soll. Schließlich schreibe ich keine Geschichte neu. Ich schreibe gar nichts.

»Und was den Schulbericht anbelangt, sollen wir zusammen

das Homeschooling Office anrufen und fragen, was wir da am besten machen?«

»Könnten Sie vielleicht anrufen und so tun, als würden Sie sich ganz allgemein erkundigen, ohne meinen Namen zu sagen?«

»Das kann ich wohl.«

Mein Magen verkrampft sich, als Lisa den Hörer abnimmt, und ich gehe rüber zur Jugendbuchabteilung. Trotzdem höre ich noch Wortfetzen.

»… ausgesprochen helle Schülerin … fehlende elterliche Anleitung … hervorragender Wissenszuwachs in kurzer Zeit … Abgabefrist verpasst …«

Ich muss fast lachen. So wie Lisa mich beschreibt, merkt man wirklich nicht, dass sie über mich redet. Fehlende elterliche Anleitung. Ha! Kitty ist zwar nicht gerade hilfreich bei meinen Schularbeiten, aber es vergeht kein Tag, an dem ich nicht unter elterlicher Anleitung leide.

Trag mehr Lila, das passt zu deiner Hautfarbe. Mach doch mal was aus deinem Haar. Wann hast du eigentlich das letzte Mal geduscht? Du riechst nach Hund.

»Also gut, Emmylou. Du hast zwei Möglichkeiten. Wenn du im Homeschooling bleiben willst, kannst du den Januarbericht nachreichen. Deine Mutter muss am Ende des Schuljahres die Formulare einreichen. Bis dahin müssen sie den Januar- und Junibericht haben, oder du bist keine offizielle Homeschooling-Schülerin mehr. Lass deine Mutter im Bericht erwähnen, dass dein Geschichtsreport neue Fragen aufgeworfen hat, die du bis zum Junireport beantworten wirst.«

Kitty wird begeistert sein, dass ich meine Schularbeit nicht fertig bekommen habe, weil ich mehr über die Dene und Inuit wissen wollte, die sie »diese Leute« und »Menschen nicht von hier« nennt.

»Und die zweite Möglichkeit?«

»Du könntest dich bei der öffentlichen Schule einschreiben.«

Unnötig, zu sagen, dass ich von dieser Möglichkeit noch weniger begeistert bin. Trotzdem schaue ich mir die Schule an, nachdem ich die Bibliothek verlassen habe. Das Gebäude ist kleiner als die meisten Schulen, in denen ich war. Rund um den Schulhof ist ein hoher Maschendrahtzaun, und innerhalb des Zaunes scheint alles aus Zement zu sein. Es sieht eher aus wie ein Gefängnis als wie eine Schule.

Ich drehe mich abrupt um und überquere die Gleise zu den Flats, wo die Hunde über das Eis des blauweiß leuchtenden Flusses in Richtung Norden blicken.

Jedes Mal, wenn ich Elisapii besuche, ist sie mit einer neuen Näharbeit beschäftigt. Sie hat zwei Schlafsäcke aus Karibufellen gefertigt, aber sie war nicht damit zufrieden, weil die Felle von Spätwintertieren kamen. Das Haar ist dicht und lang, fällt aber schnell aus, und sie musste mehrere Löcher stopfen, die die Larven der Dasselfliegen hinterlassen hatten.

Dann hat sie wunderschöne Kamiks für Old Ipilii gemacht. Für den Außenschuh hat sie verschiedenfarbige Karibufelle ausgewählt, um daraus ein Muster zu machen, den Innenschuh hat sie aus Filz gemacht und ihn mit Stickereien verziert. Old Ipilii ist ein guter Jäger, der sie immer gut versorgt. Er verdient gute Kleidung, sagt sie und näht, als liefe ihr die Zeit davon. Im Moment macht sie Ersatzgeschirre. Wenn ich nicht mit den Hunden unterwegs bin, helfe ich ihr.

Die Hunde sind jetzt gut trainiert und laufen sechzig Kilometer ohne Pause. Barnabas redet immer häufiger davon, das Rennen zu gewinnen, und feuert die Hunde an, schneller zu rennen. Aber der Alte bremst sie gleich wieder. Es ist ein langer Weg bis nach Arviat, sagt Old Ipilii, besser langsam und stetig laufen.

Die Tage werden rasch länger, und die Sonne strahlt wieder Wärme aus. In zwei Wochen schon findet das Rennen statt – kurz nach Frühlingsbeginn, wenn Tag und Nacht genau gleich lang sind.

Heute wollen Old Ipilii und Barnabas mit den Hunden bis nach Nunalla fahren, was fast die Hälfte der Rennstrecke ist. Dort wollen sie zelten. Wenn die Hunde sich gut erholt haben, kommen sie zurück. Ich habe nicht gefragt, ob ich mitkommen kann. Es sind nur zwei Karibuschlafsäcke da.

Ich helfe, die Campingausrüstung zum Schlitten zu bringen: ein Zelt mit Holzgestänge, Kocher und Teekessel, Hundefutter, Ersatzklamotten, Schneemesser. Old Ipilii wickelt die Ladung geschickt in eine Plane aus dem gleichen Segeltuch, aus dem auch das Zelt gemacht ist, und schnürt sie fest. Als Letztes schiebt Barnabas zwei Gewehre unter die Seile. »Vielleicht sehen wir ja eine Robbe. Karibufleisch hat nicht viel Fett. Die Hunde werden dünn.«

Barnabas bringt die Hunde zum *qamutik*, und Old Ipilii hilft beim Geschirranlegen. Er wirkt lebendiger, hält sich weniger oft die schmerzende Hüfte. Die Hunde fühlen die angespannte Vorfreude in der Luft und vibrieren voll Ungeduld. Plötzlich richtet sich ihre Aufmerksamkeit Richtung Hütte.

Elisapii kommt langsam zum Fluss hinunter. Der Wind weht durch ihr feines Haar, und die Sonne spiegelt sich in ihren wässerigen Augen. Unter dem Arm trägt sie ein fest verschnürtes Bündel. Die Hunde umrunden sie schwanzwedelnd und buhlen um ihre Zuneigung. Sie streichelt Hundeohren und beugt sich über Qaqavii, um ihm den Bauch zu kraulen. Er schmiegt sich an sie, und ich fühle einen Stich. Er ist nicht »mein« Hund, so gerne ich mir das auch einbilde.

Elisapii reicht ihr Bündel an Old Ipilii, und wir wünschen den Männern eine sichere Rückkehr. Das Team windet sich durch das Jumble-Eis, wird schnell zu einem kleinen schwarzen Punkt in der Ferne und verschwindet schließlich ganz.

»Die bereit. Für Rennen«, sagt sie stolz. »Gute *qimmiit*. Gute Hunde.«

Auch wenn Elisapii und ich nicht mitfahren können, so haben wir doch unseren Teil getan. Ich helfe Elisapii zurück zum Haus und bin stolz, zum Team dazuzugehören.

KAPITEL 22

Princess tänzelt um mich herum und versucht, ihren Kopf durch das Geschirr zu schieben, als wüsste sie, dass es der letzte Trainingslauf vor dem Rennen ist, und wolle unbedingt dabei sein.

»Wie geht es Princess?«, frage ich. »Kann sie mit?« Auf dem Rückweg von Old Ipiliis und Barnabas' Übernachttour ist sie auf Glatteis ausgerutscht und hat sich die linke Schulter verletzt. Seitdem blieb sie wehmütig heulend allein zu Hause.

»Wir probieren es. Wenn sie ohne zu hinken wiederkommt, dann kann sie vielleicht doch noch beim Rennen mitlaufen.«

Ich spanne Princess neben Qaqavii an, und sie ist so aufgeregt, dass sie sich wie ein junger Hund benimmt. Sie leckt Qaqavii übers Gesicht und verheddert sich in ihrer Leine. »Princess!«, ermahne ich sie, und sie leckt mir die Hand.

Als wir loslaufen, zieht sie so stark, als müsste sie alles aufholen, was sie in den letzten Trainingsläufen verpasst hat.

»*Yaii*«, ruft Old Ipilii, aber die Hunde laufen nicht langsamer. Sie folgen zielstrebig dem Trail, der unter dem bewölkten Himmel und im fehlenden Kontrast von Schatten und Licht gar nicht so einfach zu sehen ist.

Vom Westen her weht ein warmer Wind, und die Wolken ziehen schnell dahin. Vor uns wird der Himmel heller, dann bricht Sonnenlicht durch die grau-weißen Wolken. Aupaluks Fell strahlt tiefrot, während Qakuqs und Grumpys weißes Fell noch heller erscheint. Das Eis erleuchtet strahlend hell, und gleichzeitig wirft es tiefblaue Schatten in den Schnee.

Der Schlitten, Old Ipilii, Barnabas, die Hunde und ich bilden einen einzigen Schatten, der über das gefrorene Meereis reist wie Tausende von Schatten vor uns. Als wäre es hier draußen egal, wer du bist.

Old Ipilii stößt mich leicht mit dem Ellbogen an und zeigt auf einen Felsbrocken, der halb von einer Schneewehe vergraben ist. Ein schneeweißer Fuchs sieht uns neugierig und etwas verängstigt aus runden schwarzen Augen an. Die Hunde haben ihn noch nicht bemerkt.

»Er hat ein Schneehuhn gefangen«, sagt Barnabas. Der Fuchs schnappt seine Beute und läuft mit hoch erhobenem Kopf davon.

»*Nauk! Ha-ii*«, ruft Old Ipilii, als die Hunde hinter ihm herjagen wollen. Sie wenden sich vom Fuchs ab, aber ziehen nun mit neuem Schwung, als hätte der Fuchs ihre Instinkte geweckt – ein Rudel, das zusammen auf der Jagd ist.

»*Tiriganiatsialukauq.*«

»*Ii.*« Barnabas nickt. »Mein Großvater, er war früher ein Fuchsfallensteller. Er hat viele gefangen. Und Eisbären hat er auch gejagt.«

Ich stelle mir vor, was für ein schöner Pelz aus dem Fuchsfell gemacht werden könnte, aber insgeheim bin ich froh, dass der Fuchs mit seinem Schneehuhn davongekommen ist.

»Habt ihr eigentlich Eisbären gesehen, als ihr gezeltet habt?«, frage ich.

»Nur mit dem Fernglas. Und am nächsten Morgen, als wir zurückgelaufen sind, da waren frische Spuren über unseren.«

»Wie schade, dass sie langsam alle verschwinden.«

»Wer verschwindet?«

»Na, die Eisbären. Mit dem Klimawandel und dem schwindenden Meereis und so haben die es ganz schön schwer. Und in Zukunft wird es noch schlimmer, sagen die Wissenschaftler. Selbst in Churchill sind immer weniger Bären.«

»Vielleicht wissen diese Wissenschaftler ja nicht, wo sie nach den Bären suchen sollen. In Arviat gibt es jedenfalls mehr denn je. Das sagen unsere Ältesten. Aber die Tierschützer, sie sagen, es gibt weniger. Wir dürfen Bären nur noch im Notfall töten. Und die Bären, die kommen nach Arviat und brechen in unsere Hundefutterschuppen ein. Manchmal töten sie einen Hund«, erzählt Barnabas und hält inne, als ob er eine Erinnerung verscheuchen müsste. »Meine Schwester, sie wurde von einem Bären direkt vor unserem Haus gejagt, und jetzt traut sie sich im Dunkeln nicht mehr aus dem Haus. Aber inzwischen kommen die Bären auch bei Tageslicht. Es ist besonders gefährlich, wenn das Eis vom Ufer losbricht und die Bären länger warten müssen, bis sie auf das Meereis rauskönnen. Sie sind hungrig und lungern auf der Müllkippe herum.«

Und ich dachte, mein Bericht über Eisbären wäre fertig, aber da kann ich ja noch mal von vorne anfangen. »Sind in Arviat so viele Bären wie in Churchill?«

»Vielleicht sogar mehr.«

»Warum ist Churchill dann die Eisbären-Hauptstadt der Welt?«

»Keine Ahnung. Vielleicht, weil sie ein Schild aufgestellt haben?«

»Habt ihr auch ein Bärengefängnis wie in Churchill?«

»Nein. Aber wir kriegen deren Gefangene, wenn sie entlassen werden. Wir sind auf der Migrationsroute. Wir haben auch eine Bärenpatrouille, aber manchmal lassen sich die Bären nicht so einfach verjagen. Wir haben elektrische Zäune für unsere

Hundehöfe bekommen, mit Solarstrom. Funktioniert aber nicht so gut mit nur zwei Stunden Tageslicht im Tiefwinter.« Barnabas lacht, wird dann aber gleich wieder ernst. »Man kriegt schon ein mulmiges Gefühl, wenn sie plötzlich aus dem Dunkeln auftauchen. Ich glaube, sie werden immer frecher, weil wir sie weniger jagen. Menschen aus dem Süden verstehen nicht wirklich, wie es für uns ist.«

»Wie ist es denn in Arviat?«

»Im Sommer fahren wir mit dem Boot auf die Hudson Bay hinaus, fangen Fisch mit Kiemennetzen, jagen Robben und Belugas. Im Frühling und Herbst jagen wir Gänse, und wenn die Karibuherden an uns vorbeiziehen, jagen wir die auch. Manchmal, im Winter, da fahren mein Cousin und ich weit ins Land und jagen Moschusochsen.«

»Und was machst du zum Spaß?«

»Jagen ist Spaß. Viel Arbeit, aber es gibt uns einen Grund, auf dem Land zu sein. Im Winter haben wir Fischwettbewerbe. Für die ganze Familie. Und Hunderennen. Fast jedes Wochenende. Damit wir uns auf die großen Rennen vorbereiten können, wie den Arctic Quest. Und manchmal haben wir Festessen und Trommeltanz und Kehlkopfsingen und Modenschauen. *La laa.* Hey, Qakuq! *La laa.*« Die Hunde ändern ihren Kurs nach links, wo das Eis weniger schroff ist.

»Modenschauen?«

»Einige Frauen und Männer nähen gerne. Machen wundervolle Parkas und Kamiks. Besser als bei den Modenschauen in Paris.«

»Warst du schon mal da?«

»In Paris? Nein, aber ich weiß, dass die da keine Kleidung machen, mit der man jagen gehen kann.«

»Hört sich cool an. Arviat, meine ich.«

Barnabas schweigt für eine Weile. »Ist nicht alles gut. Wir haben auch viele Probleme. Größer als die Bären.«

»Zum Beispiel?«

»Alkohol und Selbstmord. Ist nicht einfach, wenn du kein Geld für ein Boot und Geländefahrzeug und Schneemobil hast. Dann steckst du fest und kannst nicht aufs Land. Mein Großvater, er sagt, es ist nicht nur das. Wir müssen das Menschsein wieder lernen – *inunnguiniq*, einen fähigen Menschen machen. Darum bringt er mir Inuit *qaujimajatuqangit* bei. Es ist das, was die Inuit schon immer als das Wahre erkannt haben.«

Old Ipilii dreht sich zu uns, als er die Inuktitutworte hört. Er und Barnabas unterhalten sich eine Weile, während die Hunde ihre alten Spuren wiederfinden und ohne Anweisung dem Trail folgen.

»Mein Großvater sagt, dass wir uns an die alten Sitten und Gebräuche erinnern müssen. Sie sind heute noch genauso wichtig wie früher. Vielleicht sogar wichtiger. Die *qallunaat*-Lehrer versuchen auch, die Kinder zu fähigen Menschen zu bilden, aber es ist nicht das Gleiche. Zu viel Mathe und nicht genug Hunderennen.« Barnabas lacht und übersetzt dann für Old Ipilii. Auch er lacht.

»Ii. Ilitisivalirnaqtujuit qimmiit.«

»Was hat er gesagt?«

»Die Hunde sind gute Lehrer.«

»Was meint er damit?«

»Keine Ahnung. Frag die Hunde.«

Ich seufze und schüttle den Kopf. Aber je länger ich darüber nachdenke, desto mehr sehe ich, was ich von den Hunden lernen könnte. Sie sind so zufrieden mit kleinen Dingen. Allein der Anblick des Renngeschirrs verwandelt sie in eine schwanzwedelnde Meute. Sie kritisieren nie, und sie haben mir beigebracht, dass wir im Team besser weiterkommen als alleine. Und Qaqavii haben sie gelehrt, ein Schlittenhund zu werden, einfach dadurch, dass sie ihm seinen Platz im Team gezeigt haben.

»Es gibt so viel über unsere Lebensart zu lernen und über unsere Naturgesetze, dass es schwierig ist, eine Sache ohne die andere zu verstehen. Am Ende ist es allerdings ganz einfach: Es geht immer um Respekt. Respekt für die Tiere, das Land, die Menschen. Und dass teilen und einander helfen wichtiger ist, als immer mehr haben zu wollen.«

»Aber so sollten doch alle Menschen leben, oder nicht?«

»*Ii. Qallunaat* haben das nicht so gesehen, als sie hierherkamen. Die haben die Erziehung unserer Kinder übernommen, weil sie nicht glaubten, dass unsere Lebensart wichtig ist in einer modernen Welt. Deshalb brauchen wir die Alten, wie meinen Großvater, die sich noch an unser Wissen erinnern und es den Jungen beibringen, bevor wir es vergessen.«

»Wie bringt er es dir bei?«

»Na, wie jetzt.«

»Aber er sagt doch gar nichts.«

»Da ist kein Lehrplan wie in deiner Schule, Emmalu. Ich lerne, weil ich mit ihm zusammen bin, lerne, wie er Dinge tut und warum, und höre seinen Geschichten zu. Und das Land, das lehrt mich auch.«

Barnabas schweigt, und wir hängen beide unseren Gedanken nach. Wir haben noch nie so miteinander geredet, und ich beginne zu verstehen, wie bedeutend die Beziehung zwischen den beiden ist. Und ich verstehe auch, wie dringlich Barnabas versucht, von Old Ipilii und Elisapii zu lernen, bevor ihm die Zeit davonläuft, bevor die alten Traditionen verloren gehen.

Ich wünschte, ich spräche Inuktitut und könnte zu Old Ipiliis Schule gehen.

KAPITEL 23

»Echt super, oder?« Kitty beißt in ihre Zimtschnecke und leckt sich den Zuckerguss von den Fingern. »Es tut gut, mal ein wenig Tapetenwechsel zu haben, findest du nicht?« Ihre Augen wandern durch das Bäckereicafé und verweilen bei dem einen oder anderen Touristen – männlichen Touristen, sollte ich hinzufügen.

»Auf jeden Fall«, sage ich und betrachte ein großes Poster, das den Arctic Quest ankündigt. Ein Hundeteam – alle Hunde mit weißem Fell – läuft durch eine Ansammlung spindeldürrer Fichten wie durch eine Märchenlandschaft. Am tiefblauen Himmel leuchtet die Sonne, umrahmt vom Schein der Nebensonnen. Zwei Musher, in Karibufelle gekleidet, sitzen hintereinander auf einem *qamutik*, noch schmaler als Old Ipiliis – ein echtes Rennteam.

»In drei Tagen beginnt das Rennen«, sage ich.

»Gut. Dann ist das Trainieren ja endlich vorbei, und du kannst dich wichtigeren Dingen zuwenden.«

Die Zimtschnecke liegt mir auf einmal schwer im Magen. Kitty hat recht. Wir sind mit dem Trainieren fertig. Die Hunde haben jetzt Pause bis zum Rennen. Und danach? Selbst wenn wir noch mit den Hunden rausfahren, ist es nur noch eine Frage der Zeit, bis der Schnee schmilzt und der Fluss unpassierbar wird.

»Was ist los, Emmylou? Du guckst ja ganz bedröppelt. Weißt

du was? Heute Abend ist eine Party im Harbour Inn. Komm doch mit mir und Marie mit. Das wird dich schon aufheitern.«

»Nur zur Erinnerung: Ich bin erst sechzehn.«

»Also wirklich, Emmylou. Wenn meine Mutter mir erlaubt hätte, in eine Disco zu gehen, hätte ich garantiert nicht protestiert.«

»Du und Oma Millie zusammen in der Disco? Das hätte ich gerne gesehen.«

»Jetzt vergleich mich bitte nicht mit Millie. Sie war schon alt, bevor ich geboren wurde.«

»Hat sie eigentlich jemals über ihre Eltern geredet und wie es war, als sie noch jung war?«

»Jupp. ›Als ich so alt war wie du, da war nichts mit im Bett liegen bis Mittag. Die Kühe mussten gemolken werden – noch vor dem Frühstück.‹ Oder: ›Du kannst doch die Socke nicht wegwerfen, nur weil da ein Loch drin ist. Stopf es.‹ So was halt.«

»Oma ist auf einem Bauernhof aufgewachsen?«

»Ihr Bruder hat den Hof verkauft, als ihre Eltern gestorben sind. Kleinhöfe hatten keine Chance mehr gegen die Großunternehmen.«

»Wie war es, auf einem Hof aufzuwachsen?«

»Eine Menge Arbeit, nehme ich mal an. Während der Ernte hat Millie ihrer Mutter geholfen, für die Landarbeiter zu kochen, dann Gemüse zu ernten und einzumachen. Millies Mutter hat sogar noch ihre Kleider genäht und Socken gestrickt. Ich bin froh, dass meine Mutter keinen Bauern geheiratet hat.«

»Hat sie dir Dinge beigebracht?«

»Was für Dinge?«

»Von früher. Nähen und Einmachen und … und wie man ein fähiger Mensch wird?«

»Ein fähiger Mensch? Wo hast du das denn her?« Kitty lacht.

»Na, das habe ich für mich alleine herausgefunden. Sieht so aus, als ob du ein bisschen Nachhilfe gebrauchen könntest. Also, kommst du mit heute Abend?«

»Nee, danke. Aber du kannst gerne helfen, Seehunde in Snacks für das Rennen zu hacken.«

Kitty reibt sich die Stirn, als hätte ich ihr physischen Schmerz zugefügt. »Jetzt sag mir bitte nicht, du schlachtest Jungrobben mit Knüppeln, wie man das im Fernsehen sieht?«

»Kitty! Das ist doch was völlig anderes.« Sie versteht es einfach nicht. »War nur ein Scherz. In Wirklichkeit füttern wir Hühnchenschenkel in Styropor verpackt.«

»Geh einfach deine Hunde füttern«, seufzt Kitty.

Können wir denn nie miteinander reden, ohne am Ende beide verletzt zu sein? Auf dem Weg zur Tür drehe ich mich noch mal um, will mich wenigstens mit einem Lächeln verabschieden, aber ihre Aufmerksamkeit wird von einem widerlichen Typen mit roter Schirmmütze und Dreitagebart in Anspruch genommen, der ihr zuwinkert. Bitte, Kitty, ignorier ihn einfach! Aber der Typ ist schon auf dem Weg zu ihrem Tisch.

Der *qamutik* liegt umgedreht im Schnee. Barnabas hat ihn mit Palettenholz repariert, und jetzt hobelt er an den Schlittenkufen. Ich begrüße Qaqavii kurz und gehe dann zu Barnabas hinüber.

»Warum machst du denn das?« Ich lasse meine Finger über die tiefen Kratzer im Plastik der Kufen gleiten, die Barnabas sorgfältig aushobelt.

»Damit der *qamutik* schneller ist. Und wir das Rennen gewinnen.«

»Sieht nach ganz schön viel Arbeit aus.«

»Nicht so viel, wie die Kufen mit Eis zu überziehen«, grinst er. »Früher, vor Plastik, da haben wir Inuit Kufen aus Lehm und Eis gemacht. Man musste Wasser im Mund erwärmen und dann auf den Lehm spucken. Wenn man einen Stein getroffen hat, ist das Eis zersplittert. Dann mussten sie anhalten und es neu vereisen.«

»Wünschst du dir manchmal, in der Vergangenheit zu leben?«

»Ich weiß nicht. Ich mag Hunde. Aber ich mag auch mein Schneemobil. Und mein Gewehr. Und du?«

»Ich?« Darüber habe ich mir noch nie Gedanken gemacht. Im Museum, da habe ich mir gewünscht, ich könnte die Inuit in ihren Iglus und Zeltlagern besuchen und sehen, wie das Leben war, bevor die Europäer Kanada »entdeckt« haben. Aber wollte ich für immer so leben?

»Ich könnte auch gut ohne Schneemobile und Gewehr«, antworte ich.

Barnabas schüttelt seinen Kopf. »Dir würde Arviat nicht gefallen. Skidoos überall. Mehr als Autos.« Er lässt seine Finger über das Plastik gleiten und bessert dann sachte zwei weitere Stellen aus.

»Bist du nervös wegen des Rennens?«, frage ich.

»Nicht wirklich. Hilfst du uns beim Start? Ist dort drüben, siehst du?« Nicht weit vom Ende der Hütten weht ein rotes Banner mit weißer Schrift im Wind. Die Startlinie.

»Wir spannen hier an und laufen dann auf dem Fluss zum Start, damit mein Plastik nicht vor dem Start verkratzt. Kannst du dich noch an Christopher erinnern? Der wird auch da sein mit seinem Skidoo und helfen.«

»Kommt Elisapii?«

»Wahrscheinlich nicht. Ihr geht's nicht gut.«

»Was hat sie?«

»Vielleicht die Grippe?«

»Ist Old Ipilii okay?«

»*Ii.*« Barnabas dreht den Schlitten um, und dann ist nichts mehr zu tun, als zu warten.

»Also dann bis zum Start?«, frage ich.

»Ja, bis dann.«

»Tschüss dann.«

»Tschüss, Emmalu.«

Plötzlich fühle ich einen dicken Kloß im Hals. Ich drehe mich schnell um und gehe zurück in Richtung Stadt. Qaqavii kommt schwanzwedelnd aus seiner Hütte gestürzt, aber ich eile an ihm vorbei. Alles fühlt sich auf einmal nach Abschied an, und ich bin nicht gut mit Abschieden.

KAPITEL 24

Seit die Eisbären die Stadtumgebung verließen, um auf das Meereis zu wandern, ist es ruhig in Churchill geworden. Als ob die Stadt nach der geschäftigen Touristensaison in Winterschlaf gefallen wäre. Heute wird sie wieder zum Leben erweckt.

Die Arctic-Quest-Musher aus dem Süden sind mit dem Zug angekommen. Man kann sie leicht zwischen den Touristen und Reportern, die ebenfalls angereist sind, erkennen. Ihre Kleidung sieht abgetragen, aber warm aus. Sie laufen entspannt durch die Straßen, als hätten sie keine Angst vor Bären oder Kälte. Und kalt ist es! Die wenigen warmen Tage, die wir hatten, sind von einem kalten Nordwind davongeblasen worden.

Als der Güterzug einläuft, wird ein Sattelanhänger voll mit Hundeboxen, Schlitten, Hundefuttersäcken und Ausrüstung abgeladen und von einem Laster zum notdürftigen Hundehof am Stadtrand gefahren.

Sobald die Anhängertüren geöffnet werden, drehen die darin eingesperrten Hunde durch. Sie bellen, winseln, jaulen, kratzen an ihren Boxen und heulen. Jedes Mal, wenn ein Hund aus seiner Box kommt, wird der Krach noch lauter. Ich kann fast verstehen, was sie sagen. »Wieso durfte der raus und nicht ich?« Und dann: »Ich, ich, hol mich!«, wenn der Musher wiederkommt. Genau wie Qaqavii, wenn wir die Hunde anspannen. Nur dass sich das Bellen dieser Hunde eindringlicher anhört – und ich finde auch schnell heraus, warum. Sie müssen nach der langen Reise dringend pinkeln, und der Schnee um den Anhänger verfärbt sich tiefgelb.

Die Hunde sehen ganz anders aus als Old Ipiliis – langbeiniger und schlanker. Unter ihrem dünnen Fell erkennt man die starken Muskeln.

Jedes Team wird entlang einer langen Kette angeleint, die zwischen zwei mit Schnee beladenen Paletten gespannt ist. Ein Schneepflug hat Windschutzwälle zwischen den Hundeteams aufgetürmt, aber der Wind weht dennoch eisig durch die Reihen. Die Musher ziehen den Hunden Jacken an und füttern sie mit einer Suppe aus warmem Wasser und aufgeweichtem Hundefutter.

Peter Patterson begrüßt die Neuankömmlinge und scherzt mit einem Musher, dessen Bart voll winziger Eiszapfen hängt. Er hat seine gesamte Ausrüstung im Schnee ausgebreitet: Hundefutter, Schlafsack, Zelt, Wollsocken, ein rostiger Kocher, der aus einem Eimer gefertigt wurde, neonpinke Booties für die Hunde. Wie soll das alles in seinen Schlittensack passen? Der Schlitten selbst ist ein schöner Holzschlitten mit Lenkstange und erhöhtem Sitz – viel eleganter als unserer *qamutik* aus Bauholz.

»Der Schlitten wird nicht mehr als Brennholz sein, wenn er den Fluss überquert hat.« Ein Musher aus Churchill grinst mich freundlich an. Seine schwarze Nasenspitze sieht so aus, als ob sie mehr als einmal im Leben Frostbeulen erlitten hätte. »Du weißt ja, wie es da draußen ist.«

Ich habe beim Trainieren nie ein anderes Hundeteam gesehen. Wieso denkt er, ich weiß, wie es dort aussieht?

»Nimmst du auch am Rennen teil?«, frage ich.

»Jupp. Ich muss auch gleich los, meine Hunde füttern. Die fragen sich bestimmt schon, wer all die fremden Kläffer in der

Stadt sind. Ich bin übrigens Garry.« Wir schütteln uns die behandschuhten Hände.

»Emmylou«, sage ich.

»Du hilfst dem alten Inuk und seinem Jungen, nicht? Ihr habt ein gutes Team«, sagt er zum Abschied, und ich fühle ein Kribbeln im Bauch. *Ihr*. Als wäre es auch mein Team.

Ich betrachte die Hunde der anderen Musher. Die meisten bellen immer noch, als könnten sie die Aufregung des kommenden Rennens schon spüren. Im Chor lassen sich einzelne Stimmen ausmachen: ein schrilles *Yip-yip* von einer hellbraunen Hündin; ein tiefes *Woof-woof* von einem schwarzen Hund mit weißer Blässe, ein grauer Hund mit Schlappohren beißt mehr in die Luft, als dass er bellt. Andere stehen wie versteinert da und bellen gar nicht, als hätten sie sich in einem seltsamen Traum wiedergefunden, der wenig Sinn ergibt.

»Hier kommen die Nunavut-Teams«, sagt Peter Patterson zu einem Musher, dessen Jacke wie ein Überbleibsel aus einer Altkleiderkiste aussieht.

Von der Hauptstraße nähert sich ein Konvoi mehrerer Skidoos, die Sperrholzboxen auf großen *qamutiit* hinter sich herziehen. Aus der ersten mit Stroh gefüllten Box lugen zehn Hundeköpfe. Sobald sie sich dem Hundehof nähern, fangen sie zu bellen an. Auf den anderen drei Boxen stehen die Rennschlitten. An den Seiten sind Luftlöcher in der Form von Hundepfoten, aus denen sich schnüffelnd schwarze Hundenasen strecken.

»Drei Teams kommen aus Arviat. Das Team in der Mitte in der roten Box, gehört zwei Brüdern aus Rankin Inlet. Die muss man im Auge behalten. Haben dreimal hintereinander gewonnen«, sagt Peter Patterson, und ich frage mich, ob das die Musher mit den weißen Hunden sind, die ich auf dem Poster gesehen habe.

Die Skidoos ziehen unter lautem Bellen in den Hundehof ein. Auf der letzten Box sitzt Barnabas, der mir wie wild zuwinkt.

»Emmalu!« Er springt vom Schlitten, bevor das Schneemobil zum Stehen kommt. »Ich habe überall nach dir gesucht. Elisapii wurde nach Winnipeg ins Krankenhaus geflogen.«

»Was ist passiert?«

»Niereninfektion. Aber das ist nicht so schlimm. Die können ihr in Winnipeg helfen. Das hatte sie schon einmal.«

»Oh, gut«, sage ich erleichtert.

»Da ist ein anderes Problem«, sagt Barnabas. »Old Ipilii, er ist mit ihr geflogen.«

»Ipilii ist nicht hier? Die Hunde … was ist mit dem Rennen? War die ganze Arbeit umsonst?«

»Vielleicht nicht ganz umsonst.« Barnabas zögert, als wäre er nicht ganz sicher, ob er den nächsten Satz wirklich sagen will. »Ipilii, er hat gesagt, dass du und ich zusammen fahren sollen.«

»Ich? Am Rennen teilnehmen?« Mein Herz macht einen Freudensprung. Aber dann wird mir ganz mulmig. Was hat Peter Patterson gesagt? Das ist keine Welt für Frauen. Was, wenn ein Bär sich im Dunkeln an uns ranschleicht? »Was … was meinst du denn?«, bringe ich endlich heraus.

»Ich bin das Rennen schon mal gefahren, und du kannst gut mit den Hunden. Also, warum nicht?« Barnabas hört sich gar nicht sicher an. Wen versucht er zu überzeugen, sich selbst oder mich? »Wir müssen den Rennleiter fragen, ob du statt Ipilii fahren darfst. Und du brauchst bessere Klamotten. Mit ein paar extra Socken passen dir vielleicht Ipiliis Kamiks.«

»Und was ist mit Essen?«

»Ist schon gepackt.« Barnabas grinst verschmitzt. »Aber vielleicht bevorzugst du ja dein Junk Food.«

Mit Junk Food meint er meine Müsliriegel. Und wie ich ihn kenne, hat er wahrscheinlich fermentierten Karibumagen eingepackt.

»Müsliriegel sind doch total gesund«, verteidige ich mich. »Die haben Nüsse und Haferflocken und …« Ich lasse den Zucker und die Schokolade lieber aus.

»Junk Food«, wiederholt Barnabas.

Mit Barnabas über gesunde Ernährung zu streiten, beruhigt mich irgendwie. Als würde ein Streit über Müsliriegel mich vor Eisbären schützen.

»Aber was ist mit Kitty?«, frage ich.

»Was soll mit ihr sein?«

»Na, muss sie denn nicht eine Haftungsverzichtserklärung oder so was unterschreiben?«

»Dann bringen wir ihr eben das Formular.«

Kitty würde mir niemals erlauben, am Rennen teilzunehmen, aber das sage ich Barnabas lieber nicht. Ich habe mich entschieden: Ich werde dabei sein, koste es was es wolle.

»Kitty! Bitte! Das ist doch auch nicht anders als das Training, das wir immer gemacht haben.« Nur zehn Mal so lang. Und über Nacht. Aber ich glaube nicht, dass diese Informationen hilfreich wären.

»Hätte ich gewusst, dass es darauf hinausläuft, dass du an diesem Rennen teilnehmen willst, dann hätte ich dich von Anfang an nicht mit diesem Jungen trainieren lassen. Du willst immer mehr, mehr, mehr!« Kitty geht im Zimmer auf und ab und wirft die Arme in die Luft wie ein Schauspieler auf einer zu kleinen Bühne.

»Was?« Ich beiße mir auf die Lippe. Ruhig, Emmylou! Lass Kitty nicht die Diskussion in eine andere Richtung lenken.

»Dann sag mir doch bitte einen vernünftigen Grund, warum ich nicht an dem Rennen teilnehmen sollte.«

»Was hat Peter Patterson noch mal gesagt, als wir auf der Hundetour waren? Das ist ein Test für Mann und Tier. *Mann*, Emmylou. Nicht Mädchen.«

»Im Ernst? Erinnerst du dich, als ich im Fußballschulteam dabei sein wollte, und die hatten keine Mädchenmannschaft? ›Dann spiel halt mit den Jungen‹, hast du gesagt. ›Lass dich von niemandem aufhalten, nur weil du ein Mädchen bist.‹ Das waren deine Worte.«

»Wir reden hier über Männer, Emmylou. Erwachsene. Nicht Schuljungen.«

»Barnabas ist kein Erwachsener, und der ist auch beim Rennen dabei.«

»Meinst du, es überzeugt mich, dass noch nicht mal ein Erwachsener bei dir wäre? Zwei Jugendliche in dieser ... dieser vereisten Einöde.«

»Da sind doch elf Teams mit uns unterwegs. Und all die Leute an den Checkpoints. Außerdem haben wir ein Satellitentelefon.«

»Wir brauchen da gar nicht weiter drüber zu reden. Ich unterschreibe diese Erklärung nicht, und du gehst nicht in das Rennen. Ende der Diskussion. Das ist die Arktis, Emmylou. Ich wüsste noch nicht mal, wie ich nach dir suchen sollte, wenn was passiert. Du kannst da draußen sterben, und was dann?«

»Als Mutter, die mich als Baby sowieso nicht haben wollte, solltest du doch froh sein über die Chance, mich loszuwerden.« Ich knalle die Tür hinter mir zu – oder zumindest habe ich das vor. Die schwere Holztür kommt knarrend zum Stehen, und ich muss mit dem Fuß nachhelfen. Der Knall hat den gewünschten Effekt, aber es fühlt sich nicht gut an.

Im Flur ziehe ich die Verzichtserklärung aus der Tasche. In kleinen, wütenden Buchstaben schreibe ich meinen Nachnamen auf die schwarze Linie für Erziehungsberechtigte. Leroux. Von heute an erziehe ich mich selbst.

KAPITEL 25

Ich komme sofort wieder«, flüstere ich Barnabas zu. Wir sitzen mit den anderen Mushern und ihren Helfern im gleichen Café, in dem ich vor ein paar Tagen mit Kitty Zimtschnecken gegessen habe. Mir ist ganz schlecht vor Angst. Ich quetsche mich durch den vollgepackten Raum, während der Rennleiter die Regeln vorliest.

»Das Rennen umfasst eine vierhundert Kilometer lange Strecke durch die arktische Tundra und auf dem Meereis der unberechenbaren Hudson Bay. Entlang des Rennens sind vier Checkpoints. Zu keiner Zeit des Rennens ist es Mushern erlaubt, Hilfe von außen anzunehmen oder …«

»Entschuldige bitte.« Ich versuche, die Aufmerksamkeit des Mushers mit dem wilden Bart auf mich zu ziehen, der den Weg zum Klo blockiert, ohne gleichzeitig alle anderen fünfzig Personen zu stören. »Kann ich mal vorbei?«

»Du gibst schon auf? Richtig so«, grinst er mich an, ohne zur Seite zu rücken. »Die sollten dich sowieso nicht teilnehmen lassen. Du bist ja noch nicht mal eine halbe Portion für einen Eisbären«, sagt er, und die Musher um ihn herum lachen laut. Ich sehe hilflos zu Barnabas. Er zuckt mit den Schultern und schenkt mir ein bedauerndes Lächeln. Lässt sich nicht ändern, scheint er zu sagen.

In der Toilette umklammere ich das kühle weiße Porzellan des Waschbeckens, bis das Gefühl, mich übergeben zu müssen, langsam nachlässt. Ich wasche mein Gesicht mit kaltem Wasser und setze mich dann auf den Toilettensitz.

Die Stimme des Rennleiters dringt gedämpft zu mir. »Auch wenn die Trail-Crew ihr Bestes gegeben hat, die Rennstrecke zu markieren, können wir wegen der Extrembedingungen in der Arktis nicht garantieren, dass der Trail auch tatsächlich immer erkennbar ist. Das Rennen ist so ausgelegt, dass jedes Team in der Lage ist, sich im Notfall selbst versorgen zu können. Jeder Musher muss folgende Dinge im Schlitten haben ...«

Unsere Ausrüstung ist bereits gepackt; ich weiß, wie die ersten fünfzig Kilometer der Rennstrecke aussehen; wir können uns auf unsere Hunde verlassen. Eigentlich gibt es keinen Grund, nervös zu sein, aber als ich den Rennleiter reden höre, wird es mir erst mal richtig klar: Morgen früh geht es los. Vierhundert Kilometer Wildnis. Und wir sind völlig auf uns gestellt.

Ich setze mich auf einen leeren Stuhl in der Nähe der Toiletten und sehe zu, wie die Musher die Checkpoint-Koordinaten in ihre GPS eingeben, über den Gezeitenkarten brüten und die Flussüberquerungen auf Landkarten markieren.

Die Luft fühlt sich stickig an – eine Mischung aus Schweiß, freudiger Erwartung und Angst. Ich komme mir vor, als würde ich einen Film sehen, ohne recht verstanden zu haben, dass ich Teil der Besetzung bin. Notfallprozeduren, ausgeschiedene Hunde, tierärztliche Zwischenuntersuchungen, Pflichtpausen, verlorene Teams – alles wirbelt in meinem Kopf durcheinander. Letztlich aber kommt es nur auf eines an: die Hunde und uns.

Ich werfe einen Blick auf die Uhr: schon fast halb zehn. Kittys Schicht endet um zehn, und wir müssen noch unsere Startnummern ziehen. Wenn Kitty herausfindet, dass ich bei dem Musher-Meeting bin, dann wäre es das ... Kein Rennen für mich!

»Wenn es keine weiteren Fragen gibt, wird Parks Canada jedem Team einen Stapel Briefe von Schülern aus Churchill geben, die am Ziel an die Schüler von Arviat überreicht werden – im Gedenken an die historische Handelsroute zwischen den beiden Gemeinden.«

Bitte, bitte keine weiteren Fragen. Ich sehe mich im Raum um. Angespannte Stille. »Gibt es auf dem Weg ein Restaurant, wo wir ein ordentliches Steak bekommen können?«, fragt jemand, und ein paar Musher lachen.

»Dann kommen wir jetzt zum Ziehen der Startnummern«, kündigt der Rennleiter an.

Barnabas erhält unser Briefbündel und zieht für uns die Nummer 7 – wir starten gleich nach dem Team aus Québec, also dem Typen mit dem wilden Bart und seinem Partner, der sich Jay the Sleigh nennt.

Ich stopfe das rote Trikot mit der Nummer 7 in meinen Rucksack, in dem schon meine Ersatzkleidung ist, und reiche ihn an Barnabas. Das Meeting ist zu Ende. Zehn vor zehn. Um zehn bin ich im Bett. Keine Sekunde zu früh.

Ich wache mitten in der Nacht von meinem eigenen Schrei auf. In meinem Traum war ich im Rennen. Alle meine Hunde waren weiß, und ich war ganz allein, aber ich fand weder das eine noch das andere ungewöhnlich. Dann plötzlich kamen wir an einer Gruppe Menschen vorbei. Mit dunklen, ausgehöhlten Augen waren sie auf der Suche nach einem Ort, an den sie sich kaum erinnern konnten.

Ich bin weitergefahren, ohne anzuhalten. Plötzlich lauerten im Jumble-Eis überall Eisbären. Einer der Bären raste auf mich zu. Das Letzte, was ich sah, waren gewaltige Reißzähne, dann war es dunkel und stank nach faulem Fisch.

»Emmylou, bist du okay?« Kittys Stimme hört sich verschlafen an, warm und weich.

»Nur ein Traum«, antworte ich. Ich höre, wie sie sich im Bett umdreht, und kurz darauf den ruhigen Atem, den nur der Tiefschlaf bringt.

Ich wälze mich unruhig im Bett, hin- und hergerissen zwischen Hoffnung und der Sorge, den Rennstart zu verpassen.

KAPITEL 26

Emmalu, bist du so weit? Wir sind gleich dran«, ruft Barnabas über das Bellen der Hunde und die Rufe der Musher. Reporter mit laufenden Kameras filmen das Chaos. Ich sitze neben Qaqavii und streichle ihn von Kopf bis Schwanz und wieder von Kopf bis Schwanz, Kopf bis Schwanz, als hinge mein Leben davon ab.

Durch ein Megafon werden die Namen der Musher aufgerufen: »Nummer 6 sind Jay Dube und Marcel Herbert aus Saint-Michel-des-Saintes, Québec.«

Vor uns liegt der Fluss, dahinter Seahorse Gully und die Landzunge, die uns von der Hudson Bay trennt. Dahinter das Unbekannte, das gefährlich Fremde.

Die Hunde von Jay the Sleigh drehen vor Aufregung fast durch. Fünf Schüler, die heute als Freiwillige dabei sind, halten sie zurück, damit sie nicht vorzeitig die Startlinie überqueren.

»Drei … zwei … eins … LOS!«, hallt es durch das Megafon. Das Team saust in einer Wolke wirbelnden Schnees auf den Fluss hinaus. Noch bevor es im Jumble-Eis verschwindet, richten sich alle Augen auf uns.

»Emmalu!« In Barnabas' Stimme liegt eine Entschlossenheit, die ich vorher noch nie bemerkt habe.

»Team Nummer 7. Barnabas Ulayuk aus Arviat, Nunavut, und Emmylou Leroux aus Churchill, Manitoba. Das jüngste

Team, und die erste Frau, die jemals am Rennen teilgenommen hat. Wir beglückwünschen sie zu ihrem Mut, an der Startlinie zu erscheinen.«

Was? Der redet ja, als hätten wir von vornherein keine Chance.

»Emmalu«, drängt Barnabas. Ich springe auf und eile zum Schlitten.

»Zehn … neun …«

»Ich muss aufs Klo.«

Barnabas sieht mich entgeistert an.

»… acht … sieben …«

»Keine Zeit«, sagt Barnabas, und Christopher führt Qakuq zur Startlinie.

»… sechs … fünf …« Der Countdown dringt nur noch wie aus weiter Ferne an mein Ohr.

»… zwei … eins … LOS!«

»Viel Glück!«, ruft Christopher, und ich habe das Gefühl, das kann ich gebrauchen. Die Hunde stürmen los, Eisstückchen fliegen von ihren Pfoten und treffen mich im Gesicht – genau wie beim allerersten Lauf.

Ich drehe mich um und sehe das nächste Team unter dem Banner der Startlinie. Eine dünne Frau läuft aufs Eis hinaus und wedelt wild mit den Armen. Kitty! Sie bleibt stehen und starrt uns hinterher. Ich stelle mir vor, wie sie uns im Jumble-Eis aus den Augen verliert. Mich. Ihre einzige Tochter. Weg.

Vor uns liegen vierhundert Kilometer Wildnis und Gefahren, von denen ich noch keine Ahnung habe. Das Einzige, worauf es ankommt, ist, keine Fehler zu machen. Ich drehe mich nach vorn. Plötzlich scheint die Welt um mich herum konkreter und klarer als jemals zuvor. Da ist kein Platz für Angst, kein Platz für Sorge um Kitty. Wie die Hunde, die einfach nur vorwärtsziehen, richtet sich mein Fokus auf das Jetzt, auf das Überleben. Und es fühlt sich gut an.

»Alles klar, Emmalu?«

»Könnte nicht besser sein«, sage ich grinsend. »Und aufs Klo muss ich auch nicht mehr.«

Jedes Mal, wenn wir aus Seahorse Gully rauskommen und sich die Hudson Bay vor uns auftut, bin ich erstaunt, wie groß das Land, wie weit der Himmel und wie klein wir sind. Der Schnee glitzert in der Sonne, die Luft fließt durch meine Lunge, die Hundepfoten tapsen im Schnee.

In der Ferne ziehen zwei Hundeteams durch das Jumble-Eis wie winzige Raupen auf einem weißen Blatt Papier. Als wir selbst auf das Meereis hinauslaufen, blockiert das aufgetürmte Eis unsere Sicht auf die Teams – bis ganz plötzlich eines ganz nah vor uns auftaucht.

»Wir holen auf!«

»*Ha-ii, ha-ii*!«, treibt Barnabas die Hunde an.

»Langsam! Weißt du nicht mehr, was Ipilii gesagt hat? Wenn wir am Anfang zu schnell laufen, werden die Hunde am Ende zu müde sein. *Yaai!*«, versuche ich die Hunde zu verlangsamen. Sie zögern für einen Moment, dann rennen sie noch schneller. Wir haben immer noch ein paar Sprachmissverständnisse, die Hunde und ich. Oder vielleicht ist es auch nur selektives Hören.

Vor uns kommt Team Nummer 6 rasend schnell näher.

»Ich hoffe, ihr habt eure Hunde heute Morgen gut gefüttert, und sie versuchen nicht, unsere zu fressen«, ruft Jay the Sleigh, als wir in Hörweite sind.

Unser Fächer breitet sich aus. Acht Hunde sind auf der einen Seite von Jays Schlitten, Qaqavii und Princess auf der anderen. Unser *qamutik* fährt genau auf die Mitte zu.

»*Maudit tabernac!*«

Ich spreche kein Französisch, aber es braucht keinen Fremdsprachenexperten, um sich vorzustellen, was es bedeutet. Das Krachen von zersplitterndem Holz ruft eine weitere Reihe Schimpfwörter hervor. Barnabas bremst die Hunde mit dem Schneeanker. Wir kommen neben dem Québec-Team zum Stehen.

»Seid ihr okay?«, fragt Barnabas.

»Wir waren es, bis ihr dahergekommen seid«, sagt Jay und wedelt mit einem armlangen Stück Holz – die gebrochene Kufe seines Schlittens.

»Maus!«, ruft sein wildbärtiger Partner. »Wie oft soll ich dir noch sagen, dein Job ist es, die Leine stramm zu halten?«

Maus – wer immer sie auch sein mag – reagiert nicht. Unsere Hunde begrüßen sich knurrend. Ich führe Qaqavii und Princess zurück auf die richtige Seite, während Barnabas und Jay die beiden Teams voneinander trennen.

»Haw! Haw!« Ein weiteres Team nähert sich. Nein, zwei.

»Was jetzt?«, frage ich Barnabas panisch.

Es sind Garry und ein jüngerer Musher, den ich nur flüchtig beim Meeting gesehen habe. Sie passieren uns in weitem Bogen. »Habe ich mir doch gedacht, dass der Schlitten Feuerholz ist, bevor das Rennen vorbei ist«, ruft Garry uns zu.

»Und ich habe mich immer gefragt, warum ein Schlitten eigentlich zwei verdammte Kufen braucht«, ruft Jay zurück.

»Hey, Brauner! Lass die Zähne von deinem Geschirr!«, ruft der Bärtige – Marcel ist sein Name, glaube ich. Ein schlaksiger brauner Hund guckt ihn großäugig an und macht sich dann daran, die Zugleine zu kauen. Team Nummer 9 saust an uns vorbei, ein *qamutik* mit Fächergespann.

Unsere Teams ziehen an ihren Leinen, wollen hinterher, bellen laut.

»Können wir was für euch tun?«, ruft Barnabas über den Lärm hinweg.

»Yeah, so schnell wie möglich aus meinem Sichtfeld verschwinden, bevor ich noch die Nerven verliere«, ruft Jay zurück.

Barnabas zieht den Schneeanker, und die Hunde jagen dem letzten Team hinterher. »Der war aber sauer.«

»Na ja, wir haben seinen Schlitten beschädigt.«

»Ich habe ihm Hilfe angeboten, aber er war immer noch sauer.«

Hinter uns balanciert Jay auf einer Kufe, während Marcel auf dem vollgepackten Schlitten sitzt. »Schlitten zum Stehen sind sowieso eine dumme Erfindung – wie soll man sich da beim Fahren Tee einschenken?«, fragt Barnabas, und wir lachen beide. Trotzdem fühlen wir uns nicht gut.

»Die Hunde haben Rennfieber«, sagt Barnabas. Wir konzentrieren uns darauf, uns am Schlitten festzuhalten, der viel zu schnell dahinbraust. Der Abstand zu Jays Team wird langsam größer, aber vom Team vor uns erhaschen wir nur ab und zu eine dunkle Silhouette gegen das blauweiße Eis und den Schnee.

Dann verfallen die Hunde in ihren lockeren Trott. Ich entspanne mich langsam, aber das Gefühl von »nur wir und die Hunde« ist verschwunden. Zu viele andere Teams sind hier, die meine Gedanken beschäftigen. Ob Jay und Marcel wegen uns das Rennen nicht beenden können?

Die Trailmarkierung führt uns vom Meereis Richtung Land. Am gefrorenen North Knife River weht eine rote Fahne, die den ersten Checkpoint ankündigt. Ein blauer Bombardier und mehrere Skidoos stehen um ein verblichenes Armeezelt. Vor uns kontrollieren Freiwillige den Schlitteninhalt von Team Nummer 9.

»Das ist Fast Tommy. Aus Arviat. Er hat gute Hunde«, sagt

Barnabas und winkt ihm zu, aber Fast Tommy und sein Partner sind damit beschäftigt, den *qamutik* wieder zu verschnüren.

Ich sehe mich um. Hinter einer Anhöhe lugt eine wettergraue Sperrholzhütte hervor. Sonst ist hier nichts. Ist das nicht der Ort, an dem die Dene von Duck Lake kurzzeitig verweilt haben, nachdem sie vom Inland zur Küste verfrachtet worden sind? Bevor der Hunger sie nach Churchill getrieben hat? Hier ist nichts, was ihre Geschichte erzählt. Nur der Wind, der Fluss und die Steine.

Einer der Rennoffiziellen hält uns ein Klemmbrett hin, wo er unsere Ankunftszeit eingetragen hat. 12:08 Uhr! Das heißt wir sind achtundvierzig Kilometer in unter drei Stunden gefahren!

»Kann ich eure Pflichtausrüstung kontrollieren?«, fragt ein anderer.

Barnabas zeigt dem Kontrolleur unsere Ausrüstung, und der hakt jeden Gegenstand auf seiner Liste ab.

✓ Winterschlafsäcke
✓ Schneemesser
✓ Zelt
✓ Kocher und Brennstoff
✓ Booties für jeden Hund
✓ Hundefutter
✓ Verbandskasten
✓ Notfallnahrung für Musher
✓ Satellitentelefon
✓ Briefbündel

»Alles klar. Ihr könnt weiter«, sagt der Kontrolleur.

»Wir füttern nur schnell die Hunde«, antwortet Barnabas. Und schon wirft er ihnen Fleischstücke zu, die sie aus der Luft schnappen und im Nu verschlingen. Hastig schnüffeln sie im Schnee nach Resten, dann ziehen sie ungeduldig an den Leinen.

»Wie ein Boxenstopp beim Autorennen«, sage ich lachend.

Als wir kurz darauf abfahren, kommt hinter uns ein weiteres Team, aber es ist nicht Jays. Ich bin mir nicht sicher, wer in Führung ist und wo wir stehen. Zwei Teams haben uns überholt und wir eines. Die Teams haben die Startlinie in 3-Minuten-Intervallen verlassen, die nach der Hälfte des Weges am Checkpoint in Nunalla ausgeglichen werden. Da müssen alle Teams sechs Stunden Pause machen. Dazu kommen die Minuten, die sie vor dem letzten Team in Churchill gestartet sind. Also könnten wir gerade aufholen, ohne es zu wissen.

Die Hunde folgen dem Trail, der von Hunde- und Schlittenspuren gekennzeichnet ist. Alle hundert Meter etwa ragen Holzleisten mit roter Markierung aus dem Schnee, und Qakuq bemüht sich hin und wieder, seine eigene gelbe Markierung im Vorbeigehen zu hinterlassen.

Vor uns taucht Fast Tommys Team auf, und die Hunde verfallen in Galopp. Wir holen auf.

»Werden wir sie überholen?«, frage ich.

»Wir können es versuchen.« Wie in Zeitlupe arbeiten wir uns Zentimeter um Zentimeter an sie heran, ziehen aber nicht an Fast Tommys Leithunden vorbei, obwohl unsere Hunde so schnell rennen, wie sie können.

Für eine Weile laufen wir nebeneinanderher. Die Zungen unserer Hunde hängen weit heraus, Speichel gefriert frostig weiß an Hundeschnauzen und Schnurrhaaren. Fast Tommys Hunde werfen kaum einen Seitenblick zu unseren, und langsam, aber sicher nimmt er die Führung wieder auf.

»Mir gefällt die Hündin neben eurem Leithund«, ruft Fast Tommy uns zu. »Wer ist das?«

»Pamiuluk? Die mit dem Stummelschwanz? Von Qakuq, dem weißen Leithund, und von Old Philips Leithündin. Die er im letzten Frühjahr von Rankin bekommen hat.«

»Wie alt ist sie?«

»Vier.«

»Einen Wurf Welpen von ihr hätte ich wohl gerne«, ruft er noch, dann ist er auch schon eine Hundeteamlänge vor uns.

»Du kennst all die Eltern deiner Hunde?«, frage ich.

»Und Großeltern. Wenn du Hunde züchtest, dann willst du sichergehen, dass sie gute Gene haben.«

»Wie ist es, Welpen zu züchten?«

»Die meiste Arbeit macht die Hündin. Mit den Welpen spielen wir nur, damit sie sich früh an uns gewöhnen. Meine Schwester trägt sie sogar in ihrem *amauti* herum.«

Ich versuche sie mir mit den Welpen vorzustellen, die warm und zappelig in ihrer Kapuze herumturnen. Alles fühlt sich immer noch so neu und unbekannt an, als würde ich gerade erst über die Welt lernen.

Ich kann es kaum fassen, dass ich – Emmylou Leroux – im Arctic Quest dabei bin. Ich gucke an mir herunter; rotes Trikot über dem Karibuparka, Schneehosen in Old Ipiliis Kamiks gestopft.

Ich versuche mir vorzustellen, wie das Leben war, als Old Ipilii noch jung war und Hundeschlitten das Haupttransportmittel im Winter waren. Das Coolste ist, dass es wahrscheinlich gar nicht mal so viel anders war als jetzt, wenn man sich die Checkpoints und Städte wegdenkt. Hunde, Schlitten, Kleidung – es ist fast, als machten wir eine Zeitreise.

Fast Tommys Team verschwindet in der Ferne. Hinter uns hat die Sonne den höchsten Punkt des Tages überschritten.

Langsam ziehen unsere Schatten gen Osten, werden länger

und länger. Der Schnee ist nun weniger grellweiß, wirkt sanfter im warmen Licht des späten Nachmittags.

»*Wooh! Wooh!*«, ruft Barnabas plötzlich. Vor uns ist fließendes Wasser. Ein Fluss auf dem Eis. Dunstschwaden ziehen aus dem tödlich kalten Wasser empor. Die Hunde halten abrupt an, aber der Schneeanker greift nicht.

Der Fluss gurgelt und gluckert aus tiefen Löchern im Eis, durch die das Wasser wie in einer Toilettenspülung hinuntergezogen wird.

Barnabas bremst mit beiden Füßen, und der Schlitten kommt wenige Zentimeter vor dem Fluss zum Stehen. Direkt vor uns ragt eine Trailmarkierung aus dem Fluss auf.

»Müssen wir da durch?«, frage ich. Auf der anderen Seite des Flusses führt der Trail über eine Anhöhe auf trockenes Land.

»Zu viel Überschwemmung von der Flut.«

»Was jetzt? Warten wir bis zur Ebbe?«

»Wir fahren drum herum. Aufs Meereis hinaus.«

Ich starre auf den gurgelnden Fluss, und plötzlich kommt ein Bild auf – die Hunde und wir auf dem Grund eines blaugrauen Ozeans, über uns eine Decke aus leuchtendem türkisfarbenen Eis, genauso schön wie tödlich.

»Auf keinen Fall«, sage ich. Plötzlich habe ich Angst, dass Barnabas doch nicht so genau weiß, was wir tun.

»Ist schon in Ordnung, du wirst sehen.«

»Was, wenn ich nasse Füße kriege und mir die Zehen abfrieren?«

»Du trägst Robben-Kamiks. Die sind wasserdicht.«

»Was, wenn …«

»Emmalu, hilf mir mit den Hunden!« Barnabas greift sich Qakuq und führt ihn nach rechts Richtung Meereis. Sobald die anderen Hunde verstehen, wo es langgeht, folgen sie. Alle außer

Qaqavii. Er kauert sich nieder, winselt, will nicht ins Wasser. Ich weiß genau, wie er sich fühlt. Selbst als Barnabas versucht, ihn am Halsband zu führen, weigert er sich, auch nur einen Schritt zu tun. »Versuch du es. Er vertraut dir.«

Ich atme tief ein und aus. Wenn Qaqavii meine Angst spürt, mache ich alles noch schlimmer. Ich beuge mich zu ihm und kraule ihn hinter den Ohren.

»Ist doch alles gut«, flüstere ich ihm zu. »Nur ein kleiner Umweg. Schlimmstenfalls kriegst du nasse Füße, aber das ist schon alles, ja?« Ich bin mir nicht sicher, ob ich Qaqavii oder mir selbst gut zurede. Qaqavii wedelt kaum merkbar mit dem Schwanz. Ich laufe ein paar Schritte nach rechts.

»Komm her«, locke ich ihn, und er folgt mir, bis er seine Position im Team wieder eingenommen hat.

»Spring auf!«, ruft Barnabas. Die Hunde legen sich ins Geschirr, und Qaqavii läuft mit ihnen zusammen am Flussufer entlang. Als Barnabas das Team zur Flussüberquerung wendet, rennt Qaqavii ohne viel Zögern durch den Fluss.

Wasser spritzt von den Hundepfoten auf, und Millionen winziger Tropfen schimmern im Sonnenlicht. Mir wird ganz kalt vor Angst, und ich bin erleichtert, als wir das verschneite Ufer erreichen.

Barnabas hält das Team an, damit die Hunde sich im Schnee trocken wälzen können. Dennoch gefriert das Geschirr am Fell der Hunde. Ich springe vom Schlitten und reibe die Hunde mit Schnee ab. Die Sonne steht jetzt so tief am Horizont, dass sie keine Wärme mehr ausstrahlt.

Barnabas schenkt uns Tee aus seiner Thermosflasche ein, und für einen kurzen Moment fühle ich Wärme im Bauch. Die Hunde rollen sich zusammen und stecken die Nasen unter ihre Schwänze.

»Iss was, Emmalu – dann wird dir warm.«

Ich angle einen Müsliriegel aus meinem Rucksack, aber als ich versuche, abzubeißen, ist er hart wie ein Brett. Barnabas taut den Riegel unter seinem Parka auf und schneidet einige Scheiben von etwas Fermentiertem ab. Ich frage nicht mal, was es ist, bevor ich ablehne. Mir ist zu kalt, um zu reden. Mein Hals ist kratzig von zu viel kalter Luft und zu wenig Flüssigkeit. Barnabas füttert die Hunde, die ihr Fleisch mit großer Begeisterung verschlingen.

»Ich mache mehr Tee«, sagt Barnabas und baut den Campingkocher auf. Es dauert eine Weile, bis die warme Flamme zischelnd den Schnee schmilzt. Bevor wir genug Wasser für eine einzige Tasse geschmolzen haben, taucht ein Team auf. Als die beiden Musher uns mit ihrem *qamutik* überholen, springen unsere Hunde auf und wollen hinterherjagen. Alle Anzeichen von Müdigkeit sind plötzlich verflogen.

»Das sind Old Suluk und sein Sohn Jonah.« Barnabas winkt den beiden zu und packt den Kocher wieder weg.

Wir teilen uns hastig eine Tasse lauwarmes Schmelzwasser und folgen dem anderen Team. Es dauert nicht lange, und wir laufen neben Team Nummer 10. Der Alte auf dem Schlitten sieht noch älter aus als Old Ipilii.

»*Takuniaqpapsi Nunalla-mi*«, ruft Barnabas, als wir sie überholen. »*Tuktusiuq-tailigitsi.*«

»*Ii*«, sagt der jüngere Musher grinsend und tätschelt das Gewehr neben sich.

Die Hunde des anderen Teams jagen jetzt unseren hinterher. Sie sind so nah, dass ich fast Suluks Leithund streicheln könnte. Er ist braun-schwarz, bis auf seine weiße Nase und zwei weiße Punkte über den Augen. Sein Fell ist ganz verfilzt, und zwischen seinen Ohren steht es ab, wie die Haare eines Teenagers, der zu viel Haargel benutzt hat. Seine Zunge hängt weit heraus, und seine Augen strahlen, als würde er mich anlächeln.

»Was für ein guter Hund du bist«, sage ich, und er versucht, noch schneller zu laufen. Dennoch fällt Suluks Team langsam zurück. Der Alte sitzt mit ausgestreckten Beinen auf dem Schlitten und kaut auf einem Stück Trockenfleisch. Es sieht gemütlich aus, als ob er sein ganzes Leben auf Hundeschlitten und Igluböden verbracht hätte.

»Wir haben Tee für euch, wenn ihr in Nunalla ankommt. Aber beeilt euch, sonst ist er kalt«, scherzt Barnabas, als die Distanz größer wird. »Suluk, er kennt das Land hier wie kein anderer«, sagt er dann zu mir. »Er ist in Nunalla geboren worden. Wirst du bald sehen. Ist der Checkpoint auf halber Strecke.«

»Da war mal ein Dorf?«

»Nur ein Pelzhandelsposten. Aber unsere Leute haben dort gecampt.«

»Suluk ist in einem Iglu geboren?«

»Wenn es im Winter war, ansonsten im Zelt. Da musst du Suluk selbst fragen.«

»Wo ist Jonah geboren?«

»Im Krankenhaus«, sagt Barnabas, als ob es das Normalste der Welt wäre. Ist es ja wahrscheinlich auch. Trotzdem – solch ein Unterschied zwischen Vater und Sohn. Suluk in Karibukleidung und Jonah in einem Daunenparka, der vom Sonnenlicht verschlissen ist, sodass der einstmals rote Stoff jetzt pink aussieht. Suluk trägt Robbenfell-Kamiks, Jonah klobige Expeditionsstiefel. Suluk ist auf dem Land geboren, Jonah in der Stadt. Ihre Welten scheinen weit entfernt, und dennoch: Hier draußen sind sie gleich.

»Wie weit ist es bis Nunalla?«, frage ich.

»Noch ein ganzes Stück. Erst kommt Long Point Checkpoint. Von da sind es noch mal sechzig Kilometer bis Nunalla.«

Wir überqueren vom Wind gepeitschte Tundrateiche. Das Eis ist fast schwarz und die Schneewehen hart wie Stein. Die Hunde versuchen, den größeren Wehen auszuweichen, und unser Schlitten kommt ins Schlingern. Dann sind wir wieder auf Land. Und wieder ein Teich – das Land hier ist wie eine Patchworkdecke aus blauschwarzem Eis und schneebedeckter Tundra.

Eine einzelne weiße Wolke treibt am Abendhimmel und wird von der sinkenden Sonne angeleuchtet. Der Schnee scheint fast golden zu glühen, das Licht ist auf einmal ganz intensiv. Ein letztes Aufbegehren des Tages vor dem Anbruch der Nacht.

KAPITEL 27

Ihr könnt euer Zelt da drüben aufbauen.« Einer der Rennoffiziellen notiert unsere Ankunftszeit und deutet dann auf einen Platz abseits einer verwitterten Hütte, das einzige Gebäude von Long Point Checkpoint. Hinter der Hütte verschwindet die Sonne am Horizont.

»Wo sind die anderen Teams?«, fragt Barnabas. Der Zeitnehmer zeigt uns sein Klemmbrett, und Barnabas überfliegt es. »Fast Tommy ist in Führung. Er hat den Checkpoint vor einer Stunde verlassen. Das nächste Team ist nur acht Minuten vor uns. Wir sollten weiterfahren. Wenn wir es nicht bis nach Nunalla schaffen, dann zelten wir halt unterwegs.«

»Besser, ihr bleibt hier«, sagt der Zeitnehmer und reibt seine Handschuhe aneinander. »Der Wetterbericht sagt einen schweren Sturm an.« Seine Stimme klingt so bestimmt, dass ich mir auf einmal vorkomme wie im Büro des Schulleiters. Er nimmt Barnabas das Klemmbrett ab und geht zurück zur Hütte. Als er die Tür öffnet, dringen warmes Licht und Gelächter in die beginnende Dunkelheit.

»Was meinst du?«, frage ich Barnabas und versuche abzuschätzen, wie viel Zeit wir noch haben, bis es ganz dunkel ist.

Princess und Qaqavii buddeln sich ein Bett im Schnee und rollen sich zusammen. Grumpy döst im Sitzen ein. Die anderen Hunde sehen uns erwartungsvoll an.

»Die anderen Teams sind alle weitergefahren. Ich sehe keine Anzeichen von Sturm.«

»Die haben es im Radio gehört.«

»Der Wetterbericht lügt oft«, versucht Barnabas, mich zu überzeugen. »Wir können ja weiterlaufen, bis es dunkel ist, und dann auf Jonah und Suluk warten.«

»Und was, wenn sie nicht kommen?«

»Na, dann zelten wir auf dem Land.«

Das ist es doch, was ich wollte. Tagelang reisen, im Zelt übernachten, nur auf die Hunde und sich selbst angewiesen sein. Im Angesicht der hereinbrechenden Nacht klingt das auf einmal nicht mehr so einladend.

»Lass uns trotzdem hierbleiben, ja? Wenigstens ist da eine warme Hütte im Notfall. Und Skidoos«, sage ich. »Bitte.«

»Die Hunde brauchen sowieso eine Pause. Wir können auf Suluk warten und zusammen weiterfahren.«

Wir füttern die Hunde zum dritten Mal – im Rennen verbrauchen sie mehr Kalorien, als sie fressen können, sagt Barnabas. Dann sehen wir zu, wie sich alle in den Schnee betten. Qaqavii kriecht zwischen uns auf den Schlitten. Mit der Dunkelheit kommt die Kälte, und ich springe immer öfter auf und ab, damit mir wieder warm wird.

Plötzlich taucht ein helles Licht auf.

»Da ist Old Suluk«, ruft Barnabas und springt vom Schlitten. Wir eilen dem Licht der Stirnlampe entgegen. Die Hunde laufen Seite an Seite, nicht im Fächer.

»*Merde*, wie trainiert man denn für so ein Rennen? Auf der Schlittschuhbahn und im Schwimmbad?«, ruft Jay the Sleigh dem Rennleiter entgegen.

Barnabas und ich sehen uns an. Wo ist Suluk? Er war doch direkt hinter uns.

»Vielleicht campen sie vor dem Checkpoint«, sagt Barnabas.

»Du kannst ja Jay fragen, ob er sie gesehen hat«, schlage ich vor.

»Kannst ihn ja selbst fragen«, sagt Barnabas.

Das Team aus Québec baut sein Zelt im Schein der Stirnlampen auf.

»Mir ist kalt«, sage ich.

Barnabas kümmert sich schweigend um unser Zelt. Ich gehe ein paar Schritte in die Dunkelheit, schalte meine Stirnlampe aus und kauere mich hinter Qaqavii, um zu pinkeln. Dann krieche ich zu Barnabas ins Zelt. Er breitet unsere Schlafsäcke aus. Seiner rechts, meiner links. Dazwischen eine Lücke. Ich ziehe nur meine Kamiks aus und krieche mit all meinen Sachen in den gefrorenen Schlafsack. Kann man im Schlaf erfrieren?, frage ich mich, als meine Zähne anfangen zu klappern.

»Ist dir kalt?«, fragt Barnabas. »Du kannst ruhig rüberkommen. Ist wärmer.«

Ich rutsche näher zu ihm, auch er rutscht näher zu mir, bis unsere Rücken fest aneinandergedrückt sind. Nach einer Weile spüre ich seine Wärme.

»Besser?«, fragt er.

Ich nicke, obwohl er mich im Dunkeln nicht sehen kann.

»Gute Nacht, Emmalu«, sagt er.

»Gute Nacht, Barnabas«, antworte ich.

Ich liege im Dunkeln und lausche in die Nacht. Die Hunde sind nur wenige Meter von uns entfernt. Das Klimpern von Ringen am Hundehalsband sagt mir, dass sich ein Hund schüttelt. Ein Geräusch, als würde jemand Wasser in eine Tasse schütten – ein Hund pinkelt. Dann Stille. Ich reibe meine kalten Füße gegeneinander.

Plötzlich bricht Unruhe unter den Hunden aus. Sie springen auf, bellen.

»*Wooh!*«, ruft eine Stimme.

»Das ist Jonah.« Barnabas zieht hastig seine Kamiks an und eilt nach draußen. Im Laufen wirft er sich den Parka über.

Die Hunde sehen im Schein der Stirnlampen aus wie dunkle Schatten, von denen Atem wie weiß leuchtender Rauch aufsteigt.

Durch die Zeltöffnung sehe ich, dass das Team aus dem Checkpoint verschwindet, bevor Barnabas den Schlitten erreicht. Barnabas kommt niedergeschlagen zurück.

»Wir können hinterherfahren«, biete ich ihm an. In der Kälte schlafen wir eh nicht. Und die Nacht ist auch nicht dunkler, ob wir im Zelt oder draußen sind, versuche ich mir einzureden. Trotzdem bin ich erleichtert, als Barnabas sagt, dass wir im ersten Sonnenlicht aufbrechen.

Ich werde von knirschendem Schnee geweckt. Draußen ist es noch dunkel. Das Knirschen kommt näher. Etwas läuft um unser Zelt herum. Schnüffelt. Ich halte den Atem an. Bitte bleib draußen, was auch immer du bist. Plötzlich wird unsere Zeltwand eingedrückt.

»Barnabas! Barnabas!«, flüstere ich und suche nach meiner Stirnlampe. »Da draußen ist was.«

Barnabas dreht sich um und blinzelt ins Licht meiner Lampe. »Was ist denn?«

»Da draußen ist was«, sage ich und stelle mir vor, wie ein Bär unser Zelt umschnüffelt.

Die Hunde bellen aufgebracht.

»Guck doch nach. Du hast die Taschenlampe«, sagt Barnabas schläfrig.

»Ich? Geh du. Du hast das Gewehr.«

»Ist im Schlittensack. Ich wollte nicht, dass es kondensiert.«

Draußen streift etwas am Zelt entlang.

»Tu was, Barnabas! Was, wenn er ins Zelt kommt?«

»Wer?«

»Der Bär!«

Barnabas setzt sich auf und reibt sich den Schlaf aus den Augen. Ich gebe ihm meine Stirnlampe, und er knöpft den Knebelverschluss des Zeltes auf.

Eine weiße Schnauze mit schwarzer Nase schiebt sich durch die Öffnung. Ich schreie auf und halte mich an Barnabas fest. Der Bär zögert einen Moment und schiebt sich dann ins Zelt. Eine sabbernde Zunge schleckt mir durchs Gesicht, und ich nehme ein wohlbekanntes Winseln wahr.

Mein Körper zittert wie Espenlaub, und es dauert eine halbe Ewigkeit, bis mir klar wird, dass ich a) noch am Leben bin und b) der Bär kein Bär ist.

»Qaqavii! Wieso bist du denn frei?«

Qaqavii lässt sich zufrieden auf meinem Schlafsack nieder. Ich streichle ihn hinter den Ohren. »Kann er hierbleiben?«

»Wenn du mich dann schlafen lässt«, sagt Barnabas. Qaqavii kuschelt sich zwischen Barnabas und mich, und die Spannung des Tages weicht langsam aus meinen müden Muskeln.

KAPITEL 28

Wir hätten letzte Nacht weiterfahren sollen.« Barnabas baut unser Zelt ab, und ich lege den Hunden das Geschirr an. Eine unheimliche Stille liegt in der Luft. Als ob der Sturm hinter der Flaute lauert und nur noch auf den richtigen Moment wartet.

Es sind nur noch zehn Teams im Rennen. Team 11 hat sich verlaufen und ist inzwischen wieder in Churchill angekommen, hat uns der Zeitnehmer mitgeteilt. Fast Tommy und Peter Patterson haben es letzte Nacht bis nach Nunalla geschafft. Im Zelt von Jay the Sleigh und Marcel rührt sich noch nichts. Die anderen sind irgendwo zwischen uns und Nunalla. Vielleicht können wir ja noch aufholen.

Die Hunde folgen den Spuren der anderen Teams, sie brauchen weder Kommandos noch Trailmarker. Die Sonne verschwindet zunehmend hinter einer sich verdichtenden Wolkendecke. Wenn die Sonne scheint, ist es leichter, die Spuren auszumachen. Ohne Kontrast von Licht und Sonne wird alles eintönig, und ich verliere den Trail. Ich kann nur hoffen, dass die Hunde und Barnabas wissen, wohin wir müssen.

Und dann setzt der Wind ein. Die Spuren vor uns verschwinden im Schneetreiben. Die Hunde werden zu grauen Silhouetten. Die Tundra ist plötzlich lebendig, ein Wesen mit unzähligen Armen, die an uns zerren.

»Wie weit ist es bis Nunalla?«, frage ich.

»Zu weit«, sagt Barnabas und treibt die Hunde an. Ich habe das beklemmende Gefühl, das Schlimmste liegt noch vor uns.

Barnabas weiß wenigstens, wie ein Sturm in der Arktis aussieht. Ich habe keine Ahnung. Vielleicht ist das auch besser so.

Aus dem weißen Nichts über uns fallen jetzt Schneeflocken, die immer dichter werden und sich auf den Hunden und uns niederlassen. Treibschnee und fallender Schnee wirbeln um uns herum, bis ich das eine nicht mehr vom anderen unterscheiden kann.

Der Horizont ist verschwunden, Land und Himmel sind eins. Die Hunde rennen in den Sturm, und trotzdem scheinen wir uns nicht von der Stelle zu bewegen.

Ich habe noch nie darüber nachgedacht, wie die Unendlichkeit aussieht. Wenn man mich allerdings jetzt fragen würde, dann würde ich sagen, sie ist ein Hundeteam, das in ein Whiteout hineinläuft. Es ist das Schönste, was ich je im Leben gesehen habe. Und das Furchterregendste.

Ich dachte nicht, dass der Wind noch stärker werden könnte. Aber nun treibt der Schnee horizontal über das Land und peitscht uns ins Gesicht. Die Hunde ducken sich, stoßen in den Wind vor. Ich habe das Gefühl, mit jedem Schritt, den sie sich erkämpfen, werden wir zwei Schritte zurückgeblasen.

Wenige Minuten später kann ich die Hunde nicht mehr sehen. Ich lehne mich nach vorne, berühre die Zugleinen, die uns wie Rettungsseile mit ihnen verbinden.

Schnee verklebt mir die Wimpern. So schnell ich sie von Schnee befreie, so schnell vereisen sie auch wieder, bis mir nichts anderes übrig bleibt, als mich vom Wind wegzudrehen.

Der Sturm ist jetzt so gewaltig, dass ich kaum noch atmen kann. Die Hunde kommen für einen Sekundenbruchteil in Sicht. Ihr Fell ist auf der Windseite voller Schnee, auch ihre Wimpern sind eisverklebt. Seit Langem schon habe ich keine Trailmarkierung mehr gesehen.

»Wir müssen Schutz suchen«, brüllt Barnabas und hält das Team an. Er muss den Satz zweimal wiederholen, bevor ich ihn über den Sturm hinweg verstehe.

»Wir müssen Hilfe rufen«, brülle ich zurück.

»Wie denn?«

»Mit dem Satellitentelefon!«

»Es hat keine Batterien.«

»Was?!«

Barnabas erwidert etwas, aber der Sturm bläst seine Worte davon. Keine Batterien. Wir sind komplett von der Außenwelt abgeschnitten.

Der Schnee dringt in meinen Parka und vergräbt die Hunde, die sich eng aneinanderkauern, die Nasen unter ihren Schwänzen.

»Hilf mir, Emmalu!« Barnabas steht neben dem *qamutik*, zupft mich am Ärmel. Der Schlitten ist wie eine Insel, das einzig Feste im Schneemeer. Ich will ihn nicht verlassen.

»Emmalu, beweg dich!«, schreit Barnabas mich an.

Das ist es, denke ich. Wir werden sterben. Und dann denke ich an Kitty, wie sie zur Startlinie gerannt kam und wie ich ihr meinen Rücken zukehrte. Das letzte Bild, das sie von ihrer Tochter hat. Nein, ich darf nicht sterben. Wenigstens nicht ohne Kampf. Aber wie kämpft man mit einem Sturm, der die ganze Welt um uns auszulöschen scheint?

Und dann passiert etwas sehr Seltsames: Ein winziger Vogel – kaum größer als ein Spatz – erscheint im Whiteout. Er flattert mit den Flügeln, rasch und heftig. Für ein paar Sekunden schwebt er still, direkt über mir. Dann taucht er vorwärts, die Flügel eng am Körper, wie ein Schwimmer, der gegen den Strom schwimmt. Einen Flügelschlag nach dem nächsten schiebt er sich vorwärts, fällt mit dem Wind zurück, holt die verlorene Distanz wieder auf und fängt wieder von vorne an, bis er aus meiner Sicht verschwindet.

Mit ausgestreckten Armen lasse ich mich in den Wind fallen, und er trägt mich – der Sturm und ich im perfekten Gleichgewicht. Und dann gibt er nach, kurzzeitig nur, aber lange genug, dass ich vorwärtsstolpere und mein eigenes Gewicht wieder tragen muss.

»Was soll ich machen?«, rufe ich.

»Den *qamutik* umdrehen, als Windschutz«, ruft Barnabas zurück. Ich greife das eine Ende des Schlittens und Barnabas das andere. Wir kauern uns hinter den Schlitten. Wind und Schnee fegen über uns hinweg.

»Was nun?«, frage ich.

»Ich brauche mein Schneemesser.« Barnabas zieht es aus dem Schlittensack. Die Klinge ist rostbraun und länger als mein Arm. Der Griff ist aus Karibugeweih geschnitzt. »Old Ipiliis *pana*.«

Barnabas schneidet einen Block aus Schnee. Als er ihn anhebt, bricht er in zwei Teile. »Nicht der beste Schnee zum Iglubauen«, ruft er und stellt den gebrochenen Block vorsichtig auf die Seite. Er schneidet mehr und mehr Blöcke, bis wir eine runde Schneewand um uns herum haben. Die zweite Reihe ist schwieriger. Der Wind will die Blöcke umwerfen; ich halte sie, bis Barnabas sie mit weiteren Blöcken verkeilt hat. Er setzt den letzten Schneeblock oben auf, und die Igluwände umgeben uns wie ein Kokon.

Barnabas schneidet eine Öffnung ins Iglu und geht zum Schlitten. Kurz darauf reicht er mir unsere Schlafsäcke, Kocher, Teekessel und unser Essen, bevor er die Öffnung mit einem

Schneeblock wieder verschließt. Draußen heult der Sturm, aber hier drinnen ist es ruhig und still.

»Was ist mit den Hunden?«, frage ich. Er schiebt den Block ein wenig zur Seite. Wo die Hunde lagen, sind nur noch Schneehaufen auszumachen. Qaqavii ist der Einzige, der aufrecht sitzt. Sein Fell ist eisverklumpt.

»Alles in Ordnung«, sagt Barnabas.

»Alles in Ordnung?« Ich versuche, die Tränen aufzuhalten. »Die werden lebendig begraben!«

»Der Schnee isoliert sie. Sie graben sich ein und lassen sich vom Schnee bedecken. Die wissen, was sie tun.«

»Nicht Qaqavii! Er sitzt da und zittert!«

»Wir schneiden ihm später ein paar Blöcke als Windschutz. Erst kümmern wir uns um uns. Wenn wir nicht gut auf uns aufpassen, dann können wir auch den Hunden nicht helfen, okay?«

Barnabas schließt den Eingang und zündet den Kocher an. Die Abgase brennen mir in den Augen. Die Hitze der Flammen erreicht meine unterkühlten Glieder nicht. Barnabas reicht mir ein Stück Trockenfleisch. Je mehr ich esse, desto mehr fühle ich, wie die Wärme sich langsam in mir ausbreitet.

Nach einer Weile reicht Barnabas mir frischen Tee, und ich umklammere die warme Emailletasse, als wäre sie das Kostbarste auf der Welt. Das Iglu fühlt sich jetzt warm an, obwohl ich noch immer meinen Atem sehen kann. Meine Augenlider werden schwer. Letzte Nacht habe ich kaum geschlafen, und die Nacht vor dem Rennen war auch nicht viel besser. Kaum zu glauben, dass wir erst zwei Tage unterwegs sind.

»Was ist mit Qaqavii?«, frage ich, bevor ich im Sitzen einschlafe. Ich krieche zum Eingang und gucke hinaus. Der Sturm schleudert Schnee in mein Gesicht, zerrt an meinen Haaren und pfeift in den Ohren. Die Hunde liegen alle zusammengekauert, eine Schicht Schnee hat sich wie eine harte Decke über ihnen ausgebreitet. Qaqavii lässt sich nicht mehr von den anderen Hunden unterscheiden.

»Besser, wir stören sie jetzt nicht«, sagt Barnabas. »Wir wollen nicht, dass sie aufstehen und den Schnee abschütteln. Lass uns versuchen zu schlafen, um Energie zu sparen.«

Das Iglu ist nicht groß genug, um uns auszustrecken, also kauern wir uns zusammen wie die Hunde. Meine Zehen sind eiskalt. Als Barnabas bemerkt, wie ich sie aneinander reibe, umfasst er sie mit seinen warmen Händen. Die zurückkehrende Wärme tut weh – aber als der Schmerz nachlässt, kann ich endlich schlafen.

Ich wache von einem klappernden Geräusch nah an meinem Ohr auf. Es dauert einen Moment, bis ich merke, dass es meine Zähne sind. Meine Zehen sind taub vor Kälte. Die Wände des Iglus verbreiten ein fahles Licht, weder hell noch dunkel.

»Alles in Ordnung?«, fragt Barnabas.

»Mir ist kalt.«

»Iss mehr.«

»Ich habe keinen Hunger.«

»Essen wärmt«, sagt Barnabas und windet sich aus dem Schlafsack. Er zündet den Kocher an und schmilzt Schnee. »Sind deine Klamotten trocken?«

»Mein T-Shirt ist ein bisschen klamm.«

»Zieh es aus.«

Ich zögere.

»Mit nassen Sachen wird dir nicht warm.«

Ich versuche, mein T-Shirt auszuziehen, ohne meinen Pullover abzustreifen. Es klappt nicht. Ich schiele zu Barnabas, und er dreht sich zum Kocher.

Mein T-Shirt ist feuchter, als ich dachte. Barnabas stopft es unter seines, um es mit seiner Körperwärme zu trocknen.

»Wie lange habe ich geschlafen?«

»Lange.«

»Wie ist das Wetter?«

»Nicht gut.« Barnabas schaltet den Kocher aus. »Besser, wir sparen Benzin. Wer weiß, wie viele Tage wir noch hier sein müssen.«

»Tage?« Die Igluwände fühlen sich auf einmal beklemmend eng an. »Wie viele Tage meinst du denn?«

»Bis der Sturm sich legt. Es ist *upinngakssaq*. Die Jahreszeit von Neuschnee und Frühlingsblizzards. Keine gute Zeit zum Reisen.«

»Warum ist das Rennen dann im April?«

»Vielleicht, weil das Tageslicht lang ist? Und es ist nicht so kalt. Ich füttere die Hunde. Kommst du mit?« Barnabas gibt mir mein T-Shirt zurück. Es riecht nach ihm – moschusartig und süß –, und ich atme den Geruch tief ein, als er gerade nicht hinguckt.

Der Wind ist noch immer so stark, dass er einem fast den Atem nimmt. Unser *qamutik* ist halb im Schnee vergraben wie ein gestrandetes Schiff auf einer Sandbank.

Ich kauere mich neben Barnabas, der die Kufen als Schneidebrett benutzt, um Robbenfleisch für die Hunde zu portionieren. Einige Hundenasen ragen aus dem Schneeknäuel heraus, und bald sind alle Augen erwartungsvoll auf uns gerichtet.

Wir bringen ihnen ihr Abendessen, und die meisten verschlingen es im Liegen, ohne ihre eisige Decke zu verlassen. Qaqavii sitzt bedröppelt da und rührt sein Fressen nicht an. Erst als ich es in ganz kleine Stücke schneide und ihn mit der Hand füttere, nimmt er es lustlos an. Er steht auf und pinkelt, ohne sein Bein anzuheben. Wie ein Welpe.

»Ist doch nur ein Sturm. Alles wird gut«, rede ich ihm zu.

Er schmiegt sich an mich, und ich schütze ihn vor dem Schneetreiben, so gut ich kann.

»Darf Qaqavii mit ins Iglu?«, rufe ich Barnabas zu.

»Kann ich dich davon abhalten?«, ruft er zurück.

Qaqavii folgt mir dicht auf den Fersen, als ich zurück ins Iglu krieche. Die anderen Hunde erwachen auf einmal zum Leben. Sie schütteln den Schnee von den Fellen und ziehen, sich laut beschwerend, an ihren Leinen.

»Wenn du einen Hund reinlässt, musst du alle reinlassen«, sagt Barnabas.

»Im Ernst?« Ich stelle mir vor, wie wir uns alle zusammen ins Iglu quetschen. Wedelnde Schwänze und nasse Hundeküsse überall.

»Nur, wenn du dann draußen schläfst«, neckt er mich, und ich strecke ihm die Zunge heraus, worauf Qaqavii mir mein Gesicht leckt.

»Willst du mehr Tee?«, fragt Barnabas, und ich bejahe. Nicht, weil ich durstig bin, sondern um etwas zu tun zu haben.

»Hey, warte mal.« Ich wühle in meinem Rucksack und ziehe eine Tafel Schokolade heraus, die ich mit Barnabas teile. Die gefrorene Schokolade schmilzt langsam auf meiner Zunge und entfaltet dann ihren ganzen Geschmack. Schokolade im Mund, Qaqavii auf meinem Schoß und Barnabas, der mir Tee macht – fast könnte das Warten erträglich werden.

»Was hast du noch in deinem Rucksack?«, fragt Barnabas.

»Nichts. Nur Klamotten, Zahnbürste, Erdnussbutter-Sandwich. Steinhart gefroren«, sage ich und versuche schnell, meinen Rucksack zu schließen.

»Was ist das Ding aus Plüsch?«

»Silly«, sage ich und werde rot.

»Silly?«

»Mein Stofftier. Von meiner Oma.«

»Lass mich mal sehen.« Barnabas streckt sich nach meinem Rucksack aus.

Ich ziehe ihn weg. Wir kabbeln uns um den Rucksack, bis Qaqavii freudig dazuspringt und an Silly zu zerren beginnt. Ich lasse los.

Barnabas ergattert den Stoffhund und hält Silly wie eine Handpuppe. »Hallo, Silly.«

»Wo sind wir?«, fragt er dann mit hoher Stimme, die sich ganz und gar nicht so anhört, wie ich mir Sillys Stimme vorstelle.

»In einem Schneesturm, der uns langsam einschneit«, sagt Barnabas.

»Schneesturm? Ist das gefährlich?«, fragt Silly und versteckt sich unter meinem Schlafsack. Barnabas' Hand fühlt sich warm an meinem Bein an.

»Natürlich nicht«, sage ich. »Ist doch nur Wind und Schnee.« Mir ist es ein bisschen peinlich, dass ich versuche, Silly zu beruhigen, aber Oma Millie und ich haben Silly immer wie ein lebendiges Wesen behandelt.

»Wieso sind wir denn hier?«, fragt Barnabas mich mit Silly-Stimme.

»Das ist eine lange Geschichte«, antworte ich.

Barnabas legt den Stoffhund in meinen Schoß und redet mit seiner eigenen Stimme weiter. »Es sieht so aus, also ob wir viel Zeit für lange Geschichten hätten.«

Qaqavii schnüffelt an Silly und kaut dann sanft an ihrem Ohr. Ich erzähle Barnabas, dass ich am Anfang gar nicht nach Churchill kommen wollte und abgehauen wäre, wenn mir Qakuq nicht entlaufen wäre. Und ich mich nicht gleich in Qaqavii verliebt hätte.

»Nur in Qaqavii?«, fragt Barnabas, und ich fühle, wie mir mal wieder das Blut ins Gesicht schießt.

»Ein bisschen auch in Old Ipilii«, gebe ich zurück. Und in dich, denke ich, sage es aber nicht laut. Und dann erzähle ich ihm, dass ich Oma Millie vermisse und Elisapii mich an sie erinnert. Ich meine, sie sind natürlich ganz verschieden, aber in ihrer Nähe fühle ich mich ganz genauso wie damals bei Oma Millie. Die Worte purzeln nur so heraus, und während ich meiner eigenen Geschichte zuhöre, wird mir auf einmal klar, dass es sich immer um mehr als nur die Hunde drehte.

Plötzlich fällt mir auf, dass ich Barnabas nie nach seinen Eltern gefragt habe.

»Meine Eltern? Welche?«, fragt Barnabas.

»Hast du … mehr als ein Elternpaar?«, frage ich verwirrt.

»Meine Geburtseltern und meine Eltern, die mich aufgezogen haben. Vier Eltern und acht Großeltern, aber einer meiner Großväter ist schon tot, und ich sehe meinen Geburtsvater nicht oft.«

»Du bist also … adoptiert?«

Barnabas rollt seinen Parka zusammen und benutzt ihn als Kopfkissen.

»Meine Mutter war noch in der Schule, als sie mich bekommen hat, und ihre älteste Cousine war schon verheiratet. Sie hatten noch keine Kinder, also haben mich meine Eltern – die Cousine meiner Geburtsmutter und ihr Mann – adoptiert.« Barnabas redet, als ob es das Normalste der Welt wäre.

»Ist es nicht schwierig für dich?«

»Was?«, fragt er verwirrt.

»Na, dass deine leibliche Mutter dich abgeschoben hat.«

»Hat sie doch gar nicht. Sie wird immer meine Mutter sein. Sie war einfach zu jung, und meine andere Mutter hatte eine

Fehlgeburt, über die sie noch immer traurig war, also hat meine Familie entschieden, dass ich zu ihr soll.«

»Wie kommt es, dass du dann jetzt mit deinen Großeltern lebst?«, frage ich.

»Meine Eltern haben inzwischen viele Kinder. Ich bin derjenige, der am liebsten mit den Hunden unterwegs ist, also bin ich mit nach Churchill gekommen, als meine Großeltern Hilfe brauchten.«

Es hört sich so einfach an. Als ob es egal wäre, mit wem du lebst. Also ob jeder dich trotzdem genauso lieb haben könnte. Ist aber nicht so einfach. Zumindest nicht für mich. Niemand wollte mich, außer Oma vielleicht.

Ich befreie Silly von Qaqavii, bevor er das Ohr noch ganz abbeißt, halte den Stoffhund in der einen Hand und streichle Qaqavii mit der anderen.

Oma hat immer auf mich aufgepasst, als ich klein war. Später drehen sich die Dinge um, und wir müssen auf unsere Großeltern aufpassen – nur dass ich keine Großeltern zum Aufpassen habe. Wenn Oma Millie noch am Leben wäre, dann würde ich mich genauso um sie kümmern, wie Barnabas sich um seine Großeltern kümmert. Und dann denke ich plötzlich an Kitty und wie sie immer so verletzt guckt, wenn wir streiten, und ich manchmal nicht weiß, wer sich mehr um wen kümmern muss. Vielleicht läuft sie ja vor gar nichts davon, vielleicht sucht sie ja was.

»Haben deine Großeltern eigentlich immer in Arviat gelebt?«, frage ich.

»Old Ipilii ist aus Qikiqtaajuit. Seine Mutter und er sind nach Arviat gekommen, als er noch jung war.«

»Freiwillig?«, frage ich und muss an die Zwangsumsiedlungen denken.

»Mehr oder weniger. Sie wurden von zu vielen Erinnerungen geplagt.«

»Ist Old Ipiliis Vater nicht mitgekommen? Und die Hunde?«

»Ist eine traurige Geschichte«, sagt Barnabas.

»Sieht so aus, als ob wir viel Zeit für traurige Geschichten hätten«, antworte ich, obwohl ich mir nicht ganz sicher bin, ob ich die Geschichte wirklich hören will.

»Mein Großvater, er kann diese Geschichte besser erzählen. Ich weiß nur wenig«, sagt er und ruft Qaqavii zu sich. Er krault den Bauch des Hundes, während er weiterspricht. »Er ist auf dem Land geboren. In einem Wintercamp mit vielen Iglus. Große Iglus für ganze Familien, nicht so ein kleines wie dieses hier. Er hat Hunde schon immer geliebt. Seitdem er klein war. Als er sieben war, sind sie nach Iqaluit gezogen, den Ort vieler Fische. Frobisher Bay haben die *qallunaat* ihn genannt, nach irgendeinem Erkunder, der den Ort für sie entdeckt hat, den unsere Leute schon seit jeher kannten.«

»Sind sie gezwungen worden, nach Iqaluit zu ziehen?«

»Zu der Zeit sind viele Inuit in die Nähe der Handelsposten gezogen, sie haben für die Hudson Bay Company gearbeitet und später für die Regierung. Oft sind sie zwischen den Camps und Iqaluit hin und her gezogen.«

Barnabas hält inne und zündet den Kocher an. Es dauert nicht lange, und die Flamme wärmt das Iglu auf.

»Als Ipilii mit seiner Familie nach Iqaluit gezogen ist, haben sie all ihre Hunde mitgebracht«, sagt er und füllt den Kessel mit Schnee. »Da waren viele Leute und noch mehr Hunde. Ipilii, er hatte auch einen jungen Hund. Sein erster Schlittenhund. Er hatte schon oft geholfen, Welpen zu trainieren, aber dieser Hund sollte sein eigener sein, hatte sein Vater gesagt.« Barnabas'

Stimme hört sich belegt an. »Dazu ist es nicht gekommen. Die Polizei, sie hat alle Hunde erschossen.«

»Was? Wieso?«

»Da musst du die Polizei fragen. Sie haben ihre eigene Geschichte. Inuit, die sich noch daran erinnern können, haben eine andere Version.«

»Was ist Old Ipiliis Version?«

»Als die Polizei gekommen ist, da war sein Vater nicht zu Hause. Ipilii, er hat seinen Welpen unter der Verandatreppe versteckt und gesehen, wie die Polizei die Hunde seines Vaters erschoss. Die Hunde versuchten, davonzulaufen, aber sie waren nicht schnell genug für die Gewehrkugeln. Ipilii fing an zu weinen, und dann winselte sein Welpe, und die Polizei, die hat ihn unter den Stufen hervorgezogen, und dann …«

Ich halte mir die Ohren zu, will nicht wissen, was danach passiert ist. In meinem Kopf taucht das Bild eines siebenjährigen Jungen auf. So stolz auf seinen ersten Hund. Und plötzlich steht er da mit rotziger Nase, einen toten Welpen im Arm.

»Was hat sein Vater gesagt, als er wiederkam?«

»Er hat nichts gesagt. Am nächsten Tag hat er seinen Regierungsjob aufgegeben und ist auf Jagd gegangen. Ohne Hunde. Er ist nicht wiedergekommen.« Barnabas vergräbt seine Hand in Qaqaviis Fell, und ich umklammere Silly. »Danach hat Old Ipilii Albträume gehabt. Seine Mutter hat ihn weit weg nach Arviat gebracht. Für lange Zeit konnte er nicht in der Nähe von Hunden sein.«

»Und dann?«

»Als er erwachsen war, hat er einen Sohn bekommen und später noch zwei mehr. Er wollte, dass seine Kinder mit Hunden aufwachsen, so wie er. Und er wollte das, was sein Vater ihn gelehrt hatte, weitergeben. Seine Söhne, sie mochten Schneemobile mehr als Hunde, aber Old Ipilii hat seine Hunde behalten.«

»Und dann kamst du.«

Barnabas nickt. »Ich wollte immer mit Ipilii und den Hunden raus, seit ich klein war. Eines Tages werde ich das, was er mir beigebracht hat, an meine Kinder weitergeben. Seine Söhne, sie werden wohl keine Hunde haben. Zu teuer. Die essen mehr als Skidoos«, sagt er lachend.

Wir reden über die Leute in Arviat, die Schlittenhunde haben, und wie viel Mühe sie auf sich nehmen, sie zu füttern, zu trainieren, vor Bären zu schützen. Barnabas erzählt mir, was Inuit und ihre *qimmiit* in der Vergangenheit alles gemacht haben – viel mehr als nur Schlitten fahren. Die Hunde waren immer mit den Familien zusammen, haben im Winter geholfen, Eisbären zu jagen, und Robbenatmungslöcher erschnüffelt; im Sommer haben sie Packsäcke getragen, wenn die Familien zu einem neuen Camp ausgezogen sind. Ein gutes Team zu haben – gut ernährt und stark –, war hoch angesehen.

»Ist Elisapii auch auf dem Land mit Hunden aufgewachsen?«, frage ich.

Barnabas sagt, dass seine Großmutter an verschiedenen Orten gelebt hat, aber er weiß nicht viel, weil Elisapii kaum darüber spricht. »Ich habe versucht, es durch Nachforschungen herauszufinden, vieles verstehe ich allerdings nicht. Die Familie meiner Großmutter, sie lebte am Ennadai Lake, wo das Jagen gut war. Aber die Regierung hat sie nach Nueltin Lake verlegt, wo es keine Karibus gab. Also sind sie zurückgelaufen. Es war ein langer Weg, und sie litten Hunger. Als sie endlich wieder am Ennadai Lake ankamen, hatten sie wieder gute Nahrung.« Barnabas hält inne und wendet sich Qaqavii zu, der sich an ihn schmiegt.

»Und sie sind dort geblieben?«

»Die Regierung hat ihnen nicht erlaubt zu bleiben. Diesmal mussten die Familien noch weiter weg von ihrer Heimat. Am Hennik Lake war es noch viel schwieriger, Wildfleisch zu finden, und viele waren dem Hungertod nahe. Also wurden sie noch mal umgesiedelt. Diesmal nach Arviat – Eskimo Point haben sie es genannt. An die Küste, wo die Leute meiner Großmutter sich fremd fühlten.«

»Aber warum?«

»Ich weiß nicht«, sagt Barnabas. »Niemand hat ihnen damals gesagt, warum. Nur, dass sie ins Flugzeug einsteigen sollen. Da waren *qallunaat* am Ennadai Lake. Sie haben eine Radiostation gebaut. Vielleicht hatte es damit was zu tun?«

»Da muss es doch irgendeine Erklärung geben«, sage ich, aber Barnabas zuckt die Schultern.

»Vielleicht. Alles, was ich weiß, ist, dass sie ihre Nahrung für den Winter schon gesichert hatten; Karibus waren unter Steinhaufen gelagert, Fisch getrocknet. Das mussten sie alles zurücklassen, und dabei wollten sie gar nicht gehen.«

Ich versuche mir Elisapii vorzustellen, wie sie alles zurücklassen musste, ohne zu verstehen, warum. Wie alt war sie wohl? So alt wie ich? Oder noch ein Kind? Ich fühle Wut aufkommen. Wut gegen jeden, der einfach so daherkommen kann und dich an einen Ort umsiedeln kann, an dem du gar nicht sein willst. Gibt es wirklich keine Erklärung dafür?

Barnabas und ich reden bis spät in die Nacht. Er erzählt, wie es ist, mit Brüdern und Schwestern in einer großen Familie aufzuwachsen, und ich rede davon, wie es ist, ohne Familie aufzuwachsen.

»Wir können dich ja adoptieren«, schlägt Barnabas vor.

»Das würde Kitty bestimmt nicht gefallen.«

»Dann adoptieren wir sie eben auch.«

»Meine Mutter könnte vielleicht eine Mutter gebrauchen«, sage ich, und plötzlich tut Kitty mir leid. Oma ist gestorben, als ich fünf war. Kitty war da erst zweiundzwanzig. Ihr Vater ist gestorben, bevor ich geboren wurde. Und ich bin ihre einzige Familie. Auf einmal kommen mir all unsere Streitereien unwichtig vor, hier draußen im Sturm, wo wir nur sitzen und warten können. Warten und überleben.

Ich kuschle mich an Qaqavii, der sich zwischen Barnabas und mich gelegt hat. Als ich ihm über das Fell streichle, stoße ich unbeabsichtigt gegen Barnabas' Hand. Sachte streicht er mir über die Finger, und in meinem Bauch kribbelt es so sehr, dass ich lange nicht einschlafen kann, selbst als ich meine Hand schon lange zurückgezogen habe.

KAPITEL 29

Sonnenstrahlen fallen durch die Igluöffnung und scheinen mir ins Gesicht. Barnabas ist draußen, und ich höre, wie er das Fressen für die Hunde vorbereitet. Bei jedem Stück, das er hackt, wird das Gebell der Hunde freudiger.

Ich krieche nach draußen und blinzle in den Sonnenschein. Der Himmel über uns ist strahlend blau und die Brise so leicht, dass der Tag zuvor unwirklich erscheint, wie ein Albtraum. Wir haben überlebt!

»Guten Morgen, Schlafmütze.« Barnabas grinst mich an. »Da ist Tee in der Thermoskanne, wenn du magst.« Er füttert die Hunde und zieht dann unsere Schlafsäcke aus dem Iglu. Er schlägt den Frost aus dem Fell, so gut es geht, bevor er unsere Ausrüstung zusammenpackt.

Ich sitze auf einer der Kufen, trinke meinen Tee und lasse mich von der Sonne wärmen.

Qaqavii und Aupaluk kabbeln sich spielerisch, bis Barnabas mit dem Geschirr kommt. Qaqavii hält ihm eifrig seinen Kopf entgegen und schiebt seine Pfoten fast von selbst durch die Öffnungen. Sobald sein Geschirr angelegt ist, steht er stolz am Ende der Leine.

»*Ha-ii!*«, ruft Barnabas, sobald ich meine Teetasse verstaut habe. Die Hunde ziehen los, diesmal aber ohne die anfängliche unkontrollierbare Wildheit. Ich fühle, dass sie mit uns im Einklang sind.

Der Wind hat den Schnee in steinharte Wehen gefroren, die sich wie Zungen einrollen und den Trail rau und holprig machen. Ich rutsche näher an Barnabas heran, und er legt den Arm um mich. Vor uns breitet sich die Landschaft aus wie ein Meer voller gefrorener Wellen.

»Weißt du eigentlich, wo wir hinfahren? Ich sehe gar keine Trailmarkierungen«, frage ich.

»Erst mal unseren Spuren von gestern folgen, vielleicht finden wir den Renntrail ja wieder.«

»Unseren Spuren?« Tatsächlich! Der Neuschnee, der im Sturm unseren Trail verwischt hat, ist weggeblasen, und wo der Schnee sich in den alten Hundespuren angesammelt hat, sind die Hundespuren jetzt erhaben wie perfekte kleine Schnitzereien.

Wir folgen unseren Spuren, bis wir eine Markierungsleiste wie einen einsamen Wegweiser inmitten des Eismeeres sehen. Dort wenden wir das Team Richtung Nunalla und Arviat, wo Barnabas zu Hause ist.

»Glaubst du, die anderen Musher sind schon in Arviat?«

»Kommt darauf an, wo sie waren, als der Sturm kam. Wenn sie da schon hinter Nunalla waren, dann erreichen die Ersten bestimmt bald Arviat. Ein Team scheint noch hinter uns zu sein.«

»Jay the Sleigh?«

»*Ii.* Ich habe keine frischen Spuren gesehen. Die sind alle noch von gestern, bevor der Sturm aufkam.«

Mir ist egal, welchen Platz wir erreichen, solange ich mit Barnabas und den Hunden über das endlos weite Land ziehen kann. Die Luft riecht frisch, weniger nach Meer und eher nach Schnee. Sie ist kühl, hat aber ihre beißende Kälte verloren.

»Karibus«, sagt Barnabas plötzlich und deutet auf u-förmige

Hufabdrücke im Schnee. Die Hunde spüren die Anwesenheit der Tiere und laufen schneller. Bald wird es unmöglich, dem Trail weiter zu folgen. Hunderte von Hufabdrücken haben ihn ausgewischt. Und dann laufen dreißig oder vierzig Karibus mit hoch erhobenen Geweihen auf uns zu. Ihre Hufe scheinen kaum den Boden zu berühren.

Bei unserem Anblick bleiben sie stehen, als wären sie nicht sicher, ob sie näher kommen oder fliehen sollten. Die Hunde nehmen die Witterung auf und ziehen mit unkontrollierbarer Stärke.

»Easy! Easy«, ruft Barnabas und versucht, sie mit dem Schneeanker zu bremsen. Die Karibus eilen mit großen Luftsprüngen davon. Die Hunde nehmen die Jagd auf, und es dauert eine Weile, bis sie von den Karibus ablassen. Barnabas führt die Hunde dorthin zurück, wo wir den Trail vermuten. Eine Trailmarkierung liegt im Schnee; die Herde muss sie umgerannt haben.

Plötzlich erscheint eine weitere Gruppe der wandernden Tiere. Und nahe dem Horizont noch mehr. Karibu um Karibu zieht an uns vorbei. Barnabas sichert den Schneeanker, und wir befehlen den Hunden, sich niederzulegen. Mit hochgestellten Ohren und voller Aufregung verfolgen sie, wie Hunderte von Karibus Richtung Nordwesten ziehen.

Ich sehe ihrer langen Prozession zu und fühle mich, als würde ich in eine Welt sehen, die parallel zu unserer verläuft, als würden wir an einem Übergang stehen, der uns kurzzeitig Einblick in das Land der Karibus gewährt.

»Karibuweibchen mit ihren Kälbern vom letzten Jahr«, erklärt Barnabas.

»Woher weißt du das?«

»Die Geweihe der Weibchen sind kleiner im Vergleich zu

männlichen Tieren. Und die Jungtiere haben noch keines. Bald werden die Mütter die Kälber davonjagen, damit sie neue Kälber zur Welt bringen können.«

»Hier?«

»Weiter im Norden und mehr im Inland. Sie kehren jedes Jahr zum selben See zurück.«

»Und was machen sie, wenn es stürmt?«, frage ich und sehe zu, wie Mütter und Kälber unbeirrt über das karge Land ziehen.

»Ich weiß nicht. Vielleicht legen sie sich hin, warten – wie wir.«

Die letzten Nachzügler eilen der Herde hinterher, die sich in weiter Ferne einfach aufzulösen scheint, fast geisterhaft. Ich erinnere mich, dass Old Ipilii erzählt hat, dass Karibus wie Gespenster seien. Sie kommen aus dem Nichts, füllen das Land und verschwinden dann wieder.

Als die letzten Karibus vorbeigezogen sind, fahren wir weiter.

»Siehst du irgendwo Trailmarker?«, fragt Barnabas. »Ich bin nicht sicher, ob wir noch in der Nähe des Trails sind. So viele Karibuspuren.«

»Was jetzt?«, frage ich und muss an das Satellitentelefon denken, das keine Batterien hat. Was, wenn wir uns verlaufen?

»Nunalla kann nicht mehr weit sein«, sagt Barnabas. »Lass uns in Küstennähe bleiben.«

Ich komme mir verloren vor in diesem gigantischen Land – wie ein winziger Punkt auf einem riesigen weißen Blatt Papier.

»Was, wenn …«, fange ich an, doch dann stockt mir der Atem. Vor uns ist eine Anhöhe, und über die kommt ein Karibu direkt auf uns zugejagt. Dann noch eines. Und zwei weitere. Sie können uns nicht sehen, bis sie die Anhöhe erreichen. Plötzlich sind wir von Dutzenden von Tieren umgeben, die an uns vorbeigaloppieren. Ihr Fell ist dicht und glänzend. Ich höre klickende Laute, als ihre Hufe am *qamutik* vorbeifliegen. Es scheint aus ihren Gelenken zu kommen, fast so, als ob ihre Knochen singen würden. Das *Klick-klick-klick* ist überall um uns herum, und dennoch ist es seltsam still. Kein Schnauben oder Schnaufen, nur Klicken. Alles geschieht so schnell, dass weder wir noch die Hunde Zeit haben, zu reagieren. Sobald die Karibus an uns vorbei sind, ziehen die Hunde übereifrig der Anhöhe entgegen, als würden sie dort noch mehr Karibus erwarten.

Ich sehe den Karibus nach, die uns fast umgerannt hätten. So plötzlich, wie sie aufgetaucht waren, sind sie auch wieder weg. Wie können so große Tiere in einem Land, das so flach ist, einfach verschwinden? Woher wissen sie, wo es langgeht, ohne Trail, ohne Karte?

Und dann verstehe ich, warum sich Barnabas keine Sorgen macht, sich zu verirren: Wir können uns nicht wirklich verlaufen. Wir wissen, wo Norden und Süden ist. Im Osten ist das Meer, im Südwesten die Baumgrenze, und Arviat und Churchill und Nunalla liegen alle entlang der Küste. Es ist einfach eine Sache des Weiterreisens, des Nicht-Aufgebens, des Ruhigbleibens. Was aber, wenn der nächste Sturm schon auf uns wartet?

Was, wenn unser Essen nicht reicht?

Was, wenn uns ein Bär aufspürt?

Was, wenn wir durchs Eis brechen?

Zu viele Was-wenns.

Ein letztes Karibu rennt uns voller Panik entgegen. Eine Sekunde später erscheint ein weißer Wolf und dann noch einer. Ein ganzes Rudel. Nein, keine Wölfe! Ein Team.

Es sind Suluk und Jonah. Unsere Hunde begrüßen die Neuankömmlinge mit erhobenen Nackenhaaren und Knurren. Barnabas und Jonah scheuchen die Hunde auseinander und befehlen ihnen, sich hinzulegen. Qakuq gehorcht wie alle anderen, aber ich höre, wie er noch immer leise knurrt.

»Ihr bewegt euch in die falsche Richtung«, sagt Barnabas.

»Und ihr scheint euch gar nicht mehr zu bewegen. Also sind wir zurückgekommen, um nach euch zu sehen«, antwortet Jonah. Als Suluk hinzukommt, wechseln sie zu Inuktitut und scherzen laut lachend miteinander.

Bevor wir weiterfahren, bringt Jonah uns einen frischen Karibuschenkel.

»Wir haben noch genug«, lehnt Barnabas ab, aber Jonah lädt ihn schon auf unseren Schlitten.

»Man weiß nie, was noch kommt.«

»*Matna.* Wir sehen uns spätestens in Arviat.«

»Wir können doch zusammen fahren«, schlage ich vor.

»Suluk sagt, wir sollen weiterfahren. Bevor der nächste Sturm kommt. Sie wollen hierbleiben und noch mehr Karibus jagen«, sagt Barnabas. »Es ist nicht weit bis nach Nunalla, und die Hunde werden jetzt den frischen Spuren folgen.«

Wie weit?, frage ich mich. »Nicht weit« kann hier draußen schnell zu »zu weit« werden.

KAPITEL 30

Die bunten Flaggen von Manitoba und Nunavut wehen neben dem verwitterten Gebäude mit dem altmodischen Walmdach. Wo einmal Türen und Fenster waren, klaffen jetzt Öffnungen, die den alten Handelsposten Wind und Wetter aussetzen. Innen klettert eine riesige Schneewehe über Tisch und Betten bis hin zur Decke.

Hier ist Suluk geboren? Ich versuche, mir den Ort mit Iglus anstelle von Armeezelten vorzustellen; statt Skidoos laufen Hunde durchs Camp, die kleinen Kindern folgen, in der Hoffnung, einen Leckerbissen zu erhaschen.

Der Zelteingang eines der Armeezelte fliegt auf, und einer der Freiwilligen ruft: »Team!« Weitere Zelteingänge öffnen sich, ein Ranger hält uns sein Klemmbrett zum Unterschreiben hin. »Wir haben uns schon Sorgen um euch gemacht«, sagt er. Der Kugelschreiber, den er mir gibt, ist gefroren, und ich kratze meine Initialen neben unsere Ankunftszeit ins Papier.

Es ist erst kurz nach elf. So früh noch!

»Ihr könnt weiterfahren, sobald der Tierarzt eure Hunde angeschaut hat«, sagt der Zeitnehmer.

»Ich dachte, wir hätten hier eine sechsstündige Pause einzulegen?«, frage ich.

»Eigentlich schon, aber ihr seid das letzte Team«, antwortet er.

»Was ist mit Suluk?«, frage ich.

»Der ist disqualifiziert worden.«

»Wieso?«

»Der hat während des Rennens gejagt. Das verstößt gegen die Regeln.«

»Aber sie haben doch nur gejagt, weil sie extra Nahrung für die Hunde brauchten, und außerdem haben sie uns …«, protestiere ich, aber Barnabas stößt mich schnell an.

»Das sind die Regeln, und ich habe sie nicht erfunden. Also, was ist euer Plan?«, fragt der Zeitnehmer, während ein Tierarzt mit einem Helfer die Hunde abhorcht und Gelenke auf Verletzungen untersucht.

»Wo sind die anderen Teams?«, fragt Barnabas.

»Die ersten drei sind in Arviat. Der Rest sollte heute Nachmittag ankommen.«

»Und das Team, das hinter uns war?«

»Die sind im Sturm zu Long Point Checkpoint zurückgekehrt und haben dort aufgegeben. Wir bringen sie nach Churchill. Wenn ihr weiterfahren wollt, machen wir uns auch auf den Weg.«

Neben der Hundebox, die von dem blauen Bombardier gezogen wird, warten vier Hunde. Ein sandfarbener Hund hält seine Pfote hoch. Für einen klitzekleinen Moment denke ich daran, was uns dort draußen noch alles passieren könnte. Was, wenn sich einer der Hunde verletzt? Oder wir?

»Die Hunde können noch zwei oder drei Stunden laufen, bevor sie eine Pause brauchen. Wir fahren weiter«, entscheidet Barnabas und unterschreibt unsere Abfahrtszeit. Er erwähnt nicht, dass die Hunde kurz vor dem Checkpoint Pause hatten und den Karibuschenkel gefressen haben, den Jonah uns gegeben hat.

Als wir den Checkpoint verlassen, fangen die von ihren Mushern zurückgelassenen Hunde an zu heulen. Qaqavii sieht zum Checkpoint zurück, als ob er auf eine Pause gehofft hätte. Seine Zugleine hängt schlaff.

»Qaqavii!«, ermahne ich ihn, und er rennt ein bisschen schneller, bis die Leine wieder gespannt ist. Sein Schwanz, der sonst immer wie eine Fahne im Wind weht, hängt lustlos zwischen seinen Beinen.

Die Hälfte des Rennens liegt noch vor uns – aber für uns ist es kein Rennen mehr. Es geht nur noch ums Ankommen. Zweihundert Kilometer. Wie weit das auf einmal erscheint.

Der Horizont liegt in unerreichbarer Ferne, die Landschaft verändert sich kaum. Weißer Schnee, blauer Himmel, Kilometer um Kilometer. Kurz nachdem der Checkpoint hinter der flachen Horizontlinie verschwindet, hört Qaqavii auf zu ziehen.

»*Wooh!*«, rufe ich, und die Hunde halten bereitwillig an. »Komm her, Qaqavii!«

Er kommt mit hängendem Kopf auf mich zu. Ich ziehe ihn zu mir auf den Schlitten. Er legt seinen Kopf in meinen Schoß und schließt die Augen. Ich fühle einen Kloß im Hals.

»Lass uns hier anhalten. Wir können alle eine Pause gebrauchen«, sagt Barnabas. Die Hunde strecken ihre Glieder und buddeln sich Betten in den Schnee. Die Sonne scheint mir warm ins Gesicht, als ich mich auf dem Schlitten ausbreite. Qaqavii drückt sich gegen mich.

»Heute Nacht werden wir in Arviat sein, versprochen«, flüstere ich ihm zu, und er wedelt leicht mit dem Schwanz. Wir sind ein Team, denke ich, und wir werden überleben. Zweifel und Angst sind wie weggewischt, da ist nur noch Entschlossenheit und das Wissen, dass ich den Dingen nicht einfach nur ausgeliefert bin. Ich kann sie beeinflussen.

Ich wache vor Kälte zitternd auf. Wolken türmen sich am Himmel auf und verdecken die Sonne.

»Wir sollten besser weiterfahren«, sagt Barnabas. Qaqavii springt vom Schlitten, als Barnabas den Hunden einen schnellen Imbiss zuwirft.

»Guter Junge«, lobe ich ihn, als er seine Position im Team wieder einnimmt. Dafür aber humpelt Princess. Barnabas macht Platz für sie auf dem Schlitten, und sie leckt sein Gesicht.

»Hör auf, Princess! Sonst kannst du gleich wieder im Team rennen«, sagt er und streicht ihr über den Kopf. Wir fahren schweigsam weiter, während Barnabas ihre Schulter massiert. Hätten wir sie besser nicht im Rennen laufen lassen sollen? Aber sie wollte doch unbedingt mitkommen.

Die Hunde folgen dem Trail der vorgelaufenen Teams und brauchen kaum ein Kommando. Langsam bahnt sich die Sonne ihren Weg gen Westen. Die Schatten werden länger, und ich werde unruhig.

»Wie weit noch bis Arviat?«

»Zu weit für heute. Die Hunde werden müde, und ich will Big River nicht im Dunkeln überqueren.«

Als die Wolken pastellrot leuchten und selbst der Schnee im Licht der untergehenden Sonne rot schimmert, bauen wir das Zelt auf. Die Hunde kriegen einen letzten Snack für heute, dann kriechen Barnabas und ich ins Zelt. Wie seltsam, dass eine so dünne Zeltwand so viel Geborgenheit bieten kann. Ich schlafe ein, noch bevor Barnabas das Teewasser zum Kochen gebracht hat.

In der Nacht wache ich auf, weil ich schon wieder muss. Ich krieche aus dem Schlafsack und schlüpfe in meine gefrorenen Kamiks. Die Nordlichter tanzen über uns wie ein Vorhang, der im Wind weht, und wechseln ihre Farben von Grün zu Rot zu Weiß. Die Silhouette eines Zeltes hebt sich gegen die Lichter ab. Neben dem Zelt schlafen Hunde im Schnee. Suluk und Jonah müssen in der Nacht angekommen sein.

Die Nordlichter verblassen langsam, dafür leuchten die Sterne umso heller. Und dann erscheint ein fahles Leuchten am östlichen Horizont, die Dunkelheit der Nacht entschwindet mit der Ankunft des Tages. Es kommt mir vor, als würde ich einem Ritual beiwohnen, das so alt ist wie das Land.

Als die ersten Sonnenstrahlen auf die Spitze unseres Zeltes treffen, kommt Barnabas heraus, und zusammen sehen wir dem Sonnenaufgang zu. Die Hunde strecken sich und schütteln den Schlaf aus ihren Gliedern. Wir füttern sie und teilen uns dann mein gefrorenes Erdnussbutter-Sandwich.

Jonah kommt in Unterhosen und Kamiks aus seinem Zelt und streckt die Arme über seinen Kopf.

»Wettrennen bis nach Arviat?«, fragt Barnabas.

»Nee, fahrt ihr mal ruhig. Suluk wird erst mal seinen Kaffee haben wollen«, sagt Jonah. Barnabas nickt ihm zu, und wir bauen das Zelt ab.

Die Überquerung von Big River verläuft ohne Probleme. Wir lassen das Jumble-Eis des Flusses hinter uns und finden uns auf flachem Land wieder. Je näher wir Arviat kommen, desto mehr Schneemobilspuren führen kreuz und quer über unseren Trail.

»Siehst du irgendwelche Trailmarkierungen?«, frage ich.

»Schon seit einer Weile nicht mehr.«

»Woher weißt du dann, ob wir in die richtige Richtung laufen?«

»Ist einfach. Ich folge den Markierungen des Landes.«

Ich sehe mich um, sehe aber nur Schneewehen und vereinzelte Steine.

»Siehst du die Erhebung dort drüben, die sich durch das Land schlängelt?«, fragt er und deutet auf einen schmalen, ziemlich steilen Geländerücken. »Es ist ein Os. Wie ein Wall, ein umgekehrter Fluss, wenn du so willst, den die Eiszeit zurückgelassen hat. Alle Oser verlaufen in diese Richtung«, sagt er und streckt seinen Arm parallel zum Os, als ob das alles erklären würde. »Und ich erkenne viele der Steine wieder, wie den da, der wie ein Haus aussieht.« Er deutet auf einen Findling, der verloren auf dem Land liegt – wie eine Murmel, die ein Riesenkind vor Millionen Jahren verloren hat. »Und dann sind da auch noch *inuksuit* – Inukshuks sagt ihr –, die den Weg weisen. Pass auf, sobald wir die Anhöhe erreichen, wirst du sie sehen.«

Wenig später erscheinen Steinskulpturen in allen Größen und Formen.

»Cool. Ich habe noch nie echte Inukshuks gesehen. Ich meine, hier draußen, wo sie nicht für Touristen sind. Warum sind da so viele?«

»Da musst du jemanden fragen, der hier vor langer Zeit aufgewachsen ist und sich noch an die Geschichten seiner Eltern und Großeltern erinnert. Kann sein, dass sie nur den Weg weisen. Oder dazu da sind, die Karibus umzuleiten, damit sie einfacher zu jagen sind. Bevor wir Gewehre hatten. Kommt drauf an. Sie haben auch alle verschiedene Namen.«

»Was bedeutet Inukshuk?«

»Ein Steinwesen in Form eines Menschen«, sagt Barnabas, und ich frage mich, was sie schon alles gesehen haben, diese Steinmenschen, die über dieses uralte Land wachen.

KAPITEL 31

Das rote Banner der Ziellinie wartet auf uns wie ein Tor in eine andere Welt. Hinter uns ist das Land aus Eis und Stein, vor uns sind Menschen, Gebäude, Fahrzeuge, Lärm. Riesige Satellitenschüsseln lassen Arviat ein wenig wie eine Außenstation auf dem Mond erscheinen. Wir halten unter dem Banner an und sehen uns nach einem Rennoffiziellen um.

Kinder rutschen mit Plastikschlitten und Pappkartons von einem Schneehaufen, den ein Schneepflug aufgetürmt hat. Sie sind die Ersten, die unsere Ankunft bemerken. Ein kleines Mädchen in einem rosafarbenen Parka mit lila Fellbesatz fragt, ob sie unsere Hunde streicheln darf. Qaqavii springt sie an und stößt sie dabei um. Sie rollen sich lachend beziehungsweise schwanzwedelnd im Schnee.

Die Kinder umringen uns, wollen die Namen der Hunde wissen und warum wir erst so spät angekommen sind. Einige rennen die Straße hinunter, um die Neuigkeit von unserer Ankunft zu verbreiten. Ein Junge fragt Barnabas, wer unsere Leithunde seien, und ein anderer fragt, ob wir Bären gesehen haben.

Kinderstimmen, Schneemobil- und Autolärm, Verkehrszeichen, Häuser in allen Farben – auf einmal fühlt sich alles zu viel und zu schnell an. Lass uns umdrehen, will ich sagen. Aber wohin?

Das Mädchen mit dem rosa Parka klettert auf unseren Schlitten. »*Mush! Mush!*«, ruft sie und wackelt dann hin und her, als ob der *qamutik* in Bewegung wäre.

Qakuqs Ohren stellen sich auf einmal auf, und er winselt. Ich folge seinem Blick. Old Ipilii! Er kommt lächelnd auf uns zu.

Für den Bruchteil einer Sekunde sieht er mir direkt in die Augen, und es scheint, als ob alles um uns herum still wird. Er nickt mir zu, und ich weiß, er versteht, wie ich mich fühle; versteht, was ich erfahren habe und die Unmöglichkeit, es in Worten auszudrücken.

»Emmylou!«, ruft eine allzu bekannte Stimme. Kitty! Sie rennt in der Mitte der Straße, ihr sonst so ordentliches Haar ist zerzaust und ungewaschen. Schneemobile weichen hupend aus, aber Kitty scheint sie kaum zu bemerken. Wie schafft sie es nur, immer bei den unpassendsten Gelegenheiten aufzutauchen? Aber dann muss ich lächeln: Für Kitty ist es passend.

»Mom!«, rufe ich und gehe ihr entgegen.

»Ich ... ich habe mir sol...solche Sorgen gemacht«, keucht sie außer Atem. »Die haben gesagt, sie wüssten nicht, wo ihr wart in dem schrecklichen Sturm, und dann ...« Sie bricht ab und sieht mich mit rot geschwollenen Augen an. »Ich ... ich hatte solche Angst, dich zu verlieren.« Kitty umarmt mich fest. »Ich wüsste nicht, was ich ohne dich machen sollte, Emmylou.«

Ich fühle einen Kloß im Hals und suche nach Worten.

»Emmalu, wir müssen noch unterschreiben«, ruft Barnabas mir zu. Der Rennleiter steht neben unserem Team und kontrolliert ein letztes Mal unsere Ausrüstung.

»Ich muss gehen«, sage ich und befreie mich aus Kittys Umarmung.

»Geh nicht gleich wieder weg!«, fleht Kitty.

»Dann komm halt mit«, sage ich.

Kitty folgt mir, als ich unsere offizielle Zeit unterschreibe.

78 Stunden und 46 Minuten. Fast Tommy hat nur 42 Stunden gebraucht, und das letzte Team kam vor 14 Stunden an.

»Wir waren so langsam, dass wir die Siegerehrung mit dem Festessen verpasst haben«, sagt Barnabas grinsend.

Ich grinse zurück. Ich hätte mir das Rennen nicht eine Minute kürzer gewünscht.

»Du musst also Barnabas sein«, sagt Kitty, und Barnabas nickt.

»Das ist Kitty, meine Mutter«, stelle ich sie vor. Barnabas streckt ihr die Hand entgegen, und Kitty ergreift sie zögerlich.

»Danke, dass du meine Tochter heil wiedergebracht hast«, sagt sie schließlich. »Und Ihnen auch«, fügt sie an Old Ipilii gewandt hinzu.

Er nickt ihr zu, und dann entsteht eine Pause, in der niemand etwas zu sagen weiß.

»Ipilii und ich bringen die Hunde zu ihren Hütten, und dann holen wir euch ab, ja?«

»Ihre Hütten?«

»*Ii*. Die Hunde bleiben jetzt hier. Wir bleiben hier.«

»Elisapii?«, frage ich erschrocken. »Ist sie …« Auf einmal fällt mir auf, dass Ipilii doch mit ihr in Winnipeg sein sollte.

»Sie ist hier. Keine Behandlungen mehr.«

»Aber …«

»Ist schon okay, Emmalu. Das ist, was sie sich wünscht. Zu Hause bei ihrer Familie zu sein. Ich hole euch ab. Ihr könnt bei uns übernachten.«

»Das ist nicht nötig, ich habe ein Hotelzimmer für uns«, sagt Kitty.

»Es ist teuer«, erwidert Barnabas.

»Lass das mal meine Sorge sein«, erwidert Kitty ein bisschen zu spitz.

»Bis dann also«, sagt Barnabas. Es hört sich wie eine Frage an.

»Bis dann«, sage ich, nicht sicher, ob es ein Abschied ist.

Die Hunde ziehen den *qamutik* die Straße hinunter, gefolgt von einer Horde Kinder, die versuchen, sich auf den Schlitten zu werfen. Das Team ignoriert das rote Stoppschild mit den Inuktitut-Schriftzeichen und verschwindet dann hinter den grauen Satellitenschüsseln, ohne dass Barnabas noch einmal zurücksieht.

Die Sonne verschwindet hinter einer Wolke, und die bunten Häuser sehen auf einmal weniger farbenfroh aus.

»Der Junge scheint ja ganz nett zu sein, aber musste er dich denn wirklich zu dem Rennen überreden?«, fragt Kitty, als wir auf unser Essen warten.

Wir sind die einzigen Gäste im Hotelrestaurant, das eher wie eine Imbissbude als ein Restaurant aussieht. Der Geruch von verbrauchtem Fett hängt in der Luft. Sobald meine Fish 'n' Chips ankommen, stürze ich mich auf das heiße, fettige Essen.

»Das ist doch nicht, was du wirklich willst«, hakt Kitty nach. »Musst du dich denn immer so beeinflussen lassen? Ich glaube, wir brauchen einen Neuanfang, nur wir zwei, ja?«

Neuanfang. Natürlich. Es wurde ja mal wieder Zeit. Ich starre sie wütend an.

»Ich will dich nicht verlieren«, sagt sie und streckt ihre Hand nach meiner aus.

Ist es das? Hat sie solche Angst, mich zu verlieren, dass sie sich selbst verloren hat? Eine Lehrerin fragt nach unserem Leben zu Hause, und sie glaubt, das Jugendamt kommt und nimmt mich weg? Und Maya? Hat sie nicht das Gleiche über Maya gesagt? Dass sie einen schlechten Einfluss auf mich hat? Plötzlich muss ich an Paddington Bär denken. Was, wenn der wirklich von meinem Vater war, und sie hat ihn weggeworfen, weil sie Angst hatte, mein Vater nimmt mich ihr weg?

Das würde sie doch nicht tun, oder? Und all die Streitereien – dachte sie, ich würde davonlaufen, nur weil wir nicht einer Meinung sind? Das Dumme ist, beinahe hätte ich es tatsächlich getan. Weil ich es nicht verstehen konnte, weil ich dachte, sie kümmert sich nicht wirklich um mich.

»Was ist los, Emmylou?«

»Du willst mich nicht verlieren, sagst du? Merkst du denn nicht, dass du mich ständig wegstößt? Ich …« Ich weiß nicht, wie ich den Satz beenden soll. Es wird doch nur wieder in einem Streit enden. Die traurige Wahrheit ist, dass ich sie niemals verstehen werde, weil ich einfach nicht so denke wie sie.

Ich muss an Elisapii denken und all die Menschen, die gegen ihren eigenen Willen umgesiedelt worden sind, ohne zu verstehen, warum. Ich dachte, da müsste es doch einen Grund geben, etwas Logisches, das es irgendwie besser macht. Aber den gibt es nicht. Kein Grund kann gut genug sein, den Schmerz zu lindern. Und plötzlich verstehe ich das Paradoxe unserer Situation. Wenn sie mich nicht verlieren will, dann muss sie mich gehen lassen. Aber wie? Und wohin?

KAPITEL 32

Gehe links am Supermarkt vorbei und dann rechts hinter der Kirche. Siebte Straße. Hausnummer 298.

Ich lese die Wegbeschreibung auf dem Stück Pappkarton, die Barnabas am Hotel hinterlassen hat, noch einmal durch und blinzle gegen die Sonne, um das Straßenschild zu lesen: ᐊᑉᕐᑯᑦ *7th Street.*

So weit, so gut. Jetzt nur noch die richtige Hausnummer finden. Ein Schneemobil braust an mir vorbei; die Fahrerin ist ein junges Mädchen, nicht älter als zwölf. Ein jüngeres Kind sitzt hinter ihr und hält sich an ihrer Jacke fest.

»Wie heißt du?«, ruft mir das kleine Mädchen zu. Bevor ich antworten kann, sind sie schon außer Hörweite. Ich winke, und sie winkt zurück.

Fast jedes Haus hat ein Schneemobil vor der Tür geparkt. Manche mit schweren *qamutiit* dahinter. Seit Barnabas mit unserem Schlitten davongefahren ist, habe ich kein Hundeteam mehr gesehen.

Entlang der Straße sind hohe Schneebänke, und manche Häuser sind bis zu den Fenstern in Schneewehen vergraben. Nur die Türen sind freigebuddelt. Die Straße biegt auf einmal um die Kurve, und plötzlich bin ich am Ende der Stadt. Hinter den letzten Häusern leuchtet die Hudson Bay in der Sonne.

Das Meer sieht hier weiter und wilder aus als in Churchill. Unberechenbarer. Ich fühle mich auf einmal wie ein kleiner, streunender Hund, der sich zu weit von seinen Geschwistern entfernt hat.

Eine Frau mit einem *amauti*, aus dem ein Kleinkind mit vor Kälte roten Wangen hervorlugt, überholt mich mit einem Quad. An der Lenkstange baumeln Einkaufstüten, und auf dem Gepäckträger sitzen zwei weitere Kinder, die zwischen sich noch mehr Tüten haben.

Ein Rabe, der auf einer Mülltonne saß, fliegt auf und landet auf einem Strommast. Krähend beobachtet er, wie die Frau und die Kinder vor einem roten Haus mit blauem Dach anhalten und ihren Einkauf ins Haus bringen.

Haus Nummer 298 muss einmal orange gewesen sein, ist jetzt aber eher grau verwittert. Ich sehe keine Hunde und frage mich schon, ob ich am richtigen Haus bin, aber dann sehe ich unsere Karibuschlafsäcke, die auf einer Wäscheleine in der Sonne auslüften.

Ich gehe die Holztreppe zur Veranda hoch und klopfe aus alter Gewohnheit an die Tür. Von drinnen kommen gedämpfte Geräusche. Ich drücke die Tür auf. Schuhe aller Größen sind im Vorraum verteilt. Riesige Robbenfell-Kamiks liegen neben roten Kinderschuhen auf dem Boden. An der Wand stehen zwei Gefriertruhen. Auf der einen liegt der Kadaver einer Robbe.

Karibuparkas hängen neben einer bunten Kinderschneehose an Nägeln an der Wand, und in der Luft liegt der vertraute moschusartige Geruch von nassem Tier, stinkenden Stiefeln und etwas Süßem. Ich suche nach Barnabas' Parka, finde ihn aber nicht. Ich bahne mir meinen Weg zur inneren Haustür. Was, wenn er nicht zu Hause ist? Und was, wenn er da ist?

Zögernd klopfe ich an die Tür. Sie fliegt auf, und ein acht- oder neunjähriges Mädchen mit einem Welpen im Arm guckt mich neugierig an. Im Hintergrund spielt *Der König der Löwen* auf einem riesigen Fernseher, vor dem zwei kleine Jungen – Zwillinge – voller Faszination zusehen, wie der Löwenkönig den Elefantenfriedhof betritt.

»Wie heißt du?«, fragt das Mädchen.

»Emmylou. Und du musst Barnabas' Schwester sein. Ist er zu Hause?«

»Bist du seine Freundin?«

»Ähm … ich … ich wollte mich nur verabschieden. Mein Flug geht heute Nachmittag.«

»Barnabas ist nicht hier.«

»Weißt du, wo ich ihn finden kann?«

Sie zuckt mit den Schultern. »Jagen oder Hunde füttern oder Skidoos reparieren. Er ist fast nie hier. Willst du mal meinen Welpen streicheln?«

»Äh … ja.« Ich bin überrascht, wie weich sein Fell ist. Der kleine Hund leckt meine Hand, und seine raue Zunge kitzelt mich. Er sieht aus wie Qaqavii, nur in klein.

»Wo sind denn all die Hunde aus dem Team?«, frage ich und hoffe, ich kann mich wenigstens noch von Qaqavii verabschieden.

Sie zeigt durchs Fenster Richtung Tundra. »Hinter dem Friedhof. Kommst du aber nur mit dem Skidoo hin.«

»Und weißt du, wo Elisapii und Ipilii sind?«

»Soll ich es dir zeigen?«

»Ja, gerne, aber sollten wir nicht erst deine Mutter fragen?«

»*Anaana!*«, ruft sie. »Ich zeige Barnabas' Freundin, wo *anaanatsiaq* ist! Komm!« Barnabas' Schwester winkt mich zur Tür hinein. Die Mutter wischt sich ihre mehligen Hände an einem

Küchentuch ab und grüßt mich mit einem freundlichen »Hallo«, bevor sie wieder in der Küche verschwindet.

»Wie heißt du eigentlich?«, frage ich das Mädchen, das mit der einen Hand versucht, eine Schlafzimmertür zu öffnen und mit der anderen den zappelnden Welpen hält.

»May«, sagt sie. Der Welpe rutscht aus ihrem Arm auf den Boden, wo er den Flur hinuntereilt und sich dann zum Pinkeln niederkauert. »Oh, oh!«

May drückt die Tür auf und eilt dann ihrem Hund hinterher.

Im Schlafzimmer ist Old Ipilii über Elisapii gebeugt und hält eine Schnabeltasse an ihren Mund. Elisapii verschluckt sich, und Old Ipilii stellt die Tasse auf den Nachttisch.

»Emmylou.« Elisapii bedeutet mir, mich neben sie auf das Bett zu setzen. Sie sieht schwach und blass aus, aber ihre wässerigen Augen leuchten wie immer. Ich will ihr erzählen, wie froh ich bin, sie noch zu sehen, bevor ich Arviat verlasse, und wie dankbar ich bin, sie getroffen zu haben. Aber ich weiß nicht, wie. Also halte ich einfach ihre Hand.

Über ihrem Bett hängt ein Wandbehang. Weiße Hundeteams, Iglus und Eisbären sind auf blauen Filz genäht, eine Szene aus einem Camp. Die Hunde haben den Bären umzingelt, Jäger mit Harpunen stürmen auf ihn zu, und vor den Iglus stehen Frauen mit Kindern. Sie tragen alle Parkas mit farbenfrohen Stickereien. Über den menschlichen Figuren sind Kreaturen, die weder Mensch noch Tier sind, und ich muss an die Stimmen denken, die ich in Seahorse Gully gehört habe, als die Nordlichter so wild tanzten.

Ich frage mich, ob Elisapii den Wandbehang gemacht hat. In jedem Fall bin ich mir sicher, dass sie die Szene gesehen hat – im wirklichen Leben.

Jetzt, da ich über die Tundra gefahren bin, einem Schneesturm ausgesetzt war, in einem Iglu geschlafen habe, den ganzen Weg mit dem Hundeschlitten hierhergekommen bin und einen winzigen Einblick in das Leben von damals bekommen habe, möchte ich noch so viel mehr wissen. Ich wünschte, Barnabas wäre zum Übersetzen hier. Aber selbst wenn, wäre nicht genug Zeit für all meine Fragen. Auf einmal wird mir klar, dass es ein Abschied für immer ist.

Elisapii drückt meine Hand, als ich die Tränen nicht länger zurückhalten kann. Sie zieht mich an sich und streichelt mein Haar. Dann wird sie von einem Hustenanfall geschüttelt, und ich setze mich wieder auf.

»Danke für alles. *Matna*«, sage ich und rutsche vom Bett. »Ich muss jetzt gehen.«

Old Ipilii redet auf Inuktitut mit mir. Ich will ihm sagen, dass Barnabas mir von seinem Vater und den Hundemorden erzählt hat und dass ich traurig und wütend bin, was diese Leute – meine Leute – ihm angetan haben, aber ich habe das Gefühl, er weiß es längst. Er drückt meine Hand, und ich fühle, wie sich ein Gewicht von meinen Schultern hebt, von dem ich noch nicht einmal wusste, dass es da war.

KAPITEL 33

Ein einzelnes Flugzeug steht neben dem Flughafengebäude. Die Start- und Landebahn ist ein Patchwork aus schwarzem Asphalt und weißen Schneewehen, der gesamte Flughafen nicht viel größer als ein Schulhof.

Die Wartehalle ist voller Menschen – junge Frauen mit Babys in ihren *amautiit*, Kinder in Hockeyuniformen, ein alter Mann im Rollstuhl.

Kitty sieht alle paar Minuten zur Uhr, als ob sie Sorge hätte, unseren Flug zu verpassen. Ich zucke jedes Mal zusammen, wenn die Tür aufgeht, und bin dann gleichzeitig enttäuscht und erleichtert, dass es nicht Barnabas ist.

Nur noch eine halbe Stunde bis zum Abflug – achtundzwanzig Minuten und fünfzehn Sekunden, um genau zu sein. Vierundzwanzig Minuten vor Abflug saust ein rotes Quad mit einer Hundetransportbox auf dem Gepäckträger die schneebedeckte Schotterpiste entlang. Barnabas springt ab und kommt durch die Glastür.

»Emmalu!« Er grinst mich an. Wie ich sein Lächeln mit der Zahnlücke vermissen werde! »Komm schnell«, sagt er und eilt zum Ausgang. Für einen dummen Moment stelle ich mir vor, wie ich auf sein Quad springe und wir in den Sonnenuntergang hineinfahren, während schnulzige Musik im Hintergrund spielt und der Filmabspann läuft.

Barnabas öffnet die Hundebox, und Qaqavii springt heraus.

Er legt mir die Pfoten auf die Schultern, und ich streichle seine Ohren.

Barnabas hält mir eine Hundeleine hin. »Er ist ein Geschenk. Mein Großvater sagt, Qaqavii ist dein Hund. Er hat dich ausgewählt.«

»Emmylou! Wo bleibst du denn? Unser Flugzeug fliegt gleich ab.« Kitty kommt aus dem Flughafen gestürzt.

»Ihr habt Zeit«, sagt Barnabas. »Die müssen noch die Tragflächen enteisen.« Er nickt Richtung Landebahn, wo Arbeiter das vereiste Flugzeug mit Schläuchen abspritzen.

»Mom«, sage ich. »Qaqavii kommt mit uns!«

»Das meinst du doch jetzt wohl nicht im Ernst, oder?« Sie guckt von mir zu Barnabas, als ob sie darauf wartet, dass einer von uns sagt, dass es nur ein Scherz ist, aber ich habe noch nie in meinem Leben etwas ernster gemeint. »Was stellst du dir denn vor? Wie soll das denn gehen im Flugzeug und dann im Hotel?«

»Ihr könnt die Hundetransportbox mitnehmen«, sagt Barnabas. »Ist kein Problem. Wir transportieren oft Hunde im Flugzeug.«

Sie will ihn nicht. Es ist ihr egal, was ich …

»Okay«, unterbricht Kitty meine Gedanken.

»Was?«, frage ich.

»Okay, dann aber schnell.«

»Wirklich? Danke, danke, danke!«

Ich umarme sie, und dann umarme ich Qaqavii, und dann entsteht eine unangenehme Stille. Kitty schaut mich an, ich schaue auf Qaqavii, und Barnabas schaut auf seine Schuhe.

»Ich sollte gehen«, sagt Barnabas.

»Ähm … Kitty?«, sage ich und bedeute ihr mit den Augenbrauen, uns allein zu lassen.

»Was jetzt?«, fragt sie. Andeutungen waren noch nie ihre Stärke.

»Kannst du uns … Ich komm sofort, ja?«

»Ach so«, sagt Kitty. »Ich sehe dann mal zu, dass wir noch ein Flugticket für unseren zusätzlichen Passagier bekommen.« Sie eilt mit Qaqavii und der Hundebox in das Gebäude. »Beeil dich, ja?«, ruft sie im Weggehen. Qaqavii tänzelt um sie herum und verheddert sie beide in der Leine.

»Ich habe auch ein Geschenk für dich«, sagt Barnabas und drückt mir eine kleine Schnitzerei aus Karibugeweih in die Hand. Ein Vogel, anmutig und einfach. Ich lasse meine Finger sacht über seinen stromlinienförmigen Körper gleiten. Es ist, als ob er einem unsichtbaren Sturm widerstehen würde.

Barnabas streckt seine Hand nach meiner aus und zieht mich langsam zu sich. Als ich mich vorlehne, stoßen unsere Nasen ungeschickt gegeneinander. Und dann …

»Emmylou!«, ruft Kitty von der Flughafentür. Hinter dem Gebäude gehen die Passagiere über die Landebahn zum Flugzeug.

Ich reiße mich von Barnabas los, kann meine Tränen kaum zurückhalten. Wenigstens kommt Qaqavii mit mir. Auf einmal fällt mir auf, dass ich Barnabas nie gefragt habe, was der Name bedeutet.

»Haben Hunde auch einen Namenspirit?«, frage ich.

»Qaqavii ist nach Ipiliis erstem Hund benannt.«

Es dauert einen Moment, bevor ich begreife, welchen er meint. »Der, den die Polizei erschossen hat?«

Barnabas nickt. Das ist nicht der Filmabschied, den ich mir vorgestellt habe.

»Was … was bedeutet sein Name?«

»Einer, der geliebt werden möchte.«

»Emmylou!«, brüllt Kitty, und ich reiße mich von Barnabas los.

Vom Flugzeugfenster aus sehe ich, wie Barnabas im Tumult der Häuser verschwindet. Was, wenn wir mehr Zeit gehabt hätten? Werde ich ihn jemals wiedersehen?

Das Flugzeug startet den Motor. Fast zur gleichen Zeit bricht Qaqaviis Heulen aus dem hinteren Gepäckbereich hervor. Es ist nicht mehr das unmelodische Jaulen eines Junghundes, sondern ein tiefes und wehmütiges Heulen, wie ein trauriges Abschiedslied. Ich weiß genau, wie er sich fühlt.

»Wir müssen zurück!«, rufe ich.

»Emmylou, setz dich wieder hin!«

»Wir können Qaqavii nicht mitnehmen! Er gehört hierher.« Ich quetsche mich an Kitty vorbei.

»Das hättest du dir ein bisschen eher überlegen sollen.«

Der Flugbegleiter kommt auf mich zu. »Gibt es ein Problem?«

»Können wir bitte aussteigen? Der Hund und ich?«, frage ich.

»Emmylou!«, ruft Kitty.

Der Flugbegleiter guckt zwischen uns beiden hin und her.

»Lass uns hierbleiben, Kitty.«

»Auf keinen Fall.«

»Bitte. Für mich«, flehe ich sie an, und dann wird mir auf einmal klar, dass es nicht nur für mich ist, sondern für uns beide. Wenn sie mich nicht verlieren will, dann muss sie mir die Chance geben, die Person zu werden, die ich sein will – und wo könnte ich das besser herausfinden als hier, wo die Tundra auf mich wartet?

Kitty starrt mich schweigend an. Nach einigen Sekunden, die mir wie eine Ewigkeit erscheinen, nickt sie, und mein Herz fängt wie verrückt an zu schlagen. Ist das ein Ja?

❄

Danksagung

Die Idee für dieses Buch wäre nie entstanden, wenn ich nicht die Gelegenheit gehabt hätte, am Hudson-Bay-Quest-Rennen in der kanadischen Arktis teilzunehmen. Mein Dank gilt insbesondere den Rennorganisatoren und allen Freiwilligen, Bluesky Bed and Sled für die Unterkunft, Gardewine North und Calm Air für den Zug- und Flugzeugtransport der Hunde, Globetrotter Ausrüstung und Canada Goose für Winterschlafsäcke und Parkas.

Entlang des Trails gilt mein Dank allen Mushern, die Geschichten, Tee und Ausrüstung mit mir geteilt haben – insbesondere den Inuit-Mushern Phillip Kigusiutnak, Jimmy Muckpah, Andrew Panagoniak, Andy Kowtak und Moses Kigusiutnak. *Matna* an Peter Sr. Mamgark für Qaqavii und die Robbenfellhandschuhe.

Herzlichen Dank dem Itsanitaq Museum in Churchill – insbesondere Lorraine Brandson und Diann Elliot.

In Arviat gilt mein besonderer Dank Simona, Kukik und Darryl Baker sowie Shirley Tagalik für die Übersetzungen, das Überprüfen meines kulturellen Verständnisses, die langen Gespräche und die gemeinsame Zeit auf dem Land.

Danke auch an Ila Bussidor für die Offenheit im Gespräch über die Zwangsumsiedlungen.

Beim Verfassen des Buches danke ich all denen, die mir ein Feedback zu früheren Versionen gegeben haben – insbesondere

Quincy Miller, Karsten und Zev Heuer, Leanne Alison und Janke Kukbe. Danke an meinen kanadischen Lektor Peter Carver und das Team von Red Deer Press.

Im Hinblick auf die deutsche Übersetzung danke ich Thomas Gut für die Hilfe mit den deutschen Begriffen rund um das Schlittenfahren; meinen Eltern für das Korrekturlesen; Katharina Lindner, die sich für dieses Buch eingesetzt hat; Imke Ahrens und dem Team des Dressler Verlags, insbesondere Carla Felgentreff für ihr hervorragendes Lektorat.

Am allermeisten aber danke ich meinem Partner Quincy Miller und all unseren Hunden, ohne die ich niemals all diese Erfahrungen in der Arktis hätte machen können.

Interview mit Miriam Körner

Du hast selbst an einem Schlittenhunderennen ähnlich wie dem Arctic Quest teilgenommen. Wie war das für dich?
Ich kann mich noch gut erinnern, wie ich an der Startlinie stand, völlig von Angst und Zweifel überwältigt. Vor uns lag die Arktis, der Churchill River war voller Jumble-Eis und dahinter lauerten Gefahren, von denen ich noch nichts wusste. Das vierhundert Kilometer lange Rennen ging von Churchill nach Arviat. Nur ein Musher pro Team war erlaubt, also hatten mein Partner Quincy und ich jeder ein eigenes Team.

Im ersten Jahr haben wir einen Blizzard überstehen müssen und haben es kaum zur Ziellinie geschafft. Was uns am meisten fehlte – außer Karibu- und Seehundkleidung –, war die Vertrautheit mit dem Land, die die Inuit von einer Generation zur nächsten weiterreichen.

Über mehrere Jahre und Rennen hinweg habe ich jedes Mal ein bisschen dazugelernt. Ich war besonders angetan von dem Musher Phillip Kigusiutnak, der inmitten der Wildnis in der Nähe von Nunalla geboren war. Er war 74, als ich ihn kennenlernte, und er war für mich fast wie eine direkte Verbindung in die Vergangenheit, als Inuit noch auf und von dem Land lebten. Als ich mit Phillip zusammen durch das Land reiste, in dem er geboren war, fragte ich mich, wie was dort gewesen war, als er noch ein Kind war – bevor die Europäer das Leben in der Arktis für immer veränderten.

***Ice Song* ist eine fiktive Geschichte, in der sich wahre Ereignisse widerspiegeln. Kannst du uns ein bisschen über Wirklichkeit und Fiktion im Roman erzählen?**
Beim Schreiben von *Ice Song* habe ich mich viel auf meine eigenen Erfahrungen in der Arktis berufen. Emmylou hat meine Wissbegier von mir geerbt, und im Roman stellt sie Fragen, die während des Rennens geboren sind.

Churchill und Arviat sind Orte, die tatsächlich existieren, die sich hier aber mit Fiktion vermischen. Das Itsanitaq Museum zum Beispiel existiert wirklich, während das Hotel, in dem Kitty und Emmylou arbeiten, ausgedacht ist.

Die Zwangsumsiedlungen und auch die Hundemorde der kanadischen Polizei (RCMP) sind historische Ereignisse, die tatsächlich stattgefunden haben. Emmylous und Barnabas' Verständnis dieser Ereignisse sind allerdings fiktiv und sollten nicht als dokumentarischer historischer Bericht gelesen werden, sondern dazu anregen, eigene Nachforschungen anzustellen.

Wie viel deines Wissens über das Leben im Norden Kanadas hast du aus Büchern erfahren, und wie viel stammt aus direkten Gesprächen mit Menschen?
Ich habe mit vielen der älteren Musher und der Kuratorin des Itsanitaq Museums gesprochen und mir historische Fotos und frühe Dokumentarfilme angesehen. Besonders hilfreich fand ich Originalquellen wie Interviews und Tagebücher, in denen sich die authentischen Stimmen der Inuit widerspiegeln.

Freunde in Arviat haben mir geholfen, mein Wissen aus Büchern in einem größeren Kontext zu verstehen. Barnabas zum Beispiel weiß wenig über die Vergangenheit von Elisapii. Viele Inuit, die die Zwangsumsiedlungen erfahren haben, reden nicht mit ihrer Familie darüber, weil sie nicht wollen, dass Wut und

Schmerz an die nächste Generation weitergegeben werden. In dem Sinne hat mein Wissen aus Büchern immer zu neuen Fragen geführt und Gespräche immer zu neuen Nachforschungen.

Am allerwichtigsten fand ich allerdings die Erfahrungen auf dem Land selbst. Das Land hat seine eigene Art und Weise, uns über unseren Platz im Kreislauf der Natur zu lehren, und es enthält viele Geschichten, die sich einfach nicht in Worte fassen lassen.

Die Beziehung zwischen Emmylou und Kitty spielt im Buch eine große Rolle. Warum war es dir wichtig, sie zu erzählen?
Die Beziehung zwischen Eltern und Kindern ist solch ein wichtiger Teil des Erwachsenwerdens. Sie formt uns auf eine Art und Weise, derer wir uns oft nicht einmal bewusst sind. Emmylou strebt nach Unabhängigkeit von ihrer Mutter und sehnt sich gleichzeitig nach ihrer Liebe und Anerkennung.

Auch Kitty sehnt sich nach Nähe, aber ihre Liebe ist nicht bedingungslos. Sie braucht Emmylous Abhängigkeit für ihr eigenes Selbstwertgefühl und manipuliert Emmylous Leben in einer Art, die es Emmylou erschwert, lang andauernde Beziehungen mit anderen aufzubauen. Aber – und das ist ganz wichtig – weder Kitty noch Emmylou sind sich dessen bewusst, und so entgleisen ihre Streitereien, ohne dass sie verstehen, worum es eigentlich geht.

Streit mit Eltern ist nicht ungewöhnlich auf dem Weg zum Erwachsenwerden. Ich glaube, oftmals entsteht Spannung, weil entweder die Eltern oder die Kinder die jeweils andere Seite nicht so akzeptieren können, wie sie ist. Das Gleiche gilt für Beziehungen außerhalb der Familie – in der Schule, am Arbeitsplatz, in der Gemeinde, in der wir leben, und selbst auf globaler Ebene.

In der Beziehung zwischen Kitty und Emmylou geht es darum, andere so zu akzeptieren, wie sie sind – oder was passiert, wenn man es nicht tut.

In Barnabas' Familie werden Beziehungen ganz anders gelebt. Was bedeutet das für Emmylou?
Großzügigkeit, wie zum Beispiel das Teilen von Essen, Kleidung und Wissen, ist tief verankert im Weltbild von Barnabas und seiner Familie, und sie erwarten im Gegenzug nichts von Emmylou.

Im Gegensatz dazu hat Emmylous Mutter oftmals ein egoistisches Motiv, wenn sie sich Emmylou gegenüber großzügig verhält.

Obwohl Emmylou äußerlich nach Erwachsensein und Unabhängigkeit strebt, erlaubt sie sich im Zusammensein mit Barnabas' Familie, ein Kind zu sein, das sich nach Familie sehnt. Es ist der Anfang einer heilsamen Entwicklung, die letztlich dazu führt, dass Emmylou sich selbst akzeptieren und die komplizierte Beziehung zu ihrer Mutter verbessern kann.

Durch Barnabas Familie erfährt Emmylou, dass viele Ereignisse mehr als nur eine Wahrheit bergen, und sie lernt ihre Umwelt auf immer differenzierter Art zu verstehen. Während Kitty's Beziehungen oft von (Vor-)urteilen geprägt sind, unter denen auch Emmylou leidet, erfährt sie mit Barnabas' Familie ein Zusammenleben, in dem jeder urteilsfrei akzeptiert wird.

Vielen Dank, Miriam, für deine Einblicke und deine Ehrlichkeit.